Sonya
ソーニャ文庫

孤独な女王と黒い狼

春日部こみと

イースト・プレス

contents

兄神メテルは勇猛果敢　妹神ナユタは妍姿艶質
ああ、素晴らしき二柱の神が
ナダルの大地にお生まれになりました
おお、祝福せよ、祝福せよ

双子の神が兄妹喧嘩　おお、大変だ、大変だ
お空は雷、風ごうごう　お山は揺れてまっぷたつ
みんなが泣いて困ったので、メテルはナユタを大地に埋めました
そしてナダルの王様になったのです
おお、祝福せよ、祝福せよ――

――『神々の歌』

序章

ガンガンと頭が痛む。結った髪に何十本もピンを刺された上、頭上に重たくて硬い王冠を乗せられているからだ。

意地悪な女官たちは、シャーロットがどれほど痛いと喚いても、「女王陛下なのですから」と言うばかりで髪を緩めてはくれない。

（……なにが、女王陛下よ。私のことを女王だなんて認めていないくせに）

女官たちが「こんなワガママな子どもが女王だなんて」と陰口を叩いているのをシャーロットは知っている。女王だと認めていないから、こんなに酷いことができるのだ。

（お母様だったら、絶対にこんなふうにはしないわ……）

もう何年も前に亡くなった母を思い、シャーロットは奥歯を噛み締める。

シャーロットのことを本当に分かってくれたのは、母だけだった。シャーロットの話にちゃんと耳を傾け、シャーロットが何を思い、何をしたくて、何が欲しいのかを聞き取ろうとしてくれた。シャーロットの幸せを心から願ってくれたのは母だけだ。

今、周囲にいる者の中に、シャーロットをシャーロットとして扱ってくれる者は一人としていない。近衛騎士のユリウスも、乳母も、乳兄妹のローガンですら変わってしまった。

何故なら、今日、シャーロットはこのナダル王国の女王になるからだ。

女王になどなりたくなかった。シャーロットは冒険家になりたかった。

物語に出てくる少年のように、世界中を飛び回って冒険し、見たこともない物を見て、いろんな人に会ってみたかった。

だが女王になんてなってしまうから、もうその夢は叶わない。

「おや、僕の愛する女王陛下は、どうしてそんな怒った顔をしているの？」

不意に呑気な声がして、シャーロットは顔を上げた。いつの間にやってきたのか、年上の従兄が目の前にいた。今年二十三歳になったフィリップは、十一歳で即位したシャーロットの代わりに政治を行う摂政だ。

そして、シャーロットを分かっていない最たる者。

「全部、フィリーのせいよ。私は女王になんてなりたくなかったのに！」

八つ当たりだと分かっていながら文句を言えば、フィリップは眉を下げた。

「ごめんね。でも僕だってそう望んだわけじゃない。君を守るためには、君を女王様にするしかなかったんだよ」

シャーロットは口を噤む。父王が急逝した途端、兄弟である王子たちが跡目を争い、殺し合いを始めてしまった。兄弟の魔の手はシャーロットにも伸びてきて、フィリップはそれらから守ってくれたのだ。彼が謝る必要などまったくない。

「もうそんな顔をしないで、ロッティ。今から女王陛下のお披露目なんだから。その愛らしい姿を民の皆に見せてあげなくちゃ！　さあ、笑ってごらん」

促され、しぶしぶ笑みを浮かべると、フィリップは目を見開き、恍惚の表情になった。

「――ああ、ロッティ！　まるで女神ナユタのようだよ！　なんてきれいなんだ！」

大袈裟な口調で言われた賛辞に、シャーロットはまた眉を顰める。

気持ちが悪い。フィリップはよくその言葉を使うが、シャーロットは嫌いだ。それを言う従兄も嫌い。

「私、ナユタ嫌い」

吐き捨てるように言えば、フィリップは首を傾げた。

「どうして。知っているだろう？　この国を創った双子の神様、メテルとナユタだ」

「メテルも嫌いよ。もう言わないで」

言い捨てると、シャーロットは立ち上がってバルコニーへと向かう。外では新しい女王を一目見ようと、民がひしめいているはずだ。

（メテルも嫌い。ナユタも嫌い。フィリーもローガンもユリウスも皆、大嫌い！）

でも一番嫌いなのは、そんなふうに思う自分だ。シャーロットはバルコニーの扉の前でギュッと目を閉じて、ゆっくりと開いた。そして、扉に手をかける。

「女王陛下、万歳！」

扉が開かれた瞬間、野太い声と共に、轟くような歓声が響いた――。

第一章

雑踏の中を一人の若者が歩いている。

風に靡く黒髪と、意志の強そうな金の瞳が印象的な、端整な顔立ちの青年だった。年の頃は二十代前半か、或いはもう少し下か。背が高く、手足が長いせいで若干ひょろっとして見えるが、鍛えられていると分かるしなやかな体軀は、どこか野生の獣――中でも狼を彷彿とさせる。

青年はアルバート・ジョン・ユール・エヴラールというが、ここではバートと呼ばれていて、本当の名を知るのはごく限られた者たちだけだ。

ギャア、という悲鳴が聞こえて、アルバートは顔を上げた。

悲鳴だけであればそのまま通り過ぎたのだが、次に「誰か！」と助けを呼ぶ声がしたので、つい足を止めてしまう。

キョロキョロと首を巡らせ声の主を探すが、見えるのは人の頭ばかりで分からない。ナダル王国の都となればこの人通りの多さは当然のことだが、今日は月に一度の市場が立つ日なので、通りはいつも以上に人でごった返しているのだ。

「助けてくれ！」

また声がして、アルバートはそちらへ視線を向ける。裏通りへと続く路地から、杖を突いた老人がヨタヨタと現れたので、人混みを縫うようにして慌てて駆け寄った。

「どうしました？」

男はどうやら盲目であるらしく、光のない瞳を彷徨わせ、震える手を動かし、どこかを指差そうとしている。

「お、女の子が、女の子が……！」

どうやらこの路地の奥で女の子が危険な目に遭っているようだ。

アルバートは躊躇うことなくそちらへ走り出した。

いや、本当は、少しばかり躊躇した。アルバートは女性というものがあまり得意ではないので、女の子とやらには関わりたくなかった。それに、今の自分はできるだけ目立たないように行動すべきだと分かっている。

だが助けを求める人を見棄てるような真似は、どうしてもできなかった。

走っていくうちに、路地の先で何か言い争っている声が聞こえてきた。

「なんだと！　もういっぺん言ってみろ、このクソガキ！」

「何度だって言ってあげるわ。目の見えない老人を相手につり銭を誤魔化すなんて、恥を知りなさい！」

一人は野太い男の怒鳴り声、もう一人は、幼ささえ感じられる少女の声だ。

大人の男を相手に子どもが食って掛かっているのかと仰天して見遣れば、熊のような大男が、その半分ほどの背丈の少女の胸倉を摑んでいるのが見えた。

「やめ――」

「汚い手で触らないでちょうだい！」

焦って止めに入ろうとしたアルバートの声は、しかし少女の一喝に遮られた。それだけではない。少女は風のような速さで裏拳を繰り出し、男の手を打ったのだ。パン、と小気味の良い音がして、厳つい手が弾かれる。

「いてぇ！」

予期せぬ攻撃に悲鳴を上げた男の脇を潜るように、スルリと少女が隙間から抜け出した。そして大男の脇に立ち、両手を身体の前に構える。町娘らしい若草色のドレスの中の足がタ、タ、とリズムを踏んで臨戦態勢になるのを見て、アルバートは目を丸くした。

（この子は……武術の嗜みがあるのか……？）

驚きつつ、アルバートは改めて少女を眺め、もう一度びっくりさせられた。

その女の子は信じられないくらい美しかったからだ。

小さく形の良い顔の輪郭に、遠目からでも分かる白く滑らかな肌。スッと通った鼻梁、さくらんぼのように赤く色づいた唇。そしてなによりも印象的なのは、目の覚めるような鮮やかな青い瞳だ。まるで透き通った海を思わせる、サファイアブルーをしていた。

「……妖精か？」

そんな世迷い言を呟いてしまうほど、彼女の美しさはずば抜けていた。白のリネンキャップに隠れていてよく見えないが、髪は白銀色だろうか。全体的に色素が薄いのに、瞳の色だけが強烈なまでに青く、それが神秘的に映るのだ。

アルバートの間抜けな呟きは、彼女の耳にも入ったらしい。少女はこちらに顔を向け、おや、と眉を上げる。

少女の気が逸れたその隙を、男は見逃さなかった。

毛むくじゃらな太い腕が振り上げられるのを見て、アルバートは走り出した。上半身を捻(ひね)って脚を振り上げ、男の側頭部に回し蹴りを叩き込む。

バキ、と木が折れるような音がして、男の巨体がグラリと傾いだ。いい塩梅(あんばい)で蹴りが入ったようだ。そのままドサリとその場に倒れ込む男の傍に屈み、呼吸をしていることを確認した後、アルバートは少女の手を引いてその場を逃げる。

「え、ちょっと！」

「いいから、おいで！」

少女は抵抗しようとしたが、有無を言わさず引きずるように駆けた。そのまま裏通りに出て雑踏に紛れ込むと、アルバートは安堵で溜息を吐く。

「もう大丈夫そうだな」

「何も大丈夫ではないわ！　あのお爺さんのお釣りを取り返していないのに！」

不本意そうな声を上げた少女に、アルバートは眉を寄せた。

「お爺さんって、あの目の見えない人のことかな？」

「そうよ！　あの八百屋、お爺さんが目が見えないのをいいことに、一番色が悪い林檎を買わせた挙げ句、お釣りまで少なく渡していたのよ！」

あの大男は八百屋だったのか、と内心で驚きながらも、アルバートは顰め面のまま諭すつもりで言った。

「あのお爺さんは君のために助けを呼ぼうと、人混みの中に出ようとしていたよ。僕が駆け寄らなければ、もみくちゃにされて怪我をしていただろうね。そして君も、僕が来なければあの八百屋に何をされていたか分からない」

「あなたが来なくたって、あんなウドの大木、私一人でのしてやれたわ！」

アルバートの説教に、少女が顔を真っ赤にして反論する。確かに武術の嗜みはあるようだったが、相手は巨漢、こちらは小柄な少女だ。どれほど技量があろうと、圧倒的な力の差でねじ伏せられるのは明らかだ。

どうやらこの少女はなかなかに勝ち気で自信過剰なようだ。

アルバートは、嫌味たらしく溜息を吐いてやった。

「君には無理だよ。断言できる。子どもは大人の言うことをちゃんと聞いた方がいい」

アルバートのその台詞に、少女は唖然と言葉を失い、それから憤怒の形相になった。

バシ、と繋いでいた手を払われて、睨みつけられる。

「私はもう十八歳よ！　子どもじゃないし、無理なんかじゃないわ！」

言うや否や、ダッと駆けていってしまう。アルバートはポカンと一瞬呆気に取られていたが、彼女が先ほどの道を戻っているのに気づくと、慌ててその後を追いかけた。

(まさか、またあの男に戦いを挑むつもりじゃないだろうな!?)

いやそれよりも、あの少女が十八歳というのは本当だろうか。だとすれば、妙齢の女性に対して失礼な物言いだったかもしれない、とアルバートは少し反省をする。

(……あの見た目で、十八歳……? だとすれば、俺と五歳しか違わないじゃないか)

この国は十八で成人とされるから、彼女はもう立派な大人だということになる。

だがどう見ても精々十三か十四くらいにしか見えない。にわかには信じられないが、あの人間離れした美貌が幼く見せているのかもしれない。以前、実家に出入りしていた肖像画家は、整った容貌の人間は年齢不詳であることが多いと言っていた。だから描く時に苦労するのだと。

首を捻りつつ先を行く少女の姿を確認すれば、案の定、元の路地へと飛び込んでいった。

「ああ、もう!」

アルバートは唸り声を出しながら、彼女の後を追って路地へ急ぐ。

すると先ほどの男が、盲目の老人に摑みかかっていた。老人は少女の身を案じて様子を見に来てしまったのだろう。そこで目を覚ました男が激怒し、老人を見つけて八つ当たりをしている――といったところか。

「何をしているの! お爺さんを放しなさい!」

少女が激昂して男に命じる。男は少女の姿を見つけると、にやりと下卑た笑みを見せた。

「ほう、よくも戻って来たもんだ、威勢のいいお嬢ちゃん。今更謝ったって、許されると思うなよ？」

男の台詞に、少女が不可解そうに顔を顰めた。

「何故私が謝るの？　私は正しいと思うことしかしないし、間違いは許さない。今の場合、間違っているのはあなたで、謝るのはあなたの方だわ。そのお爺さんを放して、謝りなさい。そして騙し取ったお金を返すのよ」

少女の冷静な声色に、男が逆上する。

「うるせえ！　この生意気なクソガキが！　それだけ可愛い顔してりゃ高く売り飛ばせそうだなァ、エェ？　野菜と一緒に店に並べてやるからこっちへきやがれ！」

苦しがる老人を摑み上げたまま、男は顎をしゃくった。少女はわずかに目を細め、男を冷たい目で睨み上げる。

「人を売るなんて人道に悖る発想が口から出るあたりで、器が知れるわ。いいからその人を放しなさい、外道。抵抗できない盲目の老人を相手に詐欺を働いたり暴力を振るうだなんて、恥ずかしくはないの？」

「うるせえって言ってんだよ、このクソガキがぁ！」

年端もいかない子どもに正論を言われて逆上したのか、男はひと際大きな声でがなり立てると、摑んでいた老人を乱暴に解放した。ボロ雑巾のように地面に叩きつけられて呻く老人に、少女は顔色を変えて駆け出す。

「お爺さん！」

アルバートはその光景に驚嘆していた。

今、男の意識は完全に少女の方に向いている。つまりその暴力は老人ではなく彼女に振るわれる可能性が高い。それなのに彼女は、自分の身を守るよりも先に、老人の心配をしたのだ。

この少女がおためごかしではなく、心からこの盲目の老人を慮り、男の理不尽に憤っていたことが分かり、アルバートの胸に熱いものが込み上げてきた。

老人に駆け寄ろうとする少女を阻もうと、男が手を伸ばす。それを察した少女が咄嗟に身を躱し、男の懐に入り込むと顎に向かって掌底打ちを繰り出した。

「おおっとォ、危ねぇなあ！」

惜しいことに、男に充分な打撃を加えるには、少女の背丈が足りなかった。顔を反らした男の顎には命中せず、小さな掌底は空をかく。

だが、笑う男が少女の顔を摑もうと手を伸ばした瞬間、アルバートは二人の間に入り込んで男の顎に拳を叩き込んだ。

「ガッ……！」

少女しか目に入っていなかったらしい男は、アルバートの攻撃をまともに食らって再び昏倒する。少女はやや呆然とアルバートを見つめていたが、やがて悔しげな顔で呟いた。

「……ありがとう。助かったわ」

やはり武術経験者のようだ。自分が今、男に勝てなかったことを理解している。

そして怖かったのだろう。必死に隠しているようだが、握り合わせた小さな両手が震えていた。武術の心得があっても、恐らく実戦経験はなかったに違いない。女騎士でもない限り、婦女子が戦わねばならない機会はそうそうない。男であっても、初めて敵と戦う時は、訓練との勝手の違いに怯える兵士は多いのだ。

震える少女が無性に可哀そうになって、アルバートは思わず彼女の頭に手を置いてヨシヨシと撫でた。少女はムッとしたものの、すぐにその表情を和らげ、黙ってそれを受け入れる。

「う、うう……」

「あ、お爺さん……！」

不意に老人が呻き声を上げ、少女が慌てて駆け寄った。老人を助け起こそうとする少女を後目(しりめ)に、アルバートは八百屋の方の後始末に取り掛かる。倒れている男の服を裂くと、それを紐(ひも)にして、だらりと弛緩している手足を縛り上げた。この男は後で自警団へ引き渡さなくてはならない。

少女は、老人に怪我がなかったことを確かめ、ひとまず安堵したようだった。

その後、自警団を呼び、状況を説明するとその場は解散となった。

騒動が終結し、ヤレヤレと息を吐いているアルバートに、少女が小走りに近づいてきた。

「あの、あなた……ありがとう。それと、ごめんなさい。助けてくれようとしたのに、失礼な態度だったわ」

　律儀に謝られ、アルバートは少し笑う。

「いや。俺の方こそ、あなたに謝らなくては」

　呼び方を改めたのは、「私はもう十八歳だ」という彼女の言葉を信じることにしたからだ。このまっすぐな少女が嘘を吐いているとは思えない。成人した女性は子どもではなく婦人だ。婦人には敬意を払わなくてはならないし、そうでなくとも、この女性には尊敬すべき点が多くあるのだから。

　アルバートの言葉に、彼女はきょとんとした顔になる。それが可愛らしくて、アルバートはクスッと笑った。

「俺は、まるであなたのせいであの老人が怪我をしかけたというようなことを言った。あれは言いがかりだったし、それどころかあなたは自分の信念を貫く、高邁な精神を持つ女性だった。弱い立場の者を助け、間違いを正そうとする行為は崇高だと俺は思う。申し訳なかった」

　しかも驚くことに、彼女とあの老人は赤の他人だったのだ。通りすがりに、あの老人が理不尽に晒されているのを見て、見過ごすことができなかったのだという。てっきり肉親か親戚だと思っていたアルバートは、それを聞いた時は冗談かと思ったほどだ。

　通りすがりの赤の他人のために、大男に立ち向かう女性がいるなんて——女性に感服させられたのは生まれて初めてだった。

真摯に謝罪を述べると、彼女はポカンとした表情になった後、徐々に顔を赤らめた。

「い、いいえ、お互い様だから……そ、そんなふうに言われると、なんだか恥ずかしいわ」

素直にそんなことを言って照れる様子は、虚栄（きょえい）や媚（こび）などは一切感じられない。

（不思議な娘だ……）

妖精のような見た目に、高潔で豪胆な性格というなんともアンバランスな少女に、アルバートはひどく優しい気持ちになる。

媚、偽り、裏切り——それがアルバートの持つ女性のイメージだ。無論、偏った物の見方だという自覚があるから、他人に言ったことはない。だが、ある一件以来、積もり積もった負の感情は、もはや払拭（ふっしょく）するのは不可能の域に達している。

だからこそ、女性に対して礼儀正しくあろうと心掛けているのだ。そうしていないと、心の奥底にある女性への嫌悪感を、理不尽に曝（さら）け出してしまいそうになるからだ。

アルバートの外見は、女性にとって好ましいようで、言い寄られることも多い。だがどんな女性に対してもこの負の感情を抱いてしまうため、それらに応えようという気にはなれなかった。それなのに、目の前にいる娘には、すっかり馴染（なじ）みとなったその感情を一切感じないのだ。

「名前を訊いてもいいかな？」

気がつけばそう訊ねていた。もう二度と会うことはないはずだ。だから名前を知り合う意味などないのに、何故そんなことを口走ってしまったのか。

アルバートの内心の動揺など知らない娘は、「もちろん」と言ってニコリと笑った。

「私の名前はアンと言うの。あなたは？」

名前を訊けば当然己の名も言わねばならないことを、どうしてか失念してしまっていた。言葉に詰まりそうになり、慌てて口を開く。

「——俺は、バートと言う」

彼女がファーストネームしか言わなかったのを幸いに、アルバートはこの街での通り名を告げた。娘——アンは「バート」と澄んだ声で繰り返す。嬉しそうなその声色に、ちくりと胸が痛んだのは何故だろうか。

「よろしく。バート」

笑顔で手を差し出すアンに、アルバートは己の手を重ねた。小さな手は、頼りないほどに柔らかかった。

——これが、二人の出会いだった。


不思議なもので、もう二度と会うことはないと思っていたアンとは、しょっちゅう会う関係になった。話してみるとお互い気が合って、一緒にいるのが楽しかったのだ。

正直に言えば、初めて会った時は、なんて鼻っ柱が強い女だと思った。その印象はすぐに塗り替えられたものの、まさかこれほど親しくなるとは夢にも思っていなかった。

「ねえ、もう目を開けてもいい？」

「まだだ。もうちょっと」

アルバートは目を閉じたアンの手を引いて、春の丘を歩いていた。

「さあ、もういいよ」

アルバートが合図をすると、アンはワクワクとした顔でゆっくりと目を開く。

長い銀色の睫毛が揺れて、鮮やかな青色が見えた。その色を、アルバートはうっとりと眺める。アンの瞳の色は、いつも見惚れてしまうほど美しい。

「うわあああ！　すごい！　なんてきれいなの！」

アルバートが心の中で思ったことを、アンがはしゃいだ声で言う。もちろん、彼女の感想は自分の瞳に対してではない。目の前に広がる満開のマグノリアの木に対してだ。

「この丘の上のマグノリアが、一番大きくて美しいんだ」

アルバートは自分もマグノリアを見上げて言った。

王城勤めをしているというアンは、城を出るといっても休みの日に城下町をぶらぶらする程度で、その外へ出たことはほとんどないらしい。王都に来てまだ三年のアルバートの方がこの周辺の地理に詳しかったため、たまに景色のきれいな場所へ連れ出したりしていた。

「すごい！　マグノリアは王城にもあるけれど、こんなに大きくはないわ！」

「そうなのか」

「そうよ！　ここの方が、三倍は大きくてきれいよ！」

瞳をキラキラと輝かせるアンに、アルバートは目を細める。アンの瞳は、どんな宝石よりも美しいと思う。彼女がこんなふうに笑ってくれるなら、もっともっときれいなものを見せたいと思った。

「ありがとう、バート！　ここに連れてきてくれて！」

アンが満面の笑みを浮かべて礼を言う。

その笑顔に、情けないほど歓びを感じながら、アルバートも微笑んだ。

「どういたしまして。こんなことくらい、いつだって」

(――だから、どうか笑っていて)

アルバートは苦い心の裡を笑顔の裏に隠して、ちくちくと胸を刺す罪悪感に耐える。

アンとこれほど親しくなったのには、お互い気が合ったから、ということ以外にもう一つ理由があった。

とある事情から、アルバートは王城内での情報を必要としていて、それを王城勤めのアンから得るためだった。言うなれば、アンを利用していることに他ならないこの状況は、彼女に会うのを喜んでいる自分に気づく度、アルバートを憂鬱にもさせていた。

(俺の打算を知っても、あなたは今のように笑っていてくれるだろうか)

笑っていてほしい――そんな虫のいい願いを胸に秘めて、アルバートはアンの笑顔を見つめ続けた。

＊　＊　＊

アルバートは急いでいた。早くしなければ、アンとの約束の時間を過ぎてしまう。王城勤めの彼女は時間にあまり余裕がないから、いつも「時間切れだわ」と言って会っている途中で帰ってしまうのだ。

（今日は……今日だけは、少しでも長く一緒にいたい）

限られた時間の全てを彼女と過ごしたかった。アルバートは明日の朝、ここを発（た）つ。その前になんとしても彼女に会って、この想いを告げておきたかった。

今後のことを考えると、胃がギュッと引き絞られるような心地になる。

いや、そう感じるのは間違っている、とアルバートは自戒する。

ここを発つのははじめから想定していたことで、計画は順調に進んでいるのだ。とうとうこの時がやってきたのだと諸手（もろて）を挙げて喜ぶべきところだ。それなのに、胸中は複雑だった。

無論、喜びはある。ようやく全ての権利を取り返すことができる。いわれなき罪を着せられ、追放された故郷に舞い戻り、自分を陥（おとしい）れた敵を排除する。それが自分の悲願なのだから。

（……ああ、けれど、アンのことをどうするべきか……）

あの鮮烈な出会いからずっと、アルバートはアンに惹かれ続けている。

もちろん、姿形だけではない。彼女を知れば知るほど、好きになっていった。

アンはとにかく頭が良かった。一を聞いて十を知るというのはこのことか、と思うほど、豊富な知識を持っているし、頭の回転が速い。幼少期より英才教育を施されたアルバートよりも物を知っているかもしれない。曲がりなりにも上位貴族の端くれである自分ならばともかく、恐らく平民か、貴族であっても下位であろう彼女が、何故こんなにも博識なのかと不思議に思って訊いてみれば、昔、近所に住んでいた、賢者と呼ばれる老人から学んだのだそうだ。なるほど、良い師に恵まれたのだなと納得した。彼女は、路傍（ろぼう）にあった原石が良い技師に拾われて磨き抜かれ、玉（ぎょく）となった例なのだろう。

ぶっきらぼうな物言いの中にもセンスが感じられたし、「人は使命を抱いて生きた方が、人生が面白くなり、生きている甲斐がある」とする彼女の主張には非常に共感した。女性でもこんな考え方をして己を貫いている人がいるのだと思うと、自分も負けていられないと向上心をかき立てられもした。

尊敬できる女性だと思った。人生を共に歩むなら、彼女がいいと思った。いや、彼女しかいないと確信した。

とはいえ、アルバートが彼女に近づいた目的は、王城での情報収集のためでもあった。

彼女から得た情報は貴重なものばかりで、アンがいなければこんなにも早く準備は整わなかっただろう。

それなのに自分は、敵方にこちらの動向が漏れる可能性を恐れ、アンに事情を明かすこともできなかった。アンを信用していないわけではないが、これまで自分を信じて力を貸してくれた人々を、己の恋情ごときで危険に晒すわけにはいかなかった。

だがそれは、アルバートや同志にとっては正しくとも、アンにとっては不誠実以外の何ものでもない。

そんな状態で、どの面下げて愛の告白などできようか。自分が彼女だったら、一発殴るどころの騒ぎではないだろう。

（……でも、だからといって、このまま別れるなんてできるはずがない……！）

準備が整い、故郷に戻る――それはつまり、敵である義母や異母弟と相対するということである。向こうも大人しくこちらの言うことに従うはずがない。彼らと戦う可能性は充分にあるのだ。

死ぬかもしれない。

だがだからこそ、本願を果たして生き延びた先の約束が欲しかった。

アンと出会うまでのアルバートは、冤罪を晴らし、己の尊厳を取り戻すことだけが生きる目的だった。逆に言えば、目的を果たせなかった場合は、己が生きるに値しない者だという証明になるのではないかと思っていた。

そんな諦観を抱き始めている自分に気がついたのは、いつだったか。

義母に挑んで、結果死ぬならば、自分はそこまでの人間だったということだ。正しいことだけが通じる世ではないことを、アルバートはもう知っていた。もしそうでないなら、アルバートはこんな所にはいないはずなのだから。

本願を果たせないのであれば死ねばいい。

そう思える自分は潔いのだと思っていた。

だが、アンに出会って、彼女に惹かれるようになってからは、未練ができてしまった。

『あなたって、なんだか生き急いでいるのね、バート』

いつだったか、アンに笑いながら言われたことがあった。自分ではそんなつもりはなかったのに、人にはそう見えるのだろうか。だが確かに、奪われたものを早く取り返さなければ、と逸る気持ちは心の根底にいつもあった。

ハッとするアルバートに、アンは大きな瞳を悪戯っぽく煌めかせて、人差し指を立てて『例えば』と言った。

『ここに小麦のぎっしり詰まった大きな麻袋が一つあるとする。それを運ぶ仕事があったとして、多分あなたはその袋を一度に運ぼうとする人間だわ。けれど一度に運ぶには相当な力が必要だし、荷が重すぎればあなたの身体の方が壊れてしまう可能性だってある。仕事は完遂できないから給金はもらえない上、残るのは壊れたあなただけよ』

ばかげていない？　とアンは小首を傾げる。

だが仕事なのだから、やらないわけにはいかないだろう、と反論すると、アンはチッチッチと立てた人差し指を振ってみせる。

『私なら分けて運ぶわね。時間はかかるけれど、その方が無理はなく確実だもの』

なるほど、とアルバートは頷いた。確かに大きな仕事は小さく分けた方が無理がないだろう。

(だがそれは、分けられれば、という話だ)

アルバートがやろうとしている仕事は、分けることなどできない。

義母と異母弟を断罪し、排するという仕事は、麻袋に詰まった小麦とはわけが違う。全ての証拠を押さえ、敵が策を講じる隙を与えず一気に叩き潰すしか方法はないのだ。

アルバートには、死闘を乗り越えるしか、その先の未来を得る道はない。

(だから、希望を……)

自分が未来を望むための活力が欲しかった。

殺し合いとなった時に、ややもすればここで殺されてもいいと思ってしまいそうな自分が怖いのだ。自分の心の奥底にぽつりと存在する、その諦観に殺される気がしていた。

(生き残り、その先の未来を彼女と共に歩んでいきたい)

それが、なんとしてでも生き残ってやるという、不屈の闘志になってくれると思うのだ。

だからアルバートは、これからアンに求婚すると決めていた。

愛を告げ、己の身上を明らかにし、彼女を利用したことを謝って、求婚するのだ。

こうして列挙すれば、自分がいかに都合の良いことを言っているかが分かる。身の上を明かせば、アンは恐ろしさに身を引くかもしれないし、更には、利用されていたことに腹を立て、許してくれないかもしれない。

それでも、アルバートは一縷の望みにかけたかった。

それほどまでに、アルバートはアンに恋をしているのだ。

待ち合わせの場所は、大通りから少し離れた場所にある井戸の前だ。近くに大きな樫の木が植わっていて、付近の住人だけでなく旅人なども利用できる休憩所になっている。

息を切らせながら前方を見遣ったアルバートの視界に、木の下で佇む小柄な姿が映った。

自分よりも頭一つ分以上小さい背丈、薄い肩、細い手足。

小さな顔は陶器のように白く滑らかで、遠くから見ても光り輝くようだ。その中に収まる目鼻立ちは、精巧な人形のように整っている。その中でも特に、大きな青い瞳は、アルバートが一番好きな所だ。鮮やかで神秘的な感じが、彼女の性質を良く表しているからだ。解けば絹糸のように艶やかだろうまっすぐな白銀の髪は、結い上げて白いリネンキャップの中に隠されている。淡いカーキ色のドレスに、白地に緑の小花模様のネッカチーフをつけていて、いかにも町娘と言った恰好なのに、その美貌のせいで高貴な雰囲気を醸し出していた。

「アン！」

彼女の姿を見つけ、アルバートは嬉しくなって大声で名前を呼び手を振った。アンはすぐに気がつき、腰に手を当てて小さく顎を上げる。偉そうな仕草なのに、彼女が小さいものだから、子どもが背伸びをしているように見えて、それがまた可愛らしい。

「遅いわよ」

　どうやら遅刻を怒っているらしい。むっつりとした口調だが、鈴を転がしたような高い声なので、恐ろしさは欠片もない。

「すまない！　急いで、きたんだけど……！」

「まあ、遅れないよう努力したのは認めるわ」

　辿り着いたアルバートが、膝に両手をついてゼイゼイと息を切らすのを見ながら、アンはヤレヤレと肩を上げる。

「ほら、汗を拭いて」

　差し出された真っ白なハンカチーフを、アルバートは相好を崩して受け取った。

「ありがとう」

　ぶっきらぼうな物言いなのに、こういう細やかな優しさを見せられると、やはり女性なのだなと改めて思う。アンは意外性の塊のような女性だ。想定の範囲に収まることがない——そんな所が堪らなく魅力的なのだ。

　借りたハンカチーフで額の汗を拭い、それを返そうとして、アルバートはハッとする。きれいなハンカチーフは、自分の汗でしっとりと濡れてしまっている。汚してしまったものを返せるはずもないと、慌てて手を引っ込めた。

「ごめん！　洗って返……」

咄嗟にそう言ってしまってから、アルバートは言い淀む。

洗って返せる日など来るかどうか分からない。明日の朝には、アルバートはもうここにはいないのだから。

口を噤んだアルバートに、アンは小さく首を傾げたものの、大して気にならなかったのか、彼の手を取って歩き始める。

「そんなことより、行きましょう。お腹が空いたわ」

小さな白い手に握られて、その柔らかさにアルバートは一瞬で苦悩を忘れた。

恋の力は偉大である。

好きな女性の手の感触を堪能しながら、彼女に導かれるがまま歩みを進めていくと、やがて小さな食堂へと入った。

「あれ、ここ……」

味はそこそこだが量があり、安い。そして宿も併設されているので、旅人には好評な店だ。しかし、好きな女性と一緒に入るにはいささか雰囲気に欠ける。アルバートは別の店に行くつもりだったので、少し戸惑いながらも、アンに促されて席に着いた。

「なに？」

困ったような表情になっているアルバートに、アンが顎を上げる。

「あ、いや……こんな店、あなたみたいな女性がよく知っていたなと思って……」

ここはいかにも下町の定食屋といった場所で、若い娘が来るような店ではない。

だがアンは「そうかしら?」と不思議そうに目を丸くした。

「ほら、焼き菓子が有名な店……『白い帽子の貴婦人亭』とか、王城勤めの女性がよく来るって聞いたけど。あなたは甘い物が好きじゃなかった?」

自分が行くつもりだった店の名をさりげなく挙げると、アンは、ああ、と頷く。

「あそこの焼き菓子は確かに美味しいわ。……でも、お菓子では満腹にならないから」

「満腹……」

なるほど、アンにとってはそこが重要な点だったようだ。

彼女が甘い物好きということは調査済みだったが、満腹度は盲点だった、とアルバートは内心歯噛みする。調査不足である。

「この店はまずかったかしら? 出歩く機会があまりないから、それほど詳しくなくて……」

すまなそうに言ったアンに、アルバートは慌てて首を横に振った。

「まずいなんてことはないよ! ただ、よく知っていたなぁと思っただけで……」

「ああ、相棒に教えてもらったの」

「相棒?」

友人のことなのだろうか。面白い物言いだが彼女らしくてつい鸚鵡返しをすると、アンは「うん」と頷く。

「幼馴染み、というやつかしら。生まれた時から一緒にいるから、どちらかというと弟という気がするけれど……」

弟、の言葉に、咄嗟にアルバートの眉根が寄った。

弟、つまり、男である。アンの言い方だと男として見ているわけではなさそうだが、それでも『相棒』と呼ぶほど親しい仲にあるのは間違いない。

(アンが異性と意識していなくとも、相手がしている場合は充分に考えられる)

なにしろ、彼女はこんなにも愛らしく魅力的なのだから。

「幼馴染みということは、同郷なんだね。あなたと同じように王城で働いているのかな?」

アンの幼馴染みという男に一方的に湧き上がる敵愾心を押し殺し、アルバートはさりげなさを装って笑顔で訊ねた。

「相棒は近衛騎士よ」

「近衛騎士……!」

なんでもないことのようにアッサリと告げられた事実に、アルバートは驚愕する。

近衛騎士とは王族——特に王を守るための騎士だ。近衛騎士団に入団するには貴族の中でも名家の出身で、その上優秀でなければいけないと言われている。平民からも採用される他の騎士団とは違い、騎士の中でもかなり門戸の狭い職である。

要するに、かなりのエリートだということだ。そんな男が彼女の傍にいて、しかも『相棒』などと呼ばれるほど信頼を勝ち得ているのだと思うと、一気に焦燥が込み上げた。

対する自分は、不当にとはいえ、貴族の身分を剝奪され王都に流れ着いた無職の人間だ。

おまけに、明日からの決戦で命を落とすかもしれない身の上である。

そんな男が彼女に求婚する資格があるだろうか。

考えれば考えるほど落ち込む現実に、アルバートは項垂れる。

「バート？　急に黙り込んでどうしたの。何か話があるんじゃなかったの？」

アルバートは顔を上げ、怪訝そうに首を傾げるアンをじっと見つめた。

言うべきか、言わざるべきか。

そもそも求婚したところで、アンが受け入れてくれるとは限らない。アルバートが一方的に想いを寄せているだけで、彼女がどう思っているのかは分からないのだから。

こうしてアルバートに会うために度々時間を作ってくれるので、嫌われてはいないと思うが、異性として意識されているかは怪しい。一風変わっているアンは一般的な物差しでは測れないところがあるのだ。

だがこのまま騙すようにここを去れば、アンが心配して心を痛めるかもしれない。もし自分が命を落とせば、何も知らないアンはずっと心配し続けなくてはならないだろう。

そう自分に言い訳をして、アルバートは思いを告げようと決心する。

「……あなたに告げなくてはならないことがあるんだ。ずっと言えなかったけれど、言いたかった」

ふ、と力ない笑みを浮かべて言ったアルバートに、アンは何かを悟ったように、ついっと掌を突き出してきた。

「分かったわ。でもちょっと待って、バート。ここは人が多いわ。落ち着ける場所に行きましょう」

「……え」

キョトンとするアルバートを後目に、アンは通りかかった宿の女将を呼び止め、懐からスッと金貨を一枚出す。

「あの、女将さん。短時間で構わないので、一部屋借りたいのだけど……」

「——お、おい、アン！」

唐突な彼女の言動に、アルバートは狼狽して声を上げた。

若い男女が昼間から宿を借りる——それが他人の目にどんなふうに映るかは言わずもがなだ。しかも女性の方が、それをハキハキとした声で宣言している。周囲の客たちからざわめきが起こり、視線が集まった。

女将は目を丸くしたものの、アンの差し出すコインの色ににんまりとした顔になる。彼女は勢い良く親指を立てると、階段の方向を指した。

「二階は今、全部空いてるよ！　短時間といわず、明日の朝まで構わないさ！　行っといで、若者たち！」

からかい全開の大声に、周囲がドッと沸く。

その雰囲気の中でも、アンは平静そのものの顔色で、コクリと一つ頷いた。

「ありがとう。行きましょう、バート」

「え、ちょ……！」

あたふたするアルバートを顎で促し、アンはスタスタと階段を上ってしまう。こんな状況ですら背筋をピンと伸ばして歩く彼女は、まるで姫君のように高貴ですらあった。

急いで彼女の後を追いかけるアルバートに、口笛と下品な励ましが飛ぶ。

「頑張れよ、兄ちゃん！」

「えらいかっわいい子を射止めたもんだな、男前！」

「男らしいとこ見せてやんなよ！」

それらに返事をする余裕もなく、アルバートは階段を駆け上がったのだった。

アンは二階の一番奥の角部屋を選んだようで、そこのドアが開いていた。

開いてはいたが、一応、とノックをすれば、笑い声と共に「どうぞ」と許可の声が返ってくる。恋しい彼女が自分を待っているのだと思うと、胸の鼓動が速くなった。

（イヤイヤ、落ち着け、自分）

アルバートは暴走しそうになる己を、フルフルと頭を振って窘（たしな）める。

（……アンはきっと、宿の個室に二人きりという状況がどういうことなのか分かってないに違いない……！）

そもそも何故脈絡もなく個室を借りて籠もろうとしたのかは不明だが、彼女のことだ、何か理由があるに違いない。

一度深呼吸をしてから中に入ると、部屋の真ん中に設置されている寝台の上に、ちょこんと妖精が腰かけてこちらを見上げていた。

「まったく、いるのが分かっているのにノックをしたり、入ってって言っているのに、なかなか入って来なかったり……変な人ね、バート」

クスクス笑いながら、細い足をプラプラと揺らしている。その振動で寝台が軋んだ。

(寝台の上……！)

これは誘っているのか!?　と叫びたくなったアルバートは、その場で自分の顔を拳で殴りつける。鈍い音がして右頬に衝撃を受けたが、痛みは想定の範囲内だ。

だがその奇行に仰天したらしく、アンの方が大声を出して駆け寄ってきた。

「な、何をやっているの！　自分で自分を殴るなんて、頭がどうかしたの!?」

小柄なアンは、背伸びをしてアルバートの顔に手を伸ばす。ひたり、と小さな手が自分の頬に触れた瞬間、アルバートの忍耐は限界に達した。

「……頭がどうかしているのは、あなたの方だろう」

アルバートはボソリと呟くと、頬を撫でていたアンの手を掴み、柳腰を抱き締めた。

小さな彼女の身体は、背の高いアルバートが腰を抱くだけで足が宙に浮く。子どもを抱え上げるような体勢になってしまったが、構っている余裕はなかった。

ずい、と彼女の愛らしい顔に己の顔を近づけると、アンはたじろいだ声を上げる。

「バ、バート？」

「ここは宿屋の一室で、今は俺とあなたしかいない。密室に男女が二人きり——その意味を分かっていて誘ったのか？」

ジロリと睨んで指摘すると、アンは一瞬目を見開き、納得したような顔をした。

「そういう意図はなかったのだけれど……それで食堂の客たちが妙に騒いでいたのね」

その反応に、上った血の気がスッと引き、アルバートは溜息を吐いてアンを床に下ろす。

変わった娘だとは思っていたが、やはり世間慣れしていなさすぎる。

「その通りだよ。階下の客たちは、俺たちがここでそういうことをしていると思っている。あなたも自分の評判を落としたくなければ、思いつきで行動をしない方がいい。貴族の子女に悪評が立てば結婚だって危うくなるだろうし、あなたのご両親だって嘆かれる」

当然であるはずのアルバートの忠告に、けれどアンは顎に手を当てて、不満そうに小首を傾げた。

「なるほど……一理あるけれど、私の場合は当て嵌まらないわね」

「私の場合はって……」

アルバートは呆れて彼女を見下ろす。

アンは彼の顔を上目遣いに見て、サファイアブルーの瞳をクルリと動かした。

「私の両親は死んでしまっているから」

初めて聞いたその事実に、アルバートは息を呑む。

「……すまない」

　そういえば、これまで彼女の両親について会話に出て来たことがなかった。王城勤めをしていて親元を離れているからだろうと安易に考えていたのだが、亡くなっていたとは。

　肩を落とすアルバートに、アンはクスッと笑った。

「謝ることなどないわ。母が亡くなったのは物心がつく前だし、父が亡くなったのだってもう何年も前のことの上、親子としての関わりはほとんどなかったの。死んだ時も、悲しむというより、この後が面倒だなと思ったくらいで……」

「そ……そう、なのか……」

　貴族の場合、子どもの育成は使用人に任せ切りということも珍しくない。アルバートはそうではなかったから、自分は運が良かったのだろうと思う。

　アルバートは目の前にある愛らしい顔を見つめた。

　両親が既にこの世にないという事実を淡々と明かすアンに、胸が締め付けられる。今でさえこんなにも可愛らしいアンだ。幼い頃は天使のような愛くるしさであっただろうに。そんな彼女が、両親の愛を知らず、寂しさを抱えて育っていくのを想像すると、堪らない気持ちにさせられた。

「……なんて顔をしているの」

　アルバートを見たアンが、目を丸くした後、困ったように眉を下げて苦笑する。

「え……」

　言われるほど変な表情をしていただろうか、と自分の顔を触れれば、アンはプッと噴き出した。

「そんなに素直に感情を顔に出していたら、足元を掬われるわよ、お坊ちゃま」

「な……！　お、お坊ちゃまって……！」

言い当てられて、ギクリと身を竦ませる。そんなアルバートに、アンがますます呆れたように笑った。

「バレていないと思っていたの？　バートは良家の——それも高位貴族の御子息様でしょう？口調や仕草に育ちの良さが出ているわよ」

「育ち……！」

背中に妙な汗が湧いてくる。アルバートは眩暈を覚えながら、アンの言葉を繰り返した。

「年下の小娘相手に『あなた』なんて呼称を使うのは、貴族教育をされている人間くらいのものなのよ。庶民は良くて『君』、普通は『お前』だとか『あんた』でしょうね」

「……っ」

指摘されて、アルバートはグッと言葉に詰まる。確かに、紳士たるもの、女性や子ども、老人といった弱きものに対しても、常に敬意を表し慈しむべきであると、家庭教師にも寄宿学校でも習った。だから、女性に『あなた』という呼称を使うのは、アルバートとしては当然だったのだが、平民の世界では違っていたのか。

「大方、親との喧嘩で家出したってところ……かしら？」

怖いくらいに当たっている予想に、口をパクパクと開閉してしまう。アンは頭が良いとは思っていたが、洞察力も優れていたとは。

驚き狼狽えていたせいで沈黙してしまっていると、アンは皮肉っぽく笑って片手をヒラヒラと振った。

「……まあ、これは私の推測に過ぎないから、無理に答える必要はないけれど」

突き放すような口調に、アルバートはハッとして彼女の手を掴む。

「いや、聞いてほしい。今日俺は、そのことをあなたに話そうと思って来たんだ」

本来の目的を思い出し、アルバートは言った。その真剣な表情に、アンがフッと大人びた笑みを浮かべる。

「――分かった。聞くわ。話してくれる？」

二人は改めて寝台に座り直した。少々色っぽい場所ではあるけれど、この狭い宿の個室では、座る場所が他にないので仕方ない。手を伸ばせば簡単に触れられる距離に愛しい女性がいるかと思うと、頭が沸騰しそうになるが、アルバートはグッと奥歯を噛んで衝動をやり過ごし、憎き仇敵である義母の顔を思い浮かべた。

「……俺の本名は、アルバート・ジョン・ユール・エヴラールと言うんだ」

名乗った瞬間、アンがふわりと目元を綻ばせる。楽しげなその笑みに思わず見入っていると、彼女が言った。

「エヴラール侯爵――雷神と称えられた軍人。そのご子息ね。確か侯爵は今療養中で、領地は侯爵夫人が治めているとのことだったかしら。いい年の嫡子がいたはずなのに、何故跡取り息子ではなく夫人が、と不思議に思っていたけれど……なるほど、夫人は確か後妻だったわね。ではあなたは前妻とのお子さんね？」

名前を言っただけであっという間に諸事情を並べ立てられ、こちらの方が戸惑ってしまう。呆気に取られながらも首肯すれば、アンは口の端を上げた。人の悪そうな笑みだった。

「じゃああなたが王都で彷徨っている理由は、前妻の子である嫡子と、己の子を嫡子にしたい後妻の確執、といったところかしら？」

その通りだったので、アルバートは息を呑みつつもう一度頷いた。

「俺が八つの時に母が亡くなり、その二年後に父は義母を後妻に迎えた。当初はまだしおらしい女性だったんだが、俺が王都の寄宿学校に入学した頃に弟が生まれてから豹変したんだ。事あるごとに俺の行動を批判し、嫡子には相応しくないと父に訴えるようになった」

最初は義母への態度が不遜だとか、そういう些細なことだったように思う。とはいえ、当時アルバートは既に寄宿学校におり、義母と顔を合わせるのは長期休暇などで帰省した時のみだ。批判するにも限界があった。そのうち学校の成績などにも口出しするようになったので、こちらもとやかく言われないように必死で頑張った。結果、中の上程度だった成績は首席に躍り出て、更には文句を言われないよう素行にも気を遣ったため、十五歳という年齢で寮（ハウス）の監督生（プリフェクト）に選ばれた。

学校の校長に「我が校の誇り」だと褒められ、父には「よくやった」と労（ねぎら）われたが、義母にとっては面白くない事態だったのだろう。だがまだ子どもだったアルバートは、自分が立派になれば義母も認めてくれるだろうと信じていた。

しかし、アルバートが優秀になればなるほど、義母との確執は深まっていった。

そしてとうとう義母は、アルバートが父を押し退けて侯爵位を奪おうとしていると、ありもしない話を父の耳に入れるようになった。アルバートにしてみれば身に覚えがない上、ばかげた話でしかない。そもそもエヴラール侯爵位はアルバートに約束されているもので、待っていればいずれ自分のものとなる。わざわざ父を押し退ける理由などないのだ。

当然ながら、父も義母の戯言(たわごと)だと相手にしていないようだったが、不思議なもので、長年同じ話を耳に入れられ続けると、そうかもしれないと思い始めてしまうらしい。アルバートがまだ寄宿学校に通っていて、傍にいなかったのも災いした。

父との距離が少しずつ遠くなっていることに、十代のアルバートは気づくのが遅れた。

――いや、本当は違和感があったけれど、それを信じたくなかったのだ。父は自分を信じてくれていると思っていたかったのだ。

しかし、アルバートの思い虚しく、寄宿学校を卒業して帰郷した時には、父は義母に取り込まれてしまっていた。邸は義母の支配下にあり、父はそれを野放しにしていた。アルバートの居場所はどこにもなくなっていた。既に異母弟を嫡子として扱うような使用人までおり、悔しさに奥歯を噛み締めたことは一度や二度ではなかった。

それでも父が正式に自分を廃嫡することがなかったのを救いに、アルバートは次期エヴラール侯爵として国境警備軍の副将軍の職に就いた。国境警備軍は王の直轄軍であり、勅命がなければ動かすことはできないが、遠く離れた王都におわす王の代わりに軍を纏めるのが副将軍であり、代々エヴラール侯爵が担う役割だ。その頃には高齢により戦場に出ることができなくなっていた父に、名代として副将軍の地位を任されたというわけである。

軍の宿舎に部屋をもらったこともあり、アルバートは居心地の悪い侯爵邸ではなく、そちらに寝泊まりするようになった。これによってますます父から遠ざかってしまっていたのだが、任せられた職で成果を上げ、父の信頼を取り戻そうと躍起になっていたアルバートは気づけなかった。

宿舎のアルバートの部屋に、警備軍の幹部である数名の将官と共に義母が乗り込んできたのは、三年前の冬だった。

彼らはアルバートの逮捕状を持参していた。罪状は、エヴラール侯爵の殺害を企てたという、まったくのでっち上げだった。だがそれ以上に、自分に逮捕状が出ている事実が信じられなかった。

エヴラールでは領主の許可があれば罪人の逮捕ができることになっている。即ち、アルバートの逮捕は父が承認したということだ。

呆然とするアルバートに、父がアルバートを廃嫡したと、義母が嬉しそうに言って一枚の証書を広げてみせた。そこには、アルバートをエヴラールから追放し、この地に二度と足を踏み入れさせてはならないと厳命する旨と、父の名が、確かに記されていた。

そんなはずはない、印のない書類に効力はない、父に会わせろと叫ぶアルバートを無視し、彼らはアルバートを拘束して袋叩きにした後、エヴラールの領地の外へと放り出した。

雪の降る荒れ地の果て、満身創痍で気絶していたアルバートが生き延びられたのは、たまたま通りがかった旅商人の一行が拾って介抱してくれたからだ。彼らがいなければ、失血死するか凍死していただろう。

アルバートが意識を取り戻した時には、商人の一行はエヴラールを遠く離れて南下していた。あのままエヴラールに留まっていても何もできないと思い知らされたアルバートは、王都の知人を頼ることにした。幸い、寄宿学校時代の友人は貴族の子息ばかりだ。彼らの力を借り、地位奪還の時まで力をつけるため、王都に潜伏することを決めたのだ。

「――それが三年前だ」

話し終えると、アンは小さな顎を手で擦った。

「現エヴラール侯爵夫人はミケルソン子爵家の令嬢だったわね。子爵は小物だけど、悪知恵の働く男よ。そして金と権力の亡者。実際に夫人を知るわけではないけれど、あの悪い血をそのまま受け継いでいるのなら……家の乗っ取りくらいはやりかねないでしょうね」

クッと喉を鳴らして笑う姿は、妖精というよりは小悪魔に近い邪悪さがあって、アルバートは目を瞬く。だがそんな顔も愛らしいと思ってしまうあたり、大した色惚けぶりだと自分でも思った。

「……すごい情報量だな。どうやったらそんなに詳しくなれるんだ」

エヴラールはこの国の最北端に位置する辺境の地で、距離的な理由から王都までその情報は伝わって来にくい。おまけにかつては辺境伯による自治を認められた特殊な土地であり、独立国のような体質が依然として抜けないのも情報を滞らせる原因だろう。

数十年ほど前に、時の国王がエヴラール国境警備軍を王立軍と定め直し、辺境伯の爵位を侯爵位へと変更したことで、領地の閉鎖体質はずいぶんと緩和したという話だが、それでも他の領地よりは独立を好む傾向が強い。領民は未だ領主のことを辺境伯と呼んでいるほどだ。

だから、城勤めとはいえ下働きの娘がこれほどエヴラールに詳しいことに、アルバートは驚きを隠せなかったのだ。

だがアンはなんでもないことのように軽く首を竦める。

「毎日王城にいれば、この程度の情報はいくらでも入ってくるのよ」

「そうは言っても、限度があるのでは……」

下働きの娘がここまで詳しくなれるものだろうか、と思ったが、アンが「それはこの私だからね！」と威張るように胸を反らしたので言葉を呑んだ。

この娘は確かにあらゆる面で規格外なのだ。これまでも、一介の使用人に過ぎない彼女がもたらした、非常に詳しく正確な情報に、幾度も助けられてきた。

「要は、澄ませる耳があるかどうか、かしらね」

「なるほど、そんなものか」

　ふむ、と腕組みをして言えば、アンが胡乱な目でこちらを見てくる。

「……そういうところがお坊ちゃまだと言うのよ、バート」

　騙されたらどうするの、少しは疑ってかかりなさい、と薔薇色の唇を尖らせるアンに、アルバートは彼女の青い瞳をまっすぐに覗き込んだ。

「騙しているのか？」

「いえ、騙してはいないけれど……」

　彼の問いが意外だったのか、アンは少し狼狽えるように言葉を濁したが、すぐに眉を吊り上げて怒った顔を作る。

「だけど、もし私が義理の母の手の者だったら、どうするのよ」

「どうもしない」

　アンの言葉に、アルバートは静かに、けれどきっぱりと答えた。

「……どうもしない？」

　理解できなかったのか、アンは思い切り顔を顰めて繰り返す。

　アルバートは薄く微笑んで頷いた。

「あなたに騙されて死ぬなら、俺は本望だ」

　自分で言いながら、ばかなのではないかと思う。だがその言葉に嘘や虚飾はまったくなく、心からそう思ってしまっているのだから仕方がない。アンに騙されて死ぬことになったとしても、自分の人生がそこまでだったという話なのだろうと思えた。

それは、これまで抱いてきた、義母との決戦で死ぬのならばそれまで、という虚しい諦観とは違い、ひどく満足感のある想像だった。

(――ああ、俺は、彼女にならば殺されてもいいと思っているのか)

言葉にすれば陳腐だが、きっとそういうことなのだ。

「アン、俺は目的のための情報を得るためにあなたに近づいたんだ。あなたを利用した。本当に、申し訳なかった」

唐突な罪の告白と謝罪に、アンは頷いた。

「……それは分かっていたから構わないわ」

「分かっていたのか!?」

驚くアルバートに、アンはヒラヒラと片手を振る。

「それについては、私の方もあなたを利用していたからお相子なの。気にしないで」

「利用って……」

「利用と言っても、あなたが不利益を被るようなことはないから、そこは安心して」

それ以上の説明をする気はないようで、アンはそう言ってプッツリとその話題を終わらせた。アルバートもまた不要な詮索はしなかった。

それよりも伝えたいことがあった。

「アン、あなたを愛している」

「……脈絡がないわね。今日はどうしたの、バート……」

突拍子もない愛の告白に、アンが明らかに面食らっている。だが腹が据わったアルバートは止まるつもりはなかった。

「急に、こんなことを言ってすまない。だが今日言わなくてはと思っていたんだ。俺は明日、エヴラールへ帰るから」

アルバートの言葉に、アンが弾かれたように顔を上げる。

「明日!?」

「ああ。準備は整った。俺の廃嫡と追放の異議申し立てを行う」

「……ならば異議申し立ての証人が必要でしょう？　確保できているの？」

アンの問いにアルバートは黙って首肯した。

領主が下した正式な決定への異議申し立てを行うには、その決定が不当であることを大司教に認められる必要があった。大司教が不当と認定したものは、女王へ送られて、改めて正当か不当かを審議されるのである。

「大司教の内のお一人に同行をお願いしてある」

「同行を？　……よく、承知してもらえたわね……」

驚くアンに、アルバートは苦く笑う。

敵地に乗り込むようなものなのに、敢えてその危険な旅に同行してくれる者はなかなかいないだろう。最初はアルバートもそう思っていた。だが、王国が認めた十三人いる大司教の内、謹厳実直（きんげんじっちょく）で正義感に溢れることで有名な一人を頼ったのだ。

その名を挙げれば、アンは「なるほど」と納得したようだった。

「あの大司教ならば、あなたの窮状を知れば憤り、協力すると言ってくれるかもしれないわ。それにしても、よく繋ぎが付けられたわね」

「寄宿学校時代の友人たちと……アン、あなたのおかげだ。あなたが教えてくれる情報のおかげで、俺はたった三年で、義母に立ち向かう準備を整えられたんだ。本当に感謝している」

白い手を取って握り締めながらそう言えば、アンは少し照れているのか、くすぐったそうな表情になる。

「私には私の目的があってやっていたことだもの」

「それでも礼を言いたいんだ。ありがとう、アン。結婚してほしい」

「——本当にまったく脈絡がないのね、あなたは……」

サラリと求婚を織り交ぜるアルバートに、アンは呆れた顔をした後、堪らないといったように噴き出した。笑う様子もただ可愛らしく、アルバートはこの天使のような少女を食い入るようにじっと見つめた。

あまりに執拗な視線だったせいか、途中でアンが笑いを止めてこちらをじろりと睨みつけてくる。

「……ねえ、見すぎじゃない……？」

「いや。これが最後かもしれないと思うと、目に焼き付けておきたくて」

「ちょっと待ってよ、縁起でもない！　あなた、死にに行くつもりなの!?」

聞き捨てならない、とばかりに大声を上げたアンに、アルバートは「そんなつもりはない」と否定する。

「勝算はちゃんとある。俺を信じて協力してくれた人たちのためにも、無謀なことをするつもりはない。やるからには必ず勝つ気でいく。……だが、今あなたに振られれば、もう会うこともなくなるだろうから、今の内に思う存分眺めておこうと……」

アルバートの説明に、アンはまたもや噴き出して腹を抱えて笑い出した。そんなにおかしいことを言っただろうか。

ひとしきり笑い終えると、アンは目尻の涙を指で拭いつつ、コロリと寝台に仰向けに横たわった。

「ああ、おかしい。バート、あなたは本当に変わった男だわ」

「そうかな」

「そうですとも！　この私に求愛し、求婚するなんて！　変わった人だわ」

その台詞にアルバートは驚いた。

「変わってなどいない。あなたほど愛らしく、賢い女性はいないのだから、俺以外にも求婚する者は大勢いるだろう」

アルバートの問いに、アンは「うーん」と一つ唸って腕組みをする。

「いないこともないけれど……その男は私を賢いとは思っていないでしょうね」

「なんだって！　そんなばかな男はだめだ！」

　実際に、彼女に求婚している男が他にもいて、更にはそれがアンを正しく評価できないような男だと聞いては居ても立っても居られなくなる。アルバートは寝転ぶアンの上に圧し掛かるようにして彼女を見下ろし、叫ぶようにして懇願した。

「俺にしてくれ！　俺ならあなたの本当の価値を理解できる！　生涯あなたを崇拝して愛し続けると誓うから、俺と結婚してほしい！」

　今度はアンも笑わなかった。青く澄んだサファイア色の瞳で、じっとアルバートの目を見つめてくる。吸い込まれそうな美しさだ。この瞳の中には小さな宇宙があるのではないかと、そんな世迷い言まで浮かんでくる。

「私の夫になるのは、相当な辛抱と努力と時間が必要よ。覚悟はある？」

「ある」

　即答するアルバートの迷いのない目に、アンが微笑（びしょう）を浮かべた。その微笑みが、何故か少し悲しげに見えて、アルバートは違和感を覚える。だが次の彼女の台詞に、小さな違和感などは吹き飛んでしまった。

「――ならば、その求婚、受け入れましょう。生きて帰ってちょうだい、旦那様。絶対に死なないように、今ここで私の純潔を奪っていって」

＊　＊　＊

部屋のカーテンを閉めた。光が一筋も入ってこないように、ビッチリと。ドアも鍵もだ。しっかりと閉めて、ドアノブを何度か回してちゃんとかかっているかを確認した。

晴れた日の昼間だというのに薄暗くなってしまった室内の中でも、アンの輝くような美貌は隠しようもない。特に今は、アン自身が「窮屈だ」と言って、リネンキャップを取り、結っていた髪を解いてしまっているので、月光のような銀の髪が華奢な身体を覆うように広がっていて、彼女をより神秘的に見せている。

ぼうっと呆けたように彼女を見つめていると、アンが長い睫毛を震わせてこちらを見上げ、おかしそうに笑った。

「どうしたの。そんなに見つめると、溶けてなくなってしまうわよ」

「えっ！」

それは困る、と焦って駆け寄ると、アンは目を丸くした後、コロコロと涼やかな笑い声を上げる。

「冗談よ。人が溶けてなくなるわけがないでしょう？」

それはもちろんアルバートだって分かっている。だがアンの人間離れした美しさには、冗談も真実味を帯びてしまうのだ。

アルバートは曖昧(あいまい)に笑ってアンの軽口を受け流し、彼女の隣に腰を下ろす。ギシリと古い寝台が鳴った。

改めてアンの顔を眺める。本当に、信じられないくらい美しい少女だ。

薄暗いせいか、青い瞳が今は紫色に見えた。興味深そうにこちらを見返すその瞳の中に、己の顔が見えて、アルバートは妙な感動を覚える。彼女が好きで、できるならずっと見ていたいとどれほど願ったことか。だが、今は彼女もまた自分を見てくれている。その事実に、想いが通じ合った実感が湧いて、じわりと胸に喜びが広がった。

そっと手で彼女の頬を撫でると、くすぐったそうに目を細め、猫のように掌に頬ずりをしてきた。

それが可愛くて愛しくて、アルバートは何故だか泣きたい気持ちにさせられた。

「本当に、いいのか」

その質問には、いくつもの意味が込められていた。

一つは、ちゃんと結婚をしていないのに、彼女を抱いてしまうことへの確認だ。婚姻前の女性が純潔を失って、それが明るみに出てしまうと貴族社会では疵(きず)ものとして扱われる。まともな縁談は来なくなってしまうのだ。

もう一つは、この天使か妖精かという神秘的な生き物を、己の手で穢してしまっていいものだろうかという意味だ。

無論どちらも、自分から言い出しておいて今更なにを、と言われてしまうような内容だ。けれど、それでも最終確認はしたかった。

予想通り、アンが呆れたような眼差しになったので、アルバートは苦笑する。

「今なら、まだ止められる」

「――私の覚悟を疑うの？」

アルバートの問いに、アンは気を悪くしたようだ。アンの覚悟が足りないなどとは微塵も思っていなかったアルバートは、しかし自分が訊ねた内容は結果的に彼女の言う通りのことを訊いているに等しいと気づき、あわあわと蒼褪める。

「い、いや、そんなつもりは……！」

「ばかね、見ていなさい」

アンはそう言い捨てると、寝台からすっくと立ち上がってシュルッと首のスカーフを解いた。それをポイと床に放ると、次にウエストの紐を解いてスカートを脱ぎ捨てる。

「えっ!?」

いきなり服を脱ぎ出したアンに仰天し、アルバートは慌てて自分の目を手で覆い隠す。女性の脱衣を見ていいはずがない。

狼狽えるアルバートに、アンが咎めるような声で言った。

「覚悟が足りないのはあなたよ、バート。今から抱くつもりの女が服を脱いだからといって、目を瞑っていたら何もできないではないの」

「なっ……！」

挑発されて思わず目を開けば、目の前には一糸纏わぬ姿で、妖精が立っていた。

アルバートは文字通り絶句して、アンを凝視する。

なんという白い肌だ、と、凡庸な感想が頭に浮かんだ。実際の彼女は、そんなありふれた言葉ではとても表現できないのに。

肌は白いだけでなく、陶磁器のように滑らかだった。すんなりと伸びたしなやかな手足、薄い腹、胸にはささやかな膨らみ。その双丘の上には、薄赤い小さな尖りが揺れている。

神秘的なほどにきれいだった。侵しがたい雰囲気さえある。

凹凸の少ない身体は、まだ堅い蕾のようだ。年齢を知らなければ、彼女が女性として未成熟なのではないかと、己の劣情を向けることを躊躇してしまったかもしれない。

だが細いけれど柔らかそうな両脚の間には、白銀の下生えがしっかりと存在していて、アンが子どもではないのだと教えてくれた。

「……目を瞑っていては何もできないとは言ったけれど、瞬きもしないなんて……なかなか度が過ぎているわね、あなたも」

どうやら凝視しすぎていたようだ。アンの戸惑った声に我に返ると、アルバートは妖精のごとき裸体から視線をずらし、彼女の顔に焦点を当てる。今は紫紺に見える瞳が、アルバートの本心を見透かすようにこちらに向けられていた。

(……本当に、今更だ)

彼女を抱きたい。自分のものにしたい。たとえ自分が死んだとしても、誰にも渡したくない。

傲慢で独りよがりだと分かっていても、どうしようもないほど、濃く、熱く、膨れ上がる欲求だ。だからこそ、自分は今、ここにいるのだ。

（誤魔化して逃げを打つなんて、覚悟が足りないと言われても当然だ）

アルバートはゴクリと唾を呑むと、アンの目を見つめ返して言った。

「……俺も、脱ぐ」

彼女ばかりを裸にしておくわけにはいかない。妙な使命感に駆られて宣言すれば、アンは呆気に取られた後、プッと噴き出した。

「ふっ……、わ、分かったわ……！」

肩を震わせて笑う彼女に少々ムッとしたものの、アンが何をやっても可愛いとしか思えないアルバートが怒るはずもない。手早く自分の着ている物を剝ぎ取ると、彼女と同様、生まれたままの姿になってその前に立つ。

アンは既に笑いを収めていて、穏やかな笑みを浮かべた女神のような表情でアルバートを眺めた。

「……あなたは美しいのね、バート」

まさに自分が今彼女に対して思っていたことを口にされて、アルバートは驚いて目を瞠る。

「それはこっちの台詞だ。あなたほど美しい人を、俺は知らない」

心からの賛辞だったが、アンの心には響かないのか、彼女は曖昧に微笑んで首を傾げた。

「そう？」

「お世辞なんかじゃない」

言い募ると、アンは「そうじゃない」と首を横に振る。

「あなたの言葉を疑っているわけじゃない。……これは自惚れではなく、私のことを美しいという者は多いのよ。けれど私自身は、自分を美しいと感じたことは一度もないから」

「そうなのか!?」

意外な発言に驚くと、アンは皮肉っぽく唇を歪めた。

「白すぎる肌、子どものような身体、作り物じみた顔……まるで人形のようでしょう? 人形とは人を模った偽物なのに、皆、それが褒め言葉であるかのように私に言うのよ。私は生きた人なのに。だから私はこの顔を美しいとは思えないの」

その言葉に、アルバートは納得する。美しいということは、それだけで人目を引く。きっと彼女はこの美貌のせいで、これまであまり良い思いをしたことがなかったのだろう。

そんなアンが気の毒で、手を伸ばして小さな顔の輪郭を指の背でなぞった。少し触れただけでも分かるくらいに、その肌は滑らかだった。

彼女はくすぐったそうにしながらも拒もうとはせず、不思議そうにこちらを見返す。

「……それなら俺は、あなたを美しいと言えないのだろうか……」

それはとても残念だ、と思い、ついそんな言葉が漏れてしまう。

するとアンは目を丸くして、それからふにゃりと微笑んだ。

「……あなたの言う『美しい』ならば、とても嬉しい気がしてきた……」

ほんの少し頬を染めてはにかむように笑うアンが、愛おしかった。アルバートは噴きこぼれそうになるその想いを押しとどめるためにグッと奥歯を噛んで、両手で彼女の顔の輪郭を包み撫で続ける。アンは仔猫のようにその不器用な愛撫を受けていたが、やがて細い腕をするりとアルバートの腰に回してきた。

ぴたり、身体が密着する。互いに生まれたままの姿だ。吸い付くような肌の感触に、喉が一気に干上がった。

「……硬いのね」

アンがそんな感想を述べる。その言葉には身に覚えがあった。心身ともに健康な青年であるアルバートは、ギクリとして咄嗟に「ごめん」と謝った。

だがアンの言っているのはその部分ではなかったらしい。

「男の身体は、硬いのに滑らかで……鞭のようだわ」

小さな手が撫でているのは、アルバートの胸の辺りだ。盛り上がった筋肉を物珍しそうに見つめながら触っている。そんなふうに身体を触られたことがなかったアルバートがくすぐったさを堪えていると、アンが大きな瞳でこちらを見上げてきた。

「どこもかしこも引き締まっていて、硬くて、逞しい。野生の馬のよう。美しいわ、あなたの身体は」

馬にたとえられて喜ぶべきか悩ましいところだが、アルバートはひとまず礼を言うことにした。

「ありがとう。でも、さっきも言ったが、俺にとってはあなたの方がよほど美しいよ」

先ほどと同じことを繰り返せば、今度はアンも柔らかく微笑んでくれる。

「好きな男に美しいと言われるのは、嬉しいものね……」

　その言葉に、息を呑んだ。

「……好き？　俺を？」

　幼い子どものように訊き返すと、アンは今気づいたといったように瞬きをする。

「ああ、……ごめんなさい。肝心なことなのに、まだ言っていなかったわ。私はあなたが好きよ。あなたの衒(てら)いのない気性も、ばか正直なところも。私を一人の人間として扱う、そのまっすぐな心の在り方を、愛しいと思う。生まれて初めて愛しいと思った男……」

　恋しい人からの愛の言葉が、これほど胸に来るものだとは。求婚を受け、こうして身を委ねようとしてくれている時点で、アンも自分を憎からず思ってくれているだろうと予想はしていた。だが実際に口に出して言われるのとでは威力が違う。

　感極まっているアルバートをよそに、アンは何かを思い出したのか、クスッと小さく噴き出すように笑った。

「あなたは私にいろんなものを見せてくれたでしょう？　あれ、とっても嬉しかったの」

　言われて、アルバートは少し考える。恋をする男として、愛しい人に贈り物をあげたいところだったが、放浪の身の上では自由になる金などほとんどない。だからアルバートは、自分が美しいと思ったものを、アンにも見せるようにしていた。それが今の自分にできる唯一の贈り物だったからだ。

「鐘の塔の上から見る、燃えるような夕焼けや、春の嵐に吹雪く桜、王都で一番大きなマグノリアの木、雨上がりに青空にかかる虹——全部、見たことのないものだったわ。素晴らしく、美しかった。なにより、それを見せようとしてくれたあなたの気持ちを、私は愛しいと思ったの……」

アンの紡ぐ言葉の一つひとつが、大地に降る雨のように、アルバートの中に染み込んでいく。込み上げてくる感情に目頭が熱くなって、ボロリ、と大粒の雫が零れた。それがアンの頰に落ちて、青い瞳がまんまるに見開かれる。

「——愛している、アン」

アルバートはボタボタと涙を流しながら、アンを抱き寄せた。

まさか大の男が泣くとは思わなかったのだろう。アンは言葉もなく、されるがままになっている。

「愛している。愛しているんだ。この世の……誰よりも」

生き残ろう。生き残って、彼女を得るためならなんでもしよう。

(アンは、俺の生きる理由だ……！)

父の信頼を取り戻したかった。濡れ衣を晴らし、名誉と地位を取り戻すことが己の矜持を守ることだと、アルバートはこれまでそれを目標に生きてきた。

——だが、それは本当に俺の矜持なのか？

不意に不安に襲われる夜があった。矜持とはなんだ。己の自尊心とはなんなのか。己のやっていることは、父から認められたいだけの子どもの行動でしかないのではないか。父の信頼を取り戻したい。それは事実だ。だがそれが生きる理由ではいけないのだと、アルバートは本能で知っていた。

父は敵であるかもしれないからだ。義母ではなく、本当に父がアルバートを見限り廃嫡したのだとすれば、生きる理由を失ってしまうことになる。

(でも、アンがいる。アンが俺を繋ぎ止めてくれている……!)

生きること。この先の生を歩み続けること。愛しい人と想いを交わし合う喜びを知った。それは生への希望だ。自分を生に繋ぎ止めてくれるのがアンなのだと、アルバートは実感した。

泣きながら抱き締めてくる男の背中を、小さな温かい手がそっと撫でる。

「私も愛しているわ、アルバート」

淡々とした物言いが特徴の彼女にしては、とても優しい声音だった。

そのことに更に涙を誘われて、細い腰と小さな尻に腕を回して抱き上げると、アルバートは泣きながら彼女の唇を求める。アンは逆らわなかった。彼の唇を受け止めながら、黒髪をクシャクシャと掻き回す。

舌を絡ませ合ったまま、もつれ合うようにして寝台に倒れ込んだ。もちろん、小さなアンを潰さないように、ちゃんと自分が下になるように注意する。それから彼女を抱えたままグルリと身体を回転させ、自分の下に組み敷いた。

まるでお伽話の挿絵のような光景だ。信じられないくらい可憐な妖精が、微笑んでこちらを見上げている。彼女の背に翅がないことが不思議なくらいだ。神秘的で、清廉で、穢れのない光景――なのに、どうしようもなく興奮してしまっている自分がいる。

それも仕方のないことだ。愛している女を組み敷いて、興奮しない男がどこにいるというのか。

妖精の顔から下へと視線を移せば、クリームのような肌の上に、ささやかな膨らみがある。その上の薄赤い飾りが、彼女の鼓動に合わせてフル、フル、とわずかに揺れた。

「――頭が、煮えそうだ……」

呟きに、アンがフッと笑う。

「私も」

言いながら、アンはアルバートの手を摑んで自分の左胸に導いた。ふわりとした感触。自分よりも体温が低いのか、彼女の肌は少しひんやりとしている。けれど、柔らかい。自分の手の中にすっぽりと収まるその膨らみは本当にささやかだったけれど、掌の真ん中に当たるコロリとした小さな尖りに、ゴクリと喉が鳴った。

「ほら。心臓がとんでもない速さで打っているでしょう？」

アンにそう言われるまで、心臓の音に気が回っていなかった。慌てて神経を集中すると、手にトクトクという速い鼓動が感じられた。

「……本当だ」

広げて重ねるだけだった手に力を入れると、彼女の柔らかな肌に自分の指がわずかに埋もれた。それだけの光景がひどく淫靡に見えて、アルバートは更に手を動かす。指と指の間に尖りを挟めば、ピクンとアンが肩を揺らした。その反応を見逃さず、すかさずそれを擦り上げると、さくらんぼのような唇から甘い吐息が漏れる。

「……っ」

恥ずかしいのか、声を堪えるように息だけを漏らすその表情に、ぐらりと眩暈がした。首まで桜色に染まった肌、困ったように寄せられた柳眉、潤んだ瞳、吐き出す甘い息――女神のような美貌に尊大な態度という、普段の彼女からは想像もつかないほど、今のアンは艶やかだった。

もっとその表情が見たくて、アルバートは夢中で彼女の身体を弄り始める。

薄い乳房を揉みしだき、その尖りを指で捏ねる。くりくりと捻っていると、柔らかかった肉に芯ができ、薄赤い色も濃さを増していった。立ち上がり色づいた乳首は実った野苺のようで、アルバートはパクリとそれを口の中に入れる。

「――んぁっ……！」

急に熱く濡れた感触に包まれて驚いたのか、アンが鼻にかかった声を上げた。その声も可愛く、アルバートは嬉しくなって口の中の果実を舌で転がしていく。硬くなった果実は舌で弄るのにちょうど良い弾力で、つい歯を当てると、アンの身体がビクンと大きく跳ねた。

痛い思いをさせてしまったかと焦って舌で撫でながら、視線だけ動かしてアンの顔を窺うと、その表情はひどく蕩けていた。

（——ああ、これが気持ち好いのか）

アルバートは安堵して乳首から口を離すと、今度はもう片方へと唇を寄せる。そちらも同様に可愛がっていると、次第にアンの声に甘さが増していった。

「……っ、ぅ、……ぁ、……っは……！」

瀕死の仔猫の鳴き声のようで、つい愛撫の手を止めて彼女の表情を覗ってしまったが、そこに苦悶の色はない。酩酊したように蕩けて赤らむその顔に、アルバートはホッとして愛撫の手を再開した。

乳首を弄りながら、手で嫋やかな身体を探索していく。身体のどこに触れても、アンの肌は滑らかだった。撫でるのが気持ち好い。人肌をこれほど心地よいと感じるのは、相手が愛する女性だからだろうか。

ずっとその肌触りを味わっていたかったが、アンが反応を示す場所を探らなくてはならない。皮膚の薄い場所は特に敏感なようだった。その部分を殊更丁寧に撫でさすると、身体をくねらせて快感から逃れようとする。追いかけて愛撫を続けたい気もしたが、なるべく彼女の意に添うように事を進めようと決めていたので手を止めた。すると、少しずつ身体の力を抜いていってくれた。

アルバートは上体を起こし、くたりとシーツに身を沈める彼女を見下ろした。初めての快楽に疲れたのか、アンは目を閉じていた。うっすらとかいた汗が上気した肌を光らせ、ひどく艶めかしい。

アルバートはアンの左足首を摑んで引き寄せ、その爪にキスを落とす。

小さな足だな、と思う。こんな小さな足で地面を歩いているなんて、大丈夫なんだろうかと心配になるほどだ。

だが同時に、アンならば歩くのだろうとも思った。どんなに険しい山道でも、獣道でも、たとえ裸足だったとしても、アンなら歩くのだろう。そういう女性だ。

(俺が愛しているのは、嫋やかだけれど逞しく、しなやかで強い、そんな女性なんだ)

衝動に駆られ、アルバートはその足をぱくりと咥える。

「ひゃっ……!」

さすがに足を食べられるとは思っていなかったのか、アンは跳ねるようにして身を起こした。そして足の指を舐めしゃぶるアルバートを見て、またパタリと後ろに倒れ込む。

「……私の足、美味しいの?」

「甘い」

指と指の間に這わせた舌を一度引っ込めて答えると、アンが呆れたように「嘘つき」と言った。確かに、嘘だ。人の肌が甘いはずがない。だが、今のアルバートはアンに酔っている。アンの全てが甘い。蕩けた瞳も、吐き出す吐息も、小さな舌も、滑らかな肌も、尖った乳首も、足の指も、全て。だからきっと、今だけは嘘ではない。

全ての指をしゃぶり終えると、アルバートは踝から足首へと舌でなぞり上げ、細いふくらはぎに唇を寄せた。ちゅ、ちゅ、と音を立ててキスを落としていき、膝裏をねっとりと舐ると、敏感な内腿に吸い付く。

「ぁっ……」

甘い声が聞こえる。それが嬉しくて何度も吸い付いていると、白かった太腿は赤いまだら模様になってしまった。色が白いので、痕が付きやすいのだろう。だが、自分のつけた痕がアンに残っているのは、非常に気分が良かった。

片脚はアルバートが持ち上げているので、当然ながら彼女の両脚は開いている。そこにある薄い繁みに、そっと手を伸ばした。

アンの下生えは少ないだけでなく色が薄いせいもあり、その下の女陰を隠し切れていない。まだ青い入り口は、桃色の粘膜を垣間見せながらも、ピッタリと閉じられたままだ。指で触れるのすら可哀そうで、アルバートはそこに顔を寄せる。

するとアンが息を呑んだ。

「バ、バート……！」

制止なのか、ただの呼びかけなのか。

アンが自分の名を呼ぶ声を心地よく聞きながら、アルバートはべろりと筋のような蜜口を舐め上げた。

「ぁあっ……」

アンが発したのはそのひと啼きだけだった。その後は、声を漏らすまいとしてるのか、堪えるような息遣いだけが響く。

止められないのを良いことに、アルバートは好き勝手していた。

ふっくらとした陰唇を舐ったり吸い付いたりしながら、時折その上にある陰核を包皮の上から弄る。両唇で挟み込んで揉むと、アンの身体が面白いほどビクビクと反応した。感じてくれているのだと思うと嬉しくなる。唇ばかりではなく、舌も使って弄るうちに、皮の下から薔薇色の雛のような陰核が顔を出した。プルプルと震える様が可愛くて、それをまた舐めしゃぶる。

「ぁあ、っ、ダメ、それ、もぅ……！」

身悶えしながらアンが言った。

細い腰が浮き始める。ちょうどいいのでその隙間に手を入れて持ち上げ、舐めやすいように自分の顔に引き寄せた。そうしてなおも口淫を続けていると、唐突にアンが悲鳴を上げた。

「〜〜ヒァッ！」

「アン？」

驚いて、持ち上げていた彼女の下半身をそっとシーツに戻す。彼女の四肢が戦慄いている。全身の皮膚には鳥肌が立ち、汗が光っていた。アンの顔を見ると、上気した頬に、とろりと蕩けた眼差しでどこかを見つめている。

達したのだと気づき、アルバートは確かめるために先ほど舐めていた陰唇を指でそっと割り開く。中からとろりと透明な愛蜜が零れてきたのが見えて、勝手に身体が動いてそれを舐め取った。

アンの蜜は、甘かった。彼女の身体が自分の愛撫に応えてくれていることが嬉しくて、夢中で舐め啜る。舌を膣内に差し入れ、中の泥濘も味わった。甘酸っぱい女の匂いに、頭が熱く痺れていく。

アルバートの雄はずっと勃起したままだ。今舐め啜っているその泥濘の中に早く挿れろと涎を垂らして怒張している。アルバートとしてもそうしたいのはやまやまだが、アンは女性としてもずいぶんと小柄で、大柄な自分のものを受け入れるのが大変であることは誰でも分かる。その上、彼女は処女なのだ。人によっては激痛だと聞いたことがある。なるべく彼女に痛い思いをさせたくなかった。

逸る欲求を抑え、アルバートは丹念にアンの内側を解しにかかる。

まずは指を一本差し挿れた。にゅるり、と吸い込まれるように膣内へ侵入できて安堵する。達した後で弛緩しているからだろう。

(……うわ……)

アンの泥濘の熱さに、ごくりと唾を呑んだ。中はたっぷりとした愛液で潤い、指に蜜襞がうねうねと絡みついてくる。ここに突き入れたらさぞかし気持ちが好いのだろうと想像して、グッと歯を食いしばった。

（……今はアンの苦痛を減らすことが最優先だ）

気合いを入れ直し、アルバートは慎重に指を動かしていく。

一本の指で膣内を弄るのに慣れてきたので、もう一本増やしてみる。身体が小さいせいか、アルバートの指では二本でもなかなかきつそうだ。こんな状態で自分のものが入るのだろうかと不安になった。もし無理な場合は途中でやめることになっても仕方ないだろう。せめて少しでも快感を拾ってほしくて、膣内を弄りながら舌で陰核を刺激していくと、それを喜ぶように蜜襞が蠕動するのが分かった。

しばらく愛撫を続けると、アンの身体は健気に綻んでくれた。きつく感じた隘路も、辛抱強く解していくうちに柔らかくなり、指の動きに幅が出始める。

ホッとして三本目を、と思ったところで、アンのか細い声が聞こえた。

「……バート、もういい」

その声は掠れていて色っぽく、ハッとして彼女の顔を見ると、アンは息も絶え絶えな有様でこちらを睨みつけていた。

どうやら愛撫に夢中になりすぎてしまったようだ。

「す、すまない！　痛かったか!?」

焦って彼女の顔を覗き込めば、アンは涙目でアルバートの頬をつねり上げる。

「ばか！　逆よ！　気持ち好すぎておかしくなるから、もうやめて！」

「ふ、ふまみゃい……」

怒られているが嬉しい発言に、思わずへらりと顔が緩むと、アンは更に目を吊り上げた。

「もう挿れて」

「えっ」

「もう挿れてと言ったの！　こんなことをずっとやられていたら気が変になってしまうわ！　ひと思いにやってしまって！」

男前な発言に度肝を抜かれてしまったが、そういうわけにはいかない、とアルバートは慌てた。

「ダメだ。そんな、怪我をさせたら……」

「処女膜を破るんだから、怪我をするのは端（はな）から分かっていることでしょう！」

苛立ったようにアンが反論する。身も蓋もない言い方にアルバートは苦い笑みが零れた。

怪我をするのは前提とはいえ、できるだけその程度を軽くしたいのである。

「だが……」

なおも言いかけたアルバートの口を、アンの手が塞いだ。

「お願い……バート、早く……！　お腹の奥が……熱くて、疼いて、仕方ないの……！」

潤んだ青い目が、情欲を孕んで揺れている。

アルバートは、自分の衝動が堰を切るのを感じた。何も言わず彼女の手首を摑んで顔の脇に押しつけると、その赤い唇を奪って舌を捻じ込む。甘い口の中を蹂躙しながら、片腕で彼女の片膝を自分の肘に引っかけて脚を開かせた。

　興奮して痛いほどに勃起した陰茎を、先ほどまで弄っていた蜜口に擦りつける。溢れた愛蜜とアルバートの先走りで、雄蕊と雌蕊はぬるぬるとよく滑った。その感触だけでも腰が震えるほど気持ち好い。

「挿れるよ」

　唇を離して短く宣言すると、アンの目が嬉しそうに細くなった。

　手で陰茎を持って入り口に宛がうと、グッと腰を押し進める。ぐぷり、と最初は音を立てたものの、初めての行為に女陰は抵抗を示す。愛液でぬるついていたこともあり、亀頭がつるりと滑って的が外れてしまったが、体勢を立て直してもう一度押し込んだ。今度は上手く亀頭の先が嵌まり込んでくれた。

　とはいえ、亀頭部分は柔らかく柔軟性がある。このまま押し込めば、未開の路を荒らすことになるのだ。

「……多分、痛いのはここからだ」

　アルバートが囁くと、ぎゅっと瞼を閉じていたアンが目を開いて、アルバートを見た。

「あなたがくれるものなら、痛みだって幸せだわ」

　その言葉に、またもや涙がボロリと零れる。アンが目を丸くして、くくっと笑った。

「また泣くの？　案外泣き虫なのね」

「……くそっ」

　さぞや弱い男と思われているだろうと、恥ずかしさが込み上げる。腕で涙を拭っていると、アンの手が伸びてきてアルバートの顔を自分へと向き直らせる。

「見せてちょうだい。その涙も私のものでしょう？　私はそれも愛しいのよ……」

「……っ、ああっ、もうっ！」

その台詞に、勝てないなと思ってしまった。悔しいと思ってしまうのは仕方ないだろう。アルバートはアンにまたキスをする。

今度は優しく彼女の口内を舐りながら、ゆっくりと腰を揺すっていった。短いストロークで抽送を繰り返し、少しずつ彼女の泥濘へと己を埋め込んでいこうと努力する。

だが亀頭が収まり切った段階で、その先に進めなくなった。

既にアルバートの全身は汗にまみれていたし、緊張から身体を強張らせているアンにも疲労の色が濃かった。

（……もう無理かもしれないな）

アンがどうしても欲しかったが、彼女に無理をさせたいわけではない。ここまで付き合ってくれただけでも充分だろう、と口を開きかけた時、アンが唸り声を出した。

「バート、遠慮しないで。ひと思いに、やって」

まるで殺し合いでもしているかのような発言が、本当に彼女らしくて、アルバートは思わず笑い出してしまう。

「本当に……どこまで男前なんだよ、あなたは……！」

（自分だって緊張して身体をガチガチにしているくせに……！）

強がりなのか、本当に胆が据わっているのか。

多分、両方なのだろうなとアルバートは思う。アン本来の気性と、その気性ゆえに重ねてきた経験。どちらもアルバートにとって、敬愛すべきものだ。

アルバートは彼女の額にキスを落とすと、その銀の髪を撫でて言った。

「深呼吸をして」

アルバートの指示に、アンはコクリと頷いて素直に従った。

彼女が大きく息を吸い込み、吐き出す。

その瞬間、アルバートは鋭い一突きを放つ。

ずぶり、とした感触と共に、熱い泥濘の中に入り込んだ。まるで握り締められたかのような締まりに、思わず息を詰める。きつい。痛いほどに狭かった。

だが自分以上に痛いのは、アンの方だ。

中に収まった瞬間、アンの四肢がビンッと引き攣った。見開いた目はアルバートを見ておらず、白い額に浮き出る脂汗が彼女の痛みを物語っている。

「……アン、大丈夫か？」

なるべく中を刺激しないよう注意して、腕だけを動かして彼女の頬を何度も擦る。

最初は返事もできない様子だったが、やがて時間の経過と共に少しずつ身体の力を抜いていき、は、と小さな音を立てて息を吐き出した。

それで、彼女が呼吸もままならないほど痛い思いをしたのだと気づき、アルバートの中に罪悪感が湧き上がる。

「痛かったよな。すまない……」

彼女の瞼を親指で撫でると、目尻からにじみ出た涙が指につき、更に焦ってしまう。

謝るアルバートに、ようやく口を開いたアンが「ばか」と吐息のような声で呟いた。

「平気よ。……言ったでしょう、あなたがくれるものなら、痛みだって幸せだと」

「……アン」

「いずれ誰かに与えられる痛みなら、その相手はあなたがよかったの、バート」

まるで彼女が他の男を想定していたかのように聞こえて、アルバートの胸に嫉妬の炎が灯る。

「あなたの相手は、この先も、ずっと俺だ」

子どもじみているとは思うが、ついそう言い添えると、アンはふわりと、雪が融けるように笑った。儚げな微笑みに、アルバートは内心首を傾げる。アンは妖精のようにきれいだが、こんなふうに、消えるように笑う人ではない。

「なら、生き残って、バート。生き残って、私の所に戻って来て」

アンはそう言って、両腕を伸ばしてアルバートの顔を引き寄せた。こつん、と額を合わせると、互いの瞳がぼやけるほどに間近に見える。けれど色だけはハッキリと目に映った。

「あなたの瞳は狼のようだわ」

アルバートの金の瞳をじっと見つめて、アンが囁く。金色だからだろう。金の目は、狼

の目だとよく言われるのだ。

「……狼のように、強くいられればいいが」

自嘲ぎみに言うと、アンは首を振った。

「狼よ。あなたは、私の狼……」

言い聞かせるように言われて、アルバートは小さく笑う。自分が狼ならば、アンはなんだろう。兎だろうか。だが中身はなかなかの猛獣だ。

「あなたの瞳は、宝石のようだ」

アルバートもまた囁くように言った。きっとこれまで何度も言われてきただろう。だが、アルバートもそう思ったのだから仕方ない。

凡庸な賞賛の言葉にも、アンは嬉しそうに笑ってくれた。

「宝石よりも、私は獣の瞳の方が美しいと思うわ。バート……私の、黒い狼」

アンが愛しげにそう呼ぶ声を聞いて、アルバートは目を閉じる。

(彼女がそう呼ぶのなら、俺は彼女の狼になろう)

漠然と、己にそう誓った。

狼そのものになれるわけもない。だが狼のようにしなやかで強く、敵を噛みちぎる牙を持つ獣となって、彼女の隣に侍(はべ)りたいと、そう思ったのだ。

「アン……」

アルバートは愛しい人の名を呼んで、彼女の唇を食む。自然と揺れ始める腰に、白い脚が絡みついた。
激しさのない、凪いだ湖面のようなゆったりとしたまぐわいだった。
互いを分け与えるような行為だと、アンの膣内をゆっくりと行き来しながらアルバート
は思う。互いの一部を置き換えるような、そんな交わりだ。
——相手の血を、肉を、自分の一部にできるのなら。
人は皆、誰かを愛するとそんなふうに願うから、抱き合うのだろうか。
「アン……！」
果てを見た瞬間も、二人は互いを見つめたままだった。
（——次の瞬間など、永遠に来なければいい）
世迷い言のような願いは、快楽と共に霧散し、二人だけの時間は幕を下ろした。

第二章

北へ向けて馬を走らせて二日、これまで恵まれてきた天候に陰りが見え始めた。

昨日までハッキリとその姿を見せていた太陽が、今日は薄雲の奥に隠れてぼんやりとした輪郭のみを表している。空全体が淡い灰色に覆われ、青い色は消えてしまっていた。

「……降りそうだな」

野営の後、出発しようと馬に跨がったアルバートが空を見上げて呟くと、隣で同じように乗馬した大司教ユリウス・マイスナーが同調した。

「本当だ。午前の内に一雨来そうですな」

うんうん、と鷹揚な態度で頷きながら言うユリウスに、アルバートは慌てて謝る。

「すみません。御身が濡れてしまいますね。どこかで休憩を挟んだ方が……」

アルバートの心配に、ユリウスはドンと胸を叩いて哄笑する。

「なに、雨が降れば旅の汚れも落ちるでしょう！　身ぎれいになって敵地に乗り込んでやりましょうぞ！」

公平を司らなくてはならない聖職者が、視察相手を『敵』と言っているが大丈夫であろうか、とアルバートは内心思ったが、口には出さなかった。

大司教とは本来ならば、馬車で同行してもらうべき身分の方だ。

この国においての大司教という聖職は、王と教皇、そして議会に認可されなければ得られない地位となっている。というのも、大司教に司法権を持たせているからだ。当たり前だが、この国にも法律がある。それを遵守していることを前提に領主に懲罰等の判断を委ねているが、その判断に納得ができない場合には、大司教の出番となる。大司教が訴え出た者の主張を認めた場合、異議申し立てとして、王と教皇、そして議会まで上げられ、その判断の正当性が審議されるのだ。そんな重要な役割であるゆえに、この国に大司教は十三人しか存在せず、当然ながら大司教となる人物には高い資質が求められる。信仰心の厚さはもちろんのこと、誠実さ、公正さ、高潔さ、寛容さ、人望の有無など、あらゆる点を審査され合格した者でなければ就くことのできない地位なのである。ちなみに大司教の上には、国教会では最高位である教皇しかおらず、十三人の大司教の中から選出されることになっている。

そんな高貴な身である大司教を野営させてしまった時点で恐れ多いのに、その上雨曝しにさせるなど、教会に属する者が聞けば怒りで卒倒してしまうだろう。

アルバートとしても、ユリウスには馬車を用意していたのだが、当人が馬で行くと言って聞かなかったのだ。

『久し振りの遠乗りだ。ワクワクしますな』

と少年のように目を輝かせて言われ、こちらが折れるしかなかった。

このユリウス・マイスナーという壮年の大司教は、一風変わった経歴の持ち主である。彼は二十代後半まで王城の近衛騎士団の団長を務めていた元武人なのだ。

騎士団を引退後、唐突に神の道を目指すと言って修道院入りし、周囲を驚かせたのは八年前のことで、当時はずいぶんと話題になったらしい。貴族が聖職者となる場合、金で高い位を買うことがほとんどだ。そうするとなんの修行も終えていないのに最初から高位聖職者となるわけだが、ユリウスはこれを拒み、平民と同じ過程を経ることを選んだ。欲を捨て、神の教えに真摯に向き合う姿は教会内でも高く評価され、異例の速さで昇進していき、ついに大司教に選出されたのは数年前のことである。

そんな変わり者の大司教であるため、ユリウスの振る舞いはとにかく型破りだった。武人時代が懐かしいと自ら馬を駆るのもさることながら、その恰好がまったく聖職者には見えない。聖職者の衣装を身に着けず、どこから入手したのか小汚い旅装をしており、見た目はまるっきり平民の旅人である。元武人ゆえのがたいの良さに加え、顎に生やした黒い髭のおかげで、少々柄の悪い用心棒にすら見えてしまう。

「元気だなぁ、ユリウス様」

アハハ、と笑いながらアルバートたちに近づいてきたのは、今回同行してくれることになった友人のブレイズ・ティリッド・ウィルソンだ。

故郷を追われたアルバートが最初に頼った人物である。

「ブレイズ、そちらは問題ないか」

アルバートがブレイズの奥に控える兵士たちを見て問えば、ブレイズは「ああ」と笑って頷いた。

「何事もなく、外で寝泊まりするだけの二日間は、退屈だったようだぞ。うちのは血気盛んな猛者(もさ)ばかりだからね。もうすぐ敵陣だと血を滾(たぎ)らせているよ」

「そうか。頼もしいな」

寄宿学校時代の親友である彼は侯爵家の次男坊で、嫡男ではないため医師の資格を取り、現在は王立軍に所属し軍医として働いている。

彼の父親のウィルソン侯爵は名将として名高い王立陸軍大将であり、ブレイズはアルバートの話を聞くや否や彼の父にこの話を伝えた。ウィルソン侯爵は以前よりエヴラール国境警備軍の動きに奇妙さを感じていたようで、アルバートの力になることを約束してくれたのだ。そして敵地に乗り込む段階になると、侯爵家の私兵を貸してくれた上、ブレイズまで同行させてくれた。本当に、感謝してもし切れない。

大司教、そして王立陸軍大将の息子という、身分的に無視できない人物を二人も抱えて乗り込めば、さすがの義母もしらを切ったり、アルバートたちの殺害を試みたりはしないはずだ。また、万が一襲ってきたとしても、剣豪の揃うウィルソン家の私兵隊がそう簡単にやられはしないだろう。最悪ユリウスとブレイズだけは生きて逃せば、彼らがその惨劇と義母の悪行を女王に伝えてくれるはずだ。

（たとえ俺が死んでも、義母と異母弟は裁かれる……）

当初は満足していたはずのこの計画に、今は未練が顔を覗かせる。

アルバートは首にさげたペンダントに服の上から触れた。金の鎖にシンプルなロケットがついたそれは、あの日アンが残した物だ。甘く切ない最後の逢瀬の後で、いつの間にか眠ってしまっていたアルバートが目を覚ました時には、アンの姿はなかった。冷たくなったシーツを掴むと消失感が込み上げたが、歯を食いしばってそれに堪えた。

王城勤めの彼女は忙しく、眠るアルバートを起こさずにそのまま帰ってしまったのだろう。分かってはいたが、それでも切なかった。

この腕に抱いていた彼女の温もりがないことに、無性に胸が掻き毟られる。

（あれは、自分にとってなくてはならない温もりだ）

不意に得た確信に、アルバートは薄く笑った。

なんという執着だろう。我ながら恐ろしくなる。思えば最初から、自分はアンに執着していた。そして彼女を知れば知るほどその執着は強くなっていき、肌を合わせた今、彼女なしにはいられないほどにまでなってしまっている。

自分がこれほどまでに誰かに恋着する質だとは知らなかった。だが今、この恋着があるからこそ、自分は生き延びるだろうと予感していた。アンは操を捧げてアルバートを受け入れてくれた。アルバートが生き延びて戻り、彼女を妻にすると信じてくれているからだ。

生きて彼女の――アンの所に戻り、改めて求婚し、彼女をエヴラールへと連れ帰るのだ。

アルバートは北の空を見上げて声を上げる。

「さあ、行こう！　エヴラールまであとわずかだ！」

彼の声に、仲間たちから「おう！」という怒号のような返事が響く。

義母との、そして父との再会は、数刻後に迫っていた。

三年ぶりに見たエヴラール城は、記憶と寸分違わぬ姿をしていた。

数百年は経つ古めかしい城壁には、剣先で抉られた跡があったり、銃弾の跡があったりと、過去にあった戦の跡が生々しく残ったままだ。ただでさえ無骨な印象の城なのにこれらの瑕のせいで、まるで幽霊城のようではないかと非難する者もいるが、歴代のエヴラールの領主たちは質実剛健を貴び、戦の跡を消そうとはしなかった。

『国境の地、国守の要であるエヴラールにとって、戦の跡は疵ではなく誉なのだ』

そう教えてくれたのは、まだ壮健だった頃の父だった。記憶の中の父の笑顔は、もはや曖昧になってしまっている。幸せだった過去は、今の自分を傷つける残酷な刃だ。

アルバートは奥歯を噛んで城の中へと足を進めた。義母はアルバートたち一行がエヴラール城へ向かっていることを事前に知っていたらしい。総勢五十人を超える武装集団が目立たないはずがない。奇襲を仕掛けるつもりはなく、特に隠れては来なかったので、それも不思議ではない話だ。

（証拠隠滅をするならすればいい。俺が欲しい証拠は今から出来上がるのだ）

そう思ってはいたが、城の門戸が意外にもあっさりと開かれたことには驚かされた。てっきり追い払われると思っていたのだが、と首を傾げつつも、城内に進入できるのであればこちらとしてもありがたい。

だがそれも束の間、謁見の間に通された一行は、入った途端、国境警備軍の軍隊に取り囲まれた。やはりな、と独り言ちているところに、最後に奥から現れた人物を見て、アルバートは眼差しを鋭くする。豪奢なドレスを身に纏った痩身の女と、その背後を歩く小太りの青年――義母と異母弟だ。

（この二人も、変わらないな）

三年前と見てくれはほぼ変わっていない。義母は青白いまでの白い肌に、黒髪がひどく陰鬱に見えたが、容姿の端麗さはそのままだ。

（――いや、マーカスは大きくなったか……）

六歳年下の異母弟は、今年十七歳になる。義母の血が濃いのか、父もアルバートも長身なのに、彼は母親と同じくらいの背丈しかない。おまけに運動嫌いで動かないため、最後に見た時に比べて横幅は大きくなっている。軍隊に取り囲まれているアルバートたちを満足気に眺める二人をひたと見据え、アルバートは声を張った。

「――これは一体どういうことか。我らは異議申し立ての正式な手続きを踏んでここにいる。その我らを攻撃しようとするとは、即ち女王陛下の定めし法を犯すことに等しい。それをご理解の上でと捉えてよろしいか！」

アルバートの言葉に、義母がわざとらしい高笑いをしてみせる。

「何が異議申し立てなのでしょう！　父親殺しがずうずうしい！」

「俺は父上を殺そうとなどしていない！　父上にお会いすれば分かることだ！」

アルバートは、父に毒を盛ったという濡れ衣を着せられてエヴラールを追放されていた。

病床の父に、毒を薬湯だと偽って飲ませた使用人が、アルバートに命じられたと告げたらしい。無論、アルバートは命じていない。だがその使用人がアルバートの乳姉弟であったことで、その虚言に真実味を持たせてしまった。

乳姉弟であったメリッサは、幼い頃から本当の姉弟のように育ってきたため、アルバートは彼女を無条件に信頼していた。だからまさか彼女に裏切られるとは思っておらず、ひどく衝撃を受けたのを今でも覚えている。

（――だが今思えば、メリッサが本当に俺を裏切っていたかは分からない）

なにしろアルバートが問い詰める前に殺されてしまったのだから。メリッサが本当に父に毒を盛ったのかどうかすら、定かではないのだ。

アルバートはメリッサどころか、父に会うことすらも許されず、罪状だけを叩きつけられ、おまけとばかりに殴る蹴るの暴行を加えられた挙げ句、その日の内にエヴラールの領外へ捨てられた。

（あの証書は、父上の書いたものではない……！）

アルバートは確信していた。何故ならば、当時父は病床にあったからだ。

父はその数か月前に昏倒してからというもの、意識が混濁していて、医師からは頭の血の道の病だろうと言われていた。意識が戻っている時も傾眠傾向にあることが多く、話の途中で意識を失うように眠ってしまうこともあった。興奮させることが良くないらしく、面会が制限されてしまったため、アルバートは滅多に会うことができなくなっていたのだ。

軍医であるブレイズに聞けば、頭の血の道の病は、父のような状態になった場合、意思疎通ができなくなるのは時間の問題だということだった。

(俺を追い出した時は既に、父上は昏睡状態だったのではないのか)

確かに父との距離が遠のいてしまっていたのは事実だ。だがそれでも、父は決してアルバートを嫡子から外そうとはしなかったのだ。

(父上は、俺に跡を継がせるおつもりだった)

アルバートを自分の名代とし、国境警備軍の副将軍に着任させていたのがその証ではないのか。父に会い、その状況を確認すれば、おのずと分かることだ。もし仮に父の意識がないのであれば、義母は本来ならば嫡子であるアルバートが務めるはずの領主名代の役目を勝手に奪ったことになるし、父の意識があったなら、アルバートが受けた理不尽な仕打ちの理由を聞ける。そして父の目の前で冤罪を主張できるのだ。

仮に父がアルバートの主張を退けたとしても、こちらには大司教の存在がある。父とアルバート、二人の主張のどちらが正しいかを判断してくれる役割だ。恐らく、アルバートが父に毒を盛ったという確固たる証拠などどこにもないはずだ。証言者は殺され、盛ったという毒とて残ってはいないだろうから。

父に会わせろというアルバートを、義母は嘲笑し一蹴した。

「ばかを言うのも大概にして！　夫を殺そうとした咎人を、どうしてわざわざ引き合わせると思うのか！　三年前、命だけは取らずにおいていたものを、その恩を忘れて再び現れるとは……この父親殺しが！」

義母の台詞に、隣に立っていたブレイズが呆れたように「盗人猛々しいとはこのことだなぁ」と呟く。自分を信じてくれる仲間が傍にいることを心強く思いながら、アルバートは義母に叫び返した。

「父親殺しかどうかはお前が判断することではない！」

「やかましい！　この者らを捕らえよ！」

義母が目を吊り上げて国境警備軍に指示をする。それを心待ちにしていたアルバートは、腹に力を込めて殊更大きな声を出した。

「ここにおわすは大司教ユリウス・マイスナー猊下であらせられる！　女王陛下より裁きの権利を与えられしお方に刃を向けるとは、女王陛下への反逆と捉えるがよろしいか！」

背後に立つユリウスを指して問えば、取り囲んでいた兵士たちからざわめきが起こる。大司教の名前に狼狽したのだろう。ユリウスはそれほど有名な人物なのだ。

しかし義母は狼狽えもせずに哄笑した。

「女王陛下への反逆!? それはお前たちでしょう! 女王陛下からは既にお前への追放と廃嫡こそが、我が夫エヴラール侯爵の意思だと認められている! ご覧、この勅書を!」

その台詞に、アルバートは一気に血の気が引いた。ブレイズとユリウスも息を呑んでいるのが分かる。

(——女王陛下、だと……!?)

盲点だった、とアルバートは歯噛みした。言うまでもなく、この国の最高権力者。まさかその女王を味方につけているとは思わなかった。父ならともかく、義母に女王陛下との接点などあるはずがないと高を括っていたのだ。

大司教に裁判権を委ねているが、女王には国内のあらゆる事柄を裁可する権限がある。

つまりこの場合、アルバートがいくら大司教の認証を得て異議申し立てをしたところで、女王の裁可を受けている以上、アルバートの廃嫡とエヴラール追放は覆らない。

愕然とするアルバートたちに、義母がより一層大きな高笑いをした。

「残念だったわね、アルバート! この勅書がある以上、お前はこのエヴラールに返り咲くどころか、ナダル王国内では罪人として扱われる! なにしろ、女王陛下がお前を罪人と認めたのだから!」

「それは奇妙だな」

義母の勝ち誇った大声を遮ったのは、鈴の音のように澄んだ少女の声だった。

唐突に割って入ってきた声に、義母が不愉快げに顔を歪める。

「誰!?」

義母が誰何（すいか）すると同時に、謁見の間の入り口の向こうで「ぐわ！」とか「ぎゃあ！」と言った呻き声がして、おもむろに扉が開かれた。

扉を開いたのは、金と黒の騎士服を纏った屈強な若者たちで、その足元には国境警備軍らしき兵士たちが伸びている。恐らく、アルバートたちを逃がさないよう扉の向こうに待機させられていた者たちが、騎士服の男たちに倒されたのだろう。

騎士たちの間から浮かび上がるように現れたのは、真紅に金銀で縁取りをされた豪奢なマントを羽織った、美しい少女だった。

月光の如き銀髪を高く結い上げて露わになった白い項（うなじ）は、折れそうなほど華奢だ。小さな顔（かんばせ）は信じられないほどに整っていて、大きなサファイアブルーの瞳は星の瞬きのように煌めいている。

妖精か女神かと見紛う美貌に、一同が呆気に取られて釘付けになる。

無論アルバートも呆気に取られた一人だったが、彼は美貌に見入っていただけではなかった。

(アン!?　どうしてこんな所に!?)

神々しいまでの美貌と圧倒的な高貴さを放ってそこに立っていたのは、数日前に王都で別れた愛しい恋人——アンだった。城の下働きの娘が、何故こんな所に。自分を追いかけて来たのだろうか。危険だ、すぐに帰さなければ。だが今自分と知り合いだと分かれば、アンにも危険が及ぶかもしれない。ここは知らぬ振りをした方がいいのだろうか。しかし周囲に傅くあの騎士風の男たちはなんなのか。

様々な疑問が一気に頭の中に浮かび混乱しているアルバートを他所に、アンは愛らしい微笑を浮かべ、軽い足取りで義母の方へと歩み寄る。そこで我に返ったのか、義母がまた大声を上げようと口を開いた瞬間、騎士の一人が鞭のような声で一喝した。

「皆の者、控え改めよ！　女王陛下の御前である！」

その言葉に、謁見の間の空気がどよめく。当然だろう。この国の女王が前触れもなく辺境の地に現れたのだ。「まさか」、「本物のはずがない」などという囁き声が漏れるのも仕方ない。この国の女王は御年十八歳、確かに目の前の少女はそのくらいの年齢に見えないこともないが、偽物と言われてしまえばそれまでだ。しかも、王都から遠く離れたこのエヴラールの住人の中で、女王の姿を見たことのある者など皆無と言ってもいいかもしれない。

この国の女王は滅多に姿を見せないことでも有名だった。女性であること、そして成人していないことから、女王の傍らには摂政として、従兄であるフィリップ・チョーサーがついていた。女王の成人後も表舞台に出てくるのはもっぱらこの摂政閣下で、『妖精の女王』と謳われたその美貌を現すことは極稀だった。

王都の寄宿学校に通っていたアルバートでさえ、女王陛下の姿など遠くからしか見たことがない。その時の女王は豆粒ほどの大きさで、顔かたちなどは判別がつかないくらいだった。

彼女が本物かどうか分からずオロオロとする一同の中、スッと膝を折って跪いたのは、大司教ユリウス・マイスナーだった。町人のような旅装をしている彼だったが、両膝を折り両手を腕の前で組み合わせて頭を垂れ、聖職者として最大の礼を取った。聖職者がこの礼を取るのは、神と王の御前だけである。

「偉大なる女王陛下……！」

ユリウスの呼びかけに、他の者も慌てて彼に続き、バラバラと膝を折っていく。

大司教ともあれば女王陛下との面識もあるはずで、ユリウスが膝を折るならば、少女が真実、女王陛下であると判断したのだ。

だがアルバートはまだ納得できなかった。

(アンが女王陛下……？　そんなばかな)

彼女はアンだ。自分が恋した王城の下働きの娘。賢く、風変わりだけど愛らしくて——そして彼の愛を受け入れてくれて、結婚の約束をした娘だ。

睦み合ったあの夜が脳裏に浮かんだ。アンは処女だった。初めての行為に興味津々で、けれどもやはり恥じらいを見せる表情が愛しかった。自分のものを受け入れた時、痛みに耐え、目尻に滲ませる涙すらも尊く、彼女の全てを食べてしまいたいと思った。髪一筋、涙の一滴も残さず自分の中に取り込んでしまえれば、常に一緒にいられるのに、などと狂気じみたことを考えたくらいに恋しいと思う女性だ。

その彼女が、女王陛下——？

（……冗談、だろう……？）

頭がついていかない。身分を取り戻したら、アンと結婚してこのエヴラールで暮らすつもりだった。侯爵家の妻は高位貴族から娶るという暗黙の決まりがあるため、一度彼女を貴族の家に養子にしてもらう必要がある、などと、様々な妄想をしていたりもした。それが不要であるどころか、彼女はこの国で最も高貴な人だ。

（やめてくれ……そんなことになったら、アンは――）

自分などの手の届かない人ということになってしまうではないか――！

蒼褪めて立ち尽くすアルバートの裾を、ブレイズが引っ張って膝を折らせる。その時にはその場にいた者のほとんどが少女に跪拝していた。

そうしていないのは、顔を強張らせている義母と、オロオロとした顔で女王と母親を交互に見る異母弟だけだ。

「貴様、不敬罪で――！」

膝を折らない者に怒りの声を上げる騎士を、女王は片手で制する。

「よい」

「しかし、陛下！」

「構わんさ。些細な粗相にいちいち目くじらを立てるな、ローガン」

これは粗相などというものではございません、と気色ばむ騎士にヒラヒラと片手を振って、少女は義母の方へと歩いて行く。神々しいまでの美貌の少女が目の前にやって来て、義母は得体のしれない動物に近づかれた時のようにビクリと身を竦めた。

少女はニコリと微笑み、小さな掌を義母の前に差し出す。

「それを見せてみよ」

義母の手には、女王からの勅書だという書簡が握られていた。

少女に促されても、義母は動かない。少女が本当に女王であるのか、まだ疑っているのだろう。偽物であればこんな小娘の言うことを聞くのは癪に障る、しかし本物であった場合、言うことを聞かなければ処罰されるかもしれないという葛藤で、動くに動けないのだ。

だが、少女の背後の騎士が憤怒の形相で腰にさげた剣に手をかけたのを見て、慌てて書簡を投げるように少女に手渡した。

少女はそれを受け取って、どれどれ、と呟きながら紙を開く。

「ふむ……私はこんな物に印を捺した覚えはないな」

少女の発言に、アルバートの周囲がホウと安堵の吐息を漏らした。それとは裏腹に、義母の顔は真っ赤に染まる。

「そんなっ……！　そんなはずはありません！」

「だが覚えがないものは仕方がなかろう。そもそも私はこんな物、見たのも初めてだぞ」

女王は書簡をペラペラと振って、傍にいた騎士に投げて寄越した。

「だって、まさかそんな……」

焦る義母に、少女は肩を竦めてみせる。

「しかしそなたが思い違いをするのも仕方がないとは思う。なにしろ、ここに私の印が捺されてあるからな。これでは私が出したものだと勘違いしてもおかしくない。問題は、誰が女王の印を勝手に使って、勅書だと嘘を吐いたかということだ」

「でも！　これはあの方が……確かに閣下が用意してくださったのですから！」

興奮する義母に、青い宝石のような目がギラリと光った。

「ほう？　閣下とは？」

問われ、義母がハッとしたように口を押さえる。その仕草を鏡のように真似て、女王がクックックッと喉を鳴らした。

「なるほど、言ってはならないことを口にした時の反応としては、非常に分かりやすい一例だ。そなたはずいぶんと素直な性質のようだな」

「なっ……！」

からかうように言われ、義母が屈辱に顔を歪める。

すると女王はオヤオヤと眉を上げて宥めるような口調に変えた。

「そう怒るな。素直であることは人間の美徳だ。私は素直な者を好む」

言いながら義母の手を取って握り、下から覗き込むようにして相手を見据（みす）える。その顔は微笑んでいるのに、眼差しだけは苛烈なまでの威圧の光が浮かんでいた。

小さな身体から醸し出される圧倒的な気迫に、その場にいた全員が息を呑む。

「そなたは素直な人間だな？」

改めて問われ、すっかり気圧された義母は、機械仕掛けの人形のようにカクカクと首を上下させた。

異様な光景だった。幼い外見の少女が、自分の倍以上の年齢の者を掌で転がすように扱っている。余裕綽綽な態度でやり込めている姿は、猫が鼠を甚振って遊ぶ様にも似ていた。それなのに、見ている者に嫌悪感などの否定的な感情を抱かせないのだ。彼女ならば当然であると、自然と思ってしまっている。

(——女王の、貫禄というものなのか……)

他の者には持ち得ない王者の威風が、彼女にはあった。少女は間違いなく女王その人なのだと、今や誰もが確信していた。

それを認めて、アルバートは打ちのめされる。

彼女は——アンは、女王陛下だった。手の届かない月のような存在だったなんて。

目の前が真っ暗になりかけて、いや、と奥歯を嚙み締める。

(しっかりしろ！　俺には目的があるのだ。冤罪を晴らし、身分を取り戻すという目的が——)

自分を信じ、これまで協力してきてくれたブレイズやユリウスの恩に報いるためにも、ここで個人的な失意に呑まれているわけにはいかない。

嚙み締めた奥歯が、ギリ、と硬い音を立てた。

「さて、ではもう一度問おうか。女王である私の王印を勝手に使用した不届き者——『闇下』とは誰だ？」

女王の問いに、義母が口をハクハクと開閉する。言いたくても声を出せないといったその様子に、女王は「ふむ」と薔薇色の唇を閉じた。

「声が出ぬか？　よほど『閣下』が恐ろしいと見える。よいよい、私は優しい王だからな。別の方法を考えてやろう。そうだな、声を上げられぬとしても、頷くことはできるな？

――できるよな、先ほどやってみせてくれたものなぁ？」

念押しは、有無を言わせぬという意思表示に他ならない。義母は蒼褪め、またカクカクと首を振る。

「当ててやろう。そなたが言う『閣下』とは、フィリップ・チョーサーのことであろう」

女王の挙げた名に、緊迫していた場の空気が更に凍りついた。

フィリップ・チョーサー。言うまでもなく女王の摂政閣下だ。女王の母方の従兄にしてランズベリー公爵。まだ女王が王女であった頃から彼女を支え、王位を巡って殺し合う王子たちの魔の手から、唯一の正妃の子である王女を守り抜き、玉座に押し上げた立て役者と言われている。女王にしてみれば最大の味方と言える人物だ。今も彼女に代わって政治を動かしており、女王が誰よりも信頼を寄せているはずの存在だ。

その摂政閣下を、女王は疑っているのだ。

問いというよりは確認であったその言葉に、義母は顎を震わせながらコクリと首肯した。

それを見届けた女王はフンと鼻を鳴らし、興味を失ったかのように踵を返す。

「この者を拘束せよ。ついでにそこに転がっている次男坊も連れて行け。あんまり役に立たなそうだが、何か見聞きしているやもしれん」

義母の背後で腰を抜かしている異母弟を指して言い添える女王に、義母が悲鳴を上げた。

「お待ちくださいませ！　そのような……、酷い！」

「酷い？」

義母の言葉に反応した女王は、凍てついた眼差しを向ける。

「さて、酷いとはなんのことか。正統な後継者から不当に全てを奪った挙げ句、半殺しにして真冬の雪の中へ打ち捨てた、そなたの所業のことか？」

女王の言葉に、アルバートは息を呑んだ。女王が——アンが、自分のことを信じてくれているのだと分かり、胸が熱くなる。それと同時に、苦しくもあった。アンは女王だ。否が応にもそれを突きつけられた気がした。

女王の言葉に反論できない義母は、悔しそうにギリギリと歯軋りをしてなおも訴えた。

「わ、わたくしたちは騙されただけです！　摂政閣下に相談したら勅書を融通していただけると……！」

「その相談内容が悪事であったのだろうが」

今度は摂政に責任転嫁しようとする義母に、呆れた声で女王が指摘する。

「言っておくが、摂政とはいえ王印を勝手に使用した罪は重い。王の物を盗んだも同然なのだからな。そなたは摂政と共謀し私を欺いた謀反人というわけだ。ついでに言えば、そなたが勝手に動かしておったエヴラール国境警備軍だがな。エヴラール侯爵には他国からの襲撃等の不測の事態にのみ、その指揮官となる権限があるのだが……侯爵でもない自称代理にすぎぬそなたが、私の許可もなく王の軍を動かしたという事実は、それだけで既に反逆罪だ」

事の重大さを今更ながら理解したのか、義母は顔色を失くして女王に縋った。

「ど……どうか、お慈悲を！　知らなかったのです……！　わたくしは、摂政閣下のなさったことも、警備軍が陛下の軍だとも……！」

そんな義母を冷めた目で一瞥し、女王は皮肉げに口元を歪めた。

「無知は身を滅ぼすとはこのことよな。それすらも分かっていなかったのであれば、そなたは名代の器でも侯爵の妻の器でもなかったということだ。恨むなら己の無知と驕心を恨むがいい」

言い捨てると、義母と異母弟を囲んでいた騎士らに手を振って命じる。

「連れて行け。王城にて尋問を。死なない程度であれば痛めつけても構わん」

「は！」

拷問を示唆する会話に、義母は獣のように泣き叫んだが、騎士たちに問答無用で拘束され、引き摺り出されていった。

外に出されてもなおも響く泣き声に煩そうに顔を顰めて、女王が傍らの騎士に訊ねる。

「城内は隈なく調べたか」

どうやら、ここで義母を断罪している間に、他の者を使ってエヴラール城内を捜索させていたらしい。

「は。しかし、チョーサー様が関わっていたと証明するようなものは何も……」

騎士の返答に、女王はヤレヤレと溜息を吐く。

「だろうな。あの用意周到な腹黒が、あの程度の小物相手に証拠を残したりはせんだろう。期待はしていなかったが、あの狐め……」

「では、侯爵夫人を王城に連れて行くのは危険なのでは……」

騎士が危ぶむと、女王はフッとせせら笑う。

「ああ、チョーサーの手の者が口封じに来るだろうな。連れて行くのはそれもあるからだ。小物すぎて大した情報を引き出せるとは思わんが、あの狐の尻尾を掴むための罠くらいにはなるだろうよ」

カラカラと笑いながら恐ろしいことを言ってのける姿に、周囲が顔色を失っている。

妖精に見せかけた悪魔なのではないかと思ったのは、恐らくアルバートだけではない。

その妖精の皮を被った悪魔が、不意にこちらに視線を向けたかと思うと、スタスタと近づいてきたので、アルバートはドキリと心臓を高鳴らせた。

自分に話しかけてくるだろうか。それなら、どう接すればいいのか。女王としてなのか、アンとしてなのか——。

「久しいな、大司教。息災（そくさい）だったか」

だが彼女が声をかけたのは、ユリウスだった。

内心拍子抜けするアルバートの背後で、ユリウスが愉快そうな声で応える。

「女王陛下もお変わりないようで」

「まあな。相変わらず背丈は伸びぬままよ」

小柄なことを気にしているのか、自嘲ぎみに女王が言えば、ユリウスはにこやかに首を振った。

「どんなお姿であれ、陛下の御心の高潔さは衣を通して光り輝いております。その輝きに、我々はひれ伏すのですよ」

歯の浮くような台詞に、アルバートは目を剝いて背後を盗み見る。このむさ苦しい外見の壮年聖職者に、こんな気障なことを言う能力が搭載されていたとは。

ユリウスの賛辞に、女王は片方の口の端だけを上げるという奇妙な微笑みを浮かべて、腰に手を当てた。

「先ほどの件を見聞きした上で言う台詞か。嫌味な爺だな」

確かに、義母らを拷問にかけるだの、囮に使うだの、高潔には程遠い会話だったとアルバートは振り返る。

「おお、お戯れを！　そういう切り返しができるなど、陛下も大人になられましたなぁ」

「やかましいわ。聖職者になっても性格の悪さは浄化されんのか？　そもそも高潔かつ寛容でなければ大司教になれぬはずでは？」

女王は鼻に皺を寄せて悪態を吐く。アルバートが二人の丁々発止のやり取りをポカンとして見つめていると、その視線に気づいたのか、女王が肩を竦めて説明してくれる。

「ユリウスは私の剣の師なのだ」

なるほど、とアルバートは腑に落ちた。ユリウスは神の道に入る前は王宮を守る近衛騎士団長だったから、女王の傍にいてもおかしくはない。その頃の話なのだろう。

「まあ、性悪爺のことはもうよい」

シッシと犬でも追い払うように手を振ってユリウスとの会話を終わらせると、女王はこちらに向き直った。

アルバートはドキリとして居住まいを正す。何を言われるのだろうかと思ったが、目の前の美しい瞳を見た途端、どうでもよくなった。

(——彼女は今、女王として俺の前に立っている)

青い瞳は澄んでいたが、同時に厳格な光も湛えていた。

「アルバート・ジョン・ユール・エヴラール。エヴラール侯爵家の嫡子として、お前には知っておかねばならないことがある」

ごくりと唾を呑んでから、アルバートは「はい」と頷く。迷いのない肯定に、女王は口元を綻ばせて顎をしゃくった。

「ついて来い。侯爵のもとへ参る」

古い建築物だからなのか、エヴラール城の階段は一段一段が非常に高い。

前を行く女王は小柄であるがゆえに難儀しているようで、纏わりつくドレスの裾を蹴り上げながら上るという、少々行儀の悪い動作をしていた。だが、一生懸命なその姿も可愛らしい。

『抱き上げて行こうか？』などと声をかけそうになり、アルバートは慌てて口を閉じた。彼女は『アン』ではない。まだ爵位も継いでいない、貴族の子息程度の身分である自分が、女王陛下を抱え上げるなど、そんな不敬極まりないことができるわけがない。

「……手を貸してちょうだい」

不意に涼やかな声が微かに鼓膜を打ち、アルバートは顔を上げた。アンが喋った気がするが、後ろ姿しか見えないし、声も小さかったので空耳だろうかと思い反応が遅れる。

小首を傾げていると、業を煮やした女王が、顔だけをこちらに向け、恨みがましい表情で言った。

「……淑女が困っているのよ。手くらい貸したらどう？」

「あっ！　は、はい！」

焦ったアルバートは、勢いのまま華奢な身体を抱え上げる。重そうなドレスとマントの分を加えても、彼女は軽かった。仔犬を抱いているみたいだ、などと思っていると、ふわりといい匂いが鼻腔を擽る。甘い花のような香り——彼女の匂いだ。脳裏にあの夜のことが一気に蘇り、アルバートは顔を強張らせた。今、あの幸福な時を思い出すのは、とても辛い。

　女王の方はいきなり抱え上げられて驚いたらしく、目をパチクリとさせていた。

「……何故抱き上げたの？」

「……上りづらそうにされておいでてしたので……。この城の階段は大きく作られていて、上りにくい仕様になっているんです」

　内心、しまった！　と大いに焦りつつ、しかし冷静を装って城の説明を加えると、女王に真顔で「実際に体験しているところだったのだから分かっているわ」と突っ込まれる。

「手を貸してくれるだけで良かったのだけれど……」

「…………」

　暗に下ろせと言われているのが分かったが、アルバートはそうしなかった。

　離したくなかった。少しでもこの腕の中に彼女を感じていたかった。

（……ばかだな、俺は。未練がましい……）

　愛を捧げた相手が女王陛下だった。アルバートの恋は終わったのだ。

　求婚を受けてくれたことも、彼女にとってはままごとのようなものだったのだろう。

　思えば、利用していたことを謝った時、アンは「私の方もお前を利用していたからお相子だ」と言っていた。彼女もアルバートから何かを——推測するに、フィリップ・チョーサーに関することを探るためにアルバートに近づいたのだ。

　アルバートは女王を横抱きに抱え直すと、階段を上がった。怒るだろうかと思ったが、

彼女は意外にも何も言わずこの状況を受けて入れている。

「……あなたと摂政閣下は、敵同士なのですか?」

心に浮かんだ疑問をそのまま口にすると、女王は顔を上げてアルバートを見つめ、それからクスリと笑った。

「好奇心は猫をも殺すわよ」

アルバートはここで初めて、彼女が先ほどまでの女王然とした尊大な口調から、アンの時と同じ女性らしい口調に変わっていることに気づいた。

ぶわ、と身体中の血が熱くなるのを感じる。嬉しかった。何故そんなことが嬉しいのか分からないが、アンが確かにここにいるのだと思えたからかもしれない。

「……構いません。あなたに騙されて死ぬのなら本望と前にも申し上げました」

あの日彼女に言った台詞を繰り返すと、女王は一瞬瞠目する。

「……私が殺すなんて言っていないでしょう」

「あなたのことを知って死ぬのなら、俺にとっては同じです」

「そう……まあ、ここまで関わっておいて何も教えないというのも今更な話ね」

溜息のように笑って、女王は遠くを見た。

「チョーサーは、私のために、やりすぎるの」

「……やりすぎる?」

曖昧な言い回しに理解が及ばず、鸚鵡返しをしたアルバートに、女王は目を伏せて溜息を吐く。上から見下ろすと、銀色の長い睫毛がわずかに揺れた。今にも消えそうなほどに儚いものを腕に抱いている気にさせられる。

「私を守るため、私を王座に就かせるため、そして今は私に安全な道を通らせるために、あらゆる可能性を考え、先回りして行動する。厄介なのは、手段を択ばない点。あいつは私のためだと判断すれば、民を大量虐殺することとて厭わないでしょう」

淡々と凄まじいことを告げる女王の表情は穏やかで、そこに静かな諦観を垣間見て、アルバートは背筋に冷たいものが走るのを感じた。

「あの男は壊れているの。……私が壊したのかもしれない。だから、あの男を止める手段を探しているのよ」

女王の説明は具体的ではなく、曖昧な物言いでアルバートを遠ざけようとしている意図が見えた。詳しく聞いてしまえば、きっとアルバートに危険が及ぶからなのだろう。

だがアルバートはムカムカとした怒りが込み上げるのを止められなかった。

女王は今、フィリップ・チョーサーのために動いていて、アルバートを蚊帳の外に置こうとしている。それがアルバートを危険に晒さないためだとしても、どうしようもなく悔しかった。

（なんだ、その男は……）

表面だけなぞれば、チョーサーのやっていることは、女王の摂政として模範的なまでの献身だと言えるだろう。だがアルバートは、チョーサーが女王の印を勝手に使って義母に勅書を渡したという、とんでもない事実を目の当たりにしたばかりだ。普通なら首を刎ねられてもおかしくない罪を犯す者を、女王は諦観を抱きつつ中途半端に放置しているのだ。

「……摂政閣下を愛していらっしゃるのですか？」

口から飛び出した質問は、地を這うような低い声だった。絞り出すようなアルバートの声に、女王は思いがけないことを言われたかのように、目をぱちぱちとさせる。

「愛？　チョーサーを？」

怪訝そうに言って、女王はくしゃりと愛らしい顔を歪めた。その表情に、アルバートの心臓がギュッと軋む。これまで見たことのない顔だった。

嘲るような、それでいて痛みを堪えるような、見ていてこちらの方が苦しくなる、そんな苦悶の浮かぶ笑顔だった。

「まさか。あれを愛するくらいなら、私は死を選ぶわ」

凄絶な笑みを湛えて、女王はきっぱりと言う。

アルバートは気圧されながら、ゴクリと唾を呑んだ。

「……では、俺のことは？」

ばかなことを訊いていると分かっている。相手は女王陛下だ。雲の上のお方で、己の手の届く相手ではない。アンとして出会ったアルバートを相手にしたのは、きっと戯れだ。

そう分かっているのに、記憶の中のアンの笑顔や、柔らかさ、甘さが、若いアルバートの未練を断ち切らせてくれなかった。

アルバートの決死の問いに、女王は険しい顔を一転させる。

ブッと噴き出すと、そのままアハハと腹を抱えて笑い出した。

さすがのアルバートも、恋しい人に愛を確認して大笑いされれば、いじけたくもなる。

「……もういいです。忘れてください」

低く呟いて足早に階段を上っていくと、上り終えたところで女王の声がした。

「忘れていいの？」

ドキリとして見下ろすと、悪戯っぽい光を湛えてこちらを見上げる青い瞳があった。

「私は忘れたくはないわ」

「――っ、アン……！」

思わずその名を呼んだアルバートの唇を、女王は細い指で押さえる。

「私はアンではないわ、アルバート。あなたがバートではないように。我が名はシャーロット・メアリー・アン・ナダル。この国の女王。それを踏まえた上で、あなたがどうしたいのかを考えなさい。私はそれを受け入れましょう」

甘い思い出から、スパンと切り離された気がした。

アルバートは呆然と女王の美しい顔を見下ろす。

（――そうだ。この方は、アンではないのだ）

アルバートの恋したあの娘は、もういないのだ。

風変わりな城勤めの娘は、町娘の服を脱ぎ捨て、女王の豪奢なドレスを翻（ひるがえ）してここにいる。

その事実がようやく実感を伴ってアルバートに浸透し、無性に泣きたい気持ちにさせられた。ぐ、と奥歯を噛み締めていると、女王が目を細めてアルバートの頬に触れる。その手の優しさに、胸に広がる熱い感情が煽られた。

(だが、ここで泣くわけにはいかない……!)

それはあまりに情けない。彼女を愛した男としての矜持が、アルバートに力を与えた。込み上げたものを呑み下し、アルバートはまっすぐに前を見て歩き出す。

おままごとのような、バートとアンの恋は終わったのだ。

「下ろしなさい、アルバート」

不意に女王が命じた。いつの間にか、領主の間の目の前まで来ていたことに気づき、アルバートは華奢な身体をそっと床に下ろす。

「アルバート・ジョン・ユール・エヴラール。侯爵は己の印をどこかに隠したそうよ」

扉の前に立って、女王が言った。

「……印を?」

アルバートが繰り返すと、女王はコクリと頷く。

「夫人がお前を廃嫡する書類を勝手に作ったことを知り、自分の意識がない時にこれ以上夫人の専横を許さないようにと、あなたの乳母に頼んで隠させたのだそうよ。侯爵は、あなたを廃嫡する気などなかったの」

ブワ、と皮膚が総毛立った。ピリピリと痛いほどだ。

（――父上はやはり俺を見放してはいなかった……！）

信じようとしてきた。だが心のどこかで疑ってもいた、父の信頼と愛情を、ようやく確信できたことに、身体中が歓喜に震えた。

だが同時に、危ぶんでいた一つの懸念が当たっていたことにも気がついてしまい、両手を握る。

それを父ではなく、女王がアルバートに告げるということ。つまり――。

「――父は、もう死んでいるのですね……」

静かな確認に、女王もまた黙ったまま首肯した。

「亡くなったのは、三年前。あなたが追放されてすぐね。夫人はすぐにでも次男に跡を継がせたいと考えたけれど、侯爵の遺言状は後継にあなたを指名したまま。別の遺言状を偽造しようにも、侯爵が印を隠してしまっていたので作れない。このままではあなたに爵位が相続されてしまうと考えて、侯爵の死を隠蔽したようよ」

「なるほど……」

アルバートは力なく笑う。

「印を隠した乳母も、口を割らなかったがゆえに殺されたらしいわ。それを教えてくれたのは、乳母の娘……あなたの乳姉弟よ」

「……メリッサ？　メリッサが、生きているのですか!?」

殺されたと聞いていたし、殺されても当然の状況だから疑ってもいなかったので、その事実にアルバートは吃驚（きっきょう）した。

「あなたを陥れる片棒を担いだことで、夫人からの信用を得たようね。片棒を担いだのも、そうしなければ夫人が侯爵を毒殺しかねないと危惧したためだそうよ」

「そうだったのですか……」

メリッサは父を守ろうとしたのだと分かり、心の底で蟠（わだかま）っていたものが一つ解けて消えていく。

「……会ってくるといいわ」

女王に促され、アルバートは頷いてドアノブに手をかける。

中にメリッサがいるのだろう。扉を開いた瞬間、中からツンとした強烈な薬品の匂いがした。顔を顰めながら中に入ると、父の寝台の前に立つ女性の姿を見つける。

「……メリッサ？」

記憶よりも痩せてしまっているが、確かにアルバートの乳姉弟のメリッサだった。

メリッサはアルバートを見るなり、その場に崩れるように膝をつき、平伏する。

「申し訳ございませんでした！」

自分に罪を被せたことを言っているのだと分かったアルバートは、蹲（うずくま）るようにしている彼女に近づき、顔を上げさせた。

「……いいんだ。父上を守ってくれていたのだろう」

「……ッ、いいえ、結局、守り切れず……！」

メリッサは涙を流して寝台を振り返る。そこに誰かがいるのだと分かり、アルバートは顔を向け、仰天した。

「っ……父上！」

そこには、父が生前と寸分違わぬ姿で横たわっていた。

「ど、どういうことだ！　父上は、亡くなったのでは!?」

驚き狼狽えるアルバートに、メリッサが声を詰まらせながら説明する。

「亡くなっておられます。お姿に変化がないのは、私が術を施しているからです」

「じゅ、術!?」

怪しげな魔術を使っているとでも言い出すのだろうかと胡乱な眼差しを向けると、メリッサは困ったように苦笑いした。

「いくつかの薬品を使い、死体を腐らせずそのままの形を留める方法があるのです。この国ではあまり知られていませんが、西の方ではわりと有名なようで、西の商人から買った書物を読んで、旦那様に施しました」

そうか、それでこの匂いか、とアルバートは納得する。猛烈な刺激臭は、その薬品の匂いなのだろう。死者の身体を腐らせずに留める方法があるなんて奇想天外な気がしたが、こうして事実を目の当たりにすれば納得するしかない。

「侯爵夫人は、旦那様の死を隠すため、死体をこの部屋に置いたままにすると言ったのです。城の外に出せば誰かの目に留まり、露見してしまうからと。私は大恩ある旦那様のお身体がここに放置され、朽ちていくのがどうしても忍びなく……！」

「そうだったのか……」

アルバートは溜息を吐いて、泣き崩れるメリッサの肩に手を置いた。

「これまで、父上を守ってくれて感謝する。ありがとう、メリッサ」

「アルバート様……！」

労いの言葉に、メリッサが更に涙を流して突っ伏した。アルバートは寝台に近づき、父の顔を見下ろす。父は穏やかな顔をしていた。そのことを良かったと心から思えた。苦悶の表情をしていたら、怒りがくすぶり続けることになっただろうから。

「ただいま、戻りました、父上……」

そう報告しながら、アルバートは一粒涙を零す。

今この瞬間に、父の息子であった時が終わったのを、痛いほどに感じていた。

＊　＊　＊

エヴラール侯爵の死が伝えられ、嫡子であるアルバート・ジョン・ユール・エヴラールが跡目を継いだと発表されたのは、それから間もなくのことだった。

義母と異母弟の悪事は明るみとなり、彼らは王都の罪人収容所に入れられることになっている。ひとまず尋問をするらしく、現在はまだ王城にその身柄を拘束されているとのことだった。

　女王の許可なく動いた国境警備軍の幹部は懲罰を受け、免職されたものも数名いた。武官の入れ替わりも大幅に行われた。アルバートが改めて副将軍としての地位に就いたのを契機とし、今後軍部内の改革を行っていかねばならないだろう。

　父が亡くなった後、管理能力のない義母がめちゃくちゃにしてすっかり混乱している領地経営を前に、アルバートは頭を抱えたくなっていた。元に戻すには数年はかかりそうだったが、それでもやるしかない。自分はエヴラール侯爵となったのだから。

　気になっていた摂政閣下――フィリップ・チョーサーだが、現在もまだその地位にある。女王がぼやいていたように、彼が関わっていたという証拠が出てこなかったのかもしれない。会ったことはないが、あのシャーロットが手を焼くほどの人物だ。きっと相当に頭の切れる者なのだろう。

　父が隠したという印は、すぐに見つかった。まだ母が生きていた頃、父は母と幼いアルバートを連れて、侯爵家が管理する近くの森によく散歩に行った。森に大きな樫の木があり、その木には自然にできた小さな洞がある。父と一緒に作った髪飾りをそこに隠しておいて、母にさりげなく探らせて、贈り物を見つけさせたことがあった。母は驚き、涙を流して喜んでくれたのを覚えている。あれは確か、母の誕生日だったはずだ。

　父が印を隠したと聞いて、すぐにその場所が頭に浮かんだ。探してみると、やはり洞の中に隠されていたのだ。

(……父上も、覚えていらしたのですね……)

小さな金印を握り締め、アルバートはその時の父の笑顔を思い出す。

政略結婚だったというが、両親は愛し合っていた。

互いを見る目に慈しみがあったし、記憶には幸せそうな二人の姿ばかりが残っている。

(あんな夫婦になりたかったのだ。自分も)

仲睦まじい両親のように、愛し合える、慈しみ合える伴侶を求めていた。

切ない気持ちと共に思い浮かべるのは、月光の髪と青い宝石の瞳を持つ妖精の姿だ。

『私はアンではないわ、アルバート。あなたがバートではないように。我が名はシャーロット・メアリー・アン・ナダル。この国の女王。それを踏まえた上で、あなたがどうしたいのかを考えなさい。私はそれを受け入れましょう』

女王の言葉を思い返す。別れの言葉とも、始まりの言葉とも取れる台詞だ。

だが、アンとバートとして結ばれた恋は終わったのだと突きつけられたことだけは確かだ。それはそうだろうとアルバートも思う。どんなに偽ったところで、アンが女王であること、そして自分が彼女には釣り合わぬ身分であることは変わらない。

(――その上で、どうしたいか)

アルバートは考えねばならない。だが、一つだけ分かっていることがあった。

シャーロット・メアリー・アン・ナダル陛下には、女王の資質がある。そして、己が跪き、全てを投げうってでも尽くす価値も。

第三章

「今、私が消えたらどうなるかな？」

ポツリと呟いた独り言に、呆れた声を返したのは近衛騎士のローガンだ。

「物騒なことを。陛下が消えればまた殺し合いが始まって、ナダル王家は全滅しますよ」

女王に対して口調が気安いのは、彼がシャーロットの乳兄妹でもあるからだ。生まれた時から一緒に過ごしていれば、気心も知れるというものだ。

「それもそうだな」

シャーロットは苦笑する。今、王族と呼ばれる者は自分の異母姉妹だけな上、シャーロットはその全員と仲が悪い。現在、このナダル王国には王の子がいない。シャーロットが未婚であるのだから自明の理ではあるのだが、その女王が消えれば、再び骨肉の争いが勃発するのは目に見えている。

(私の即位時にそうであったように)

先王であるシャーロットの父は大変な好色漢で、正妃の他に三人の側妃と、数えきれないほどの愛妾がいた。あちこちに胤をばらまいたものだから、王子やら姫やらが大量発生することとなったが、まずいことに正妃との間にはシャーロットただ一人しかいなかった。その上側妃は三人とも高位貴族の娘、愛妾にもそれなりの身分がある者しか選ばなかったため、五人いた王子は皆後ろ盾があり、同じくらいの王位継承権を持っていたのだ。父王が後継者を指名していればまだ良かったのだが、残念なことに頭の血の道が塞がる病で急逝した。こうなればもう、混乱は免れない。王座を巡り、更には貴族たちの政治的な思惑も絡み、骨肉の争いが始まってしまったのだ。

(──王子は誰も生き残れなかったというお粗末な結末を迎えたけれど……)

結局、五人いた王子たちは、全員殺されてしまったのだ。笑い話のような真実である。

シャーロットは、亡くなった兄弟たちの顔を思い描いて浅く笑う。思い返してみても、どれも王の器には足りない男たちだった。唯一の正妃の子という理由から、あまたの嫌がらせを受け、時には殺されかけたこともあるシャーロットは、異母兄弟たちに対し、情など欠片もない。

残ったのは姫ばかりが八人。その中で正妃の子であったシャーロットの頭上に、王冠が巡ってきてしまったというわけである。

とはいえ、シャーロットにしてみれば欲しくもないものを押しつけられたようなものだった。王位など窮屈な上、面倒ばかりで、煩わしいことこの上ない。最初の頃は子どもだったこともあり、課せられた責務からどうやったら逃げられるだろうかと模索ばかりしていたが、次第に、やらねばなるまいという気持ちになった。望んだことではないとはいえ、自分は王となってしまったのだから、それが運命なのだろうと。

「本当に、殺し合いの好きな王家よなぁ。私が言うのもなんだが」

言いながら、シャーロットはサインし終わった書類に王印を捺す。

この世で唯一のナダル王の印だ。シャーロットの前には父が、その前には祖父がこれを所持していた。当然のことながら、王以外がこれを使用することはできない。たとえ王の配偶者であろうとも、触ることすらできない代物だ。

使用後、丁寧にインクを拭い取ると、シャーロットはそれをビロードの小さな袋に入れ、仕事机の抽斗にしまい込む。そしてドレスのポケットを探って鍵束を出すと、その中の小さな一つを使い抽斗に鍵をかけた。

「……その合い鍵も、既に作られてしまっている気がするのは、私だけでしょうか」

シャーロットの一連の動きを見ていたローガンが、ポツリと呟く。この抽斗の鍵は最近新しく作り直させたものだ。

「かもしれんな。だが、私が警戒しているのだという意思表示にはなる」

「……意思表示が歯止めになるものでしょうか」

ローガンが問いを繰り返す。シャーロットは溜息を吐いて肩を竦めた。

「分からん。……が、何もしなければますます度を超していく一方だ」

シャーロットの答えに、ローガンは「それはそうかもしれませんね」と太い金の眉を寄せて頷いた。名こそ出さないが、この会話で伏せられた人物がフィリップ・チョーサー閣下であることは暗黙の了解となっている。摂政である彼がシャーロットの印を勝手に持ち出して勅書を偽造し、国境の地エヴラールの侯爵夫人に融通していたのはつい二月ほど前の話だ。証拠があれば処罰し、摂政の地位から追いやることもできたのだが、残念なことにチョーサーに繋がる決定的な証拠は見つからなかった。

（あいつの仕事はいつだって完璧だわ。悔しいほどに……）

シャーロットは苛立ちのあまり粟立ちそうになる腕の肌を、手で擦って宥める。

チョーサーは明るい鳶色の髪に、ハシバミ色の瞳。整った柔和な顔立ちと優雅な物腰、そして巧みな話術で老若男女問わず篭絡する人たらしだ。

だが腹の中は真っ黒な極悪人である。目的を達成するためなら手段を択ばない。己を信じて付いてきてくれた者を切り捨てて見殺しにすることも、或いは己の手で殺すことすら厭わない悪魔のような男だ。

そしてそのための準備も怠らない。あの男の計画は完璧だ。何が起こっても対処できるように組み立てられているので、今回のことでチョーサーの尻尾を摑めることは期待していなかった。

だからといって何もしないでいられるわけもなく、少しでも証拠になるものがないかと、川の中の砂から金を探すような作業を繰り返しているのだ。

「昔はこのようなことをなさるお方ではなかったのに、どうして……」

苦々しい口調で言ったローガンを、シャーロットは黙って見つめる。

主の視線に気づいたローガンが、狼狽えた顔になった。

「な、なんですか……？」

「お前、あの男が昔と変わったとでも思っておるのか？」

「えっ……」

問われて、ローガンが目を丸くする。

「いや、ですが……幼い頃、我々と遊んでくれたフィリップ様はとても優しかったですし、王位争いの際にもシャーロット様を守るために手を尽くしてくださって――」

チョーサーをファーストネームで呼ぶローガンを、シャーロットは苦笑いを浮かべて見つめた。昔はシャーロットも同じように呼んでいた。もっと親しく、『フィリー』という愛称で呼ぶこともあったのに。

ローガンの言葉は正しい。確かに、チョーサーは幼かったシャーロットを可愛がってくれたし、王位争いの時にも守ってくれた。シャーロットとて、その頃はチョーサーを兄のように思い、信頼していた。

（――それが崩れたのは、いつ頃だったかしら）

彼を『チョーサー』と呼ぶようになったのも、同時期だったはずだ。

苦い気持ちで過去の己をせせら笑い、シャーロットは言う。

「そうだな。だがそれはあいつの目的が我々の望みと重なっていたからだろう」

シャーロットの指摘に、ローガンがハッとした顔になる。シャーロットを守り抜いて王座に就け、己は摂政としての地位を得る。シャーロットは命を守られ、チョーサーは権力を得た。ここまでは利害が一致していたが、現在は違う。シャーロットはチョーサーの専横を厭い始め、彼の支配下からの脱却を願っているのだ。

「利害関係が一致していたから、良い奴だと思えていただけにすぎん。私を守るためにあいつがやってきたことは、お前とて知っているはずだ。兄たちを騙して信用させ、油断したところを罠にかけて失脚させたり、弟を暗殺し損ねた女中を見殺しにしたのを見てきただろう。血も涙もない悪魔だよ。利害を異にしたために、その鉤爪がこちらに向いただけの話だ。何も変わっていない。あいつは最初からそういう奴なのだ」

シャーロットが吐き捨てるように言ったが、ローガンはいまいち理解し切れないと言った様子で手を顎に当てて首を捻った。

「……ですが、摂政となった後に閣下がなさっている無茶も、全て陛下に都合のいいようにするため、ですよね……？」

「そこよなぁ……」

ふう、と深く長い溜息を吐いて、シャーロットは椅子の背凭れに身を預ける。

シャーロットが表立ってチョーサーを罷免できない理由はそこにあった。

これまでにもチョーサーが立場を逸脱した行動を取った件はいくつもあった。年若い女王の存在に納得できない貴族を事故に見せかけて暗殺したり、政治的に失脚させたりといったことだ。

——全てはシャーロットのために。

チョーサーはシャーロットのために、安全な玉座を作り上げようとしているのだ。

（……そんなもの、あり得ないのに……）

反対派がいないなんてことはあり得ない。どちらかの肩を持てば反対側の恨みを買うものだからだ。王は上手くその舵取りをしなくてはならない。少なくとも、シャーロットはそう思っている。反対派を叩き潰して駆逐するのでは独裁者になる。かつて専制政治を敷いた王たちがどのような末路を辿ったか、歴史を学べば分かることだ。

このままでは、シャーロットは恐怖政治を行った愚王として歴史に名を刻むことになる。真実を言えば、それでもいいと思ったこともあった。ナダル王国は長く続きすぎた。その中で濁ってしまったものを、自分の代で終わらせることができるのならばその方がいいと。

だがよくよく考えてみれば、男兄弟は死んでしまったが、腹違いの姉妹は生きている。自分の他にも王家の血筋は残っているのである。自分が愚王として討たれれば、異母姉妹のいずれかを女王に仕立ててまた同じことが繰り返されるだけだろう。

——それでは意味がない。

ならば、自分の治世を輝かしいものにするしかあるまい。仮に後世で愚策だったと結論付けられても、己がやったことであれば構わない。だが、他人のやらかした泥を被って糾弾されるのはごめんなのである。

故に、シャーロットはチョーサーを止めなくてはならない。摂政となったチョーサーに委ねてしまった女王の権限を、己の手に取り返さなくてはならないのだ。

「しかし、私も一筋縄ではいかない男を相手にしたものだよ……」

もう一度深々と溜息を吐いたシャーロットに、艶やかな声が問いかけた。

「おや。僕の敬愛する女王陛下を悩ませている男とは、一体誰でしょうか」

ギクリとしたシャーロットは、弾かれたように背凭れから身を起こす。

女王の執務室のドアが音を立てて開き、長身の男が滑るように入室してきた。

「……チョーサー。ノックはどうした」

仕立ての良い白いシルクのシャツに、今流行(はや)りの明るいグレーのモーニングコートという洒落(しゃれ)た装いの男こそ、話題にしていたフィリップ・チョーサーその人である。

シャーロットの叱責を受けて反省する様子もなく、チョーサーは柔らかな笑みを浮かべて謝罪の言葉を述べる。

「ああ、申し訳ありません。陛下に早くお伝えしなければと気が逸って、失念してしまいました」

摂政閣下の登場に、近衛騎士であるローガンは黙ったまま頭を下げ、一歩下がってシャーロットの背後に控えた。万が一に備え、女王の身を守れる距離を保ち、けれど女王と摂政の会話を邪魔しないよう影に徹するのである。

「失念しないでもらおうか。今後はお前とはいえ罰を与えるので心に刻んでおけ」

シャーロットの冷徹な物言いにも、チョーサーはニッコリと笑みを深めて「御意」と頭を下げるだけだった。どれほどシャーロットが邪険に扱おうとも、チョーサーは怒ったり不機嫌になったりしない。シャーロットはそこに薄気味悪さを感じてしまうのだ。

「まあいい。何を伝えたいだって？」

あまり怒りの持続しないシャーロットは、早々に話題を切り替える。チョーサーに長居してほしくなかった。

シャーロットの催促に、チョーサーは勿体ぶったようにコホンと咳払いをした。

「実は、僕もそろそろ結婚をしようかと思いまして……」

思いがけない内容に、シャーロットは思わず身を乗り出した。

「──け、っこん？　お前が？」

「はい」

唖然とするシャーロットに、チョーサーは首元のクラヴァットを弄って居住まいを正し、またニコリと笑顔を作る。

フィリップ・チョーサー。ランズベリー公爵にして、摂政閣下。しかも三十歳。結婚相手としてはこれ以上はないほどの優良物件である。引く手あまただというのに、これまで浮いた話は一つもなく、ひたすら女王に身を捧げ、独身を貫いていた。

その男が、唐突に言い出した結婚の二文字に、シャーロットは驚くと同時に裏があるに違いないと疑ってしまう。

「……それは冗談か？」

鼻に皺を寄せて訝しむと、チョーサーは嬉しそうに顔を輝かせた。

「おや、僕が結婚することを嫉妬してくださるのですか？　これまでに何度もあなたに求婚してきた甲斐があったというものだ！」

「ぬかせ」

短い言葉で一蹴すると、チョーサーは肩を下げて「残念」と笑う。チョーサーの言うように、彼はこれまで何度もシャーロットに求婚してきた。女王が摂政と結婚するのは確かに理に適っていると思う。王配という立場にしてしまえば、摂政も王族の一員だ。摂政を重用しすぎるという他の貴族からの不満も出にくくなるし、ランズベリー公爵家の後ろ盾を得て王の権力が確固たるものになれば、国政は安定するだろう。

だが、シャーロットにはチョーサーとの結婚を認められないわけがあった。

「で、結婚と言うからには、相手はいるんだろうな？」

「一人で結婚はできませんからねぇ。もちろんですとも。陛下もよくご存じかと思いますよ。マチルダ・イヴリン・マーシャル——ペンブルック公爵令嬢です」

「は!?」

挙げられた名前に、シャーロットは仰天して目を剝いた。

マチルダはシャーロットの母方の従妹だ。つまり、同じ母方の従兄であるチョーサーとマチルダもまた従兄妹同士である。

「マチルダって……あの子はまだ十五歳くらいだろう！」

この国の社交界デビューは十八歳からだ。まだ子どもと言える年齢の少女を妻に迎えるつもりだと聞かされ、さすがにマチルダは渋面を作った。

だがチョーサーの方は平然とした様子で首を傾げている。

「いや、この春十六になったのではなかったかな？」

「それがどうした！　適齢期にもならぬ少女ではないか！」

「あと二年ほどで適齢期ですよ。僕もまだ三十路ですし、年齢差は十四歳ですね。このくらいの年の差は、貴族社会では別段珍しい組み合わせではないと思いますが」

確かにチョーサーの言っていることは間違っていない。

だが胸の奥底からざわりと嫌悪感が湧き出てきて、シャーロットは頷けなかった。

「……何故、わざわざ年の離れた従妹を選んだのだ？　お前ならば妻になりたいという娘が列をなすだろうに」

ややもすれば唸り声になってしまいそうな低い声が出る。女王の機嫌が急降下したことに、背後に控えるローガンが身を強張らせるのが分かった。

だがチョーサーは気にする様子もない。相変わらず柔和な笑みを湛えたままだ。

社交界では貴公子の微笑みと呼ばれ、令嬢たちから黄色い声が飛ぶそうだが、シャーロットにとっては得体の知れない笑みだった。この笑みを浮かべたまま剣を突き出してきたとしてもきっと驚かない。

「従妹だからですよ」

チョーサーの返答に、シャーロットの身体中の皮膚が粟立った。目を瞠ってまじまじと目の前の従兄を見る。

「……お前、まさか……」

この男は排除するべきだ、とシャーロットの本能が警鐘を鳴らした。

女王の気色ばんだ様子にも、チョーサーは笑顔を貼り付けたまま微動だにしなかった。

肉食の獣同士が睨み合う時のような張り詰めた一瞬の後、彼は大袈裟な仕草で両腕を広げる。

「義母が叔母だと、結婚後もなにかと融通を利かせてもらえそうですしねぇ。僕も婿いびりは怖いんですよぉ。ご婦人方は本当に恐ろしいから……」

ふざけるような口調に、ローガンがホッとしているのが目の端に映ったが、シャーロットは眼差しを鋭くしたままだった。

「幸い僕はマチルダ嬢とも面識があって、嫌われていることはなさそうですし」

「……ということは、マチルダに許可を取ったわけではないんだな？」

固い声での確認に、チョーサーは「そうなんです」と悲しげに目を伏せる。

「まずは、と、ペンブルック公爵に話をしたのですが、娘が成人してから改めてお話を頂戴できれば、の一点張りで」

話は初期の段階で止まっていると聞き、シャーロットはホッと小さく息を吐いた。まだ間に合う。この男に従妹を渡してはならない。

「親としてまっとうな意見だな」

　シャーロットがようやく薄く微笑んで言えば、チョーサーは口をへの字にする。

「意地悪ですねぇ、陛下は」

「三十路男が成人もしていない少女を娶ろうとすることがおかしいんだ。反省しろ、この変態が」

　にべもなく言い捨てると、チョーサーは大仰に溜息をついてみせる。

「その様子だと、陛下に援護射撃をお頼みするのは無理なようですねぇ。口添えをお願いしようと思っていたのですが……」

「当たり前だ。成人した独身令嬢の中から選び直せ」

「やれやれ。分かりました。気乗りはしませんが、なるべく早くに結婚してくれそうな人を探してみましょう」

　珍しく素直に頷いたチョーサーに妙な違和感を覚えて、シャーロットは訊ねた。

「なるべく早く？　何故お前はそんなに急いで結婚をしようとしているのだ？」

　なにげない質問に、チョーサーがニヤリと口の両端を吊り上げる。

　その表情に「なるほど」と腑に落ちた。

（……こっちが本題だったというわけね）

「摂政として常に陛下のお傍に傅く立場である僕が既婚者でないと、あらぬ疑いをかけられてしまうかもしれませんからね」

何を言っているのだこいつは、とシャーロットは冷たい視線を向けた。まったくもって意味が分からない。

——だが、嫌な予感がする。

訊きたくないが、知らぬ振りをしたところで災いは降りかかってくる。非常に業腹ではあるが、被害を最小限に食い止めるために、現状を詳細に知っておく必要があるだろう。

しぶしぶ、シャーロットは口を開いた。

「誰がなんの疑いをかけるって？」

チョーサーは両腕を広げ、晴れやかな声色で答える。

「夫君が、陛下に、不義密通の疑いを、ですよ」

眩暈がしそうだった。さすがのシャーロットも、目の前の変態摂政が何を言い出したのか分からず、その胡散臭い笑顔を殴りつけたい衝動に駆られる。

「——なんだって？」

苛立つシャーロットに、チョーサーはそれまでの芝居がかったふざけた態度をスッと改め、施政者としての鋭い目で女王を見据えた。それから懐に手を伸ばすと、一通の書簡を取り出し、恭しい手つきで差し出してくる。

「隣国フィニヨンより、陛下へ結婚の打診がありました。お相手は、フィニヨンの第二王子であるヨーゼフ殿下です。摂政として良いお話ではないかと判断いたします。ご一考いただけますと幸いです」

シャーロットは怒りで目の前が真っ赤に染まった。

まさかそんな爆弾を準備してきているとは。今までのチョーサーの結婚話は茶番でしかない。その茶番が、これまで彼からの求婚を退け続けたシャーロットへの嫌味であることは明らかだ。

フィニヨンは国境の地エヴラールに隣接する国だ。小さいがこのナダル王国よりも歴史の古い国で、昔から小競り合いをしては王族間での政略結婚で和解する、ということを繰り返してきた国である。最近の例としては、数代前の王がフィニヨンの姫を王妃に迎えていたはずだ。両国間の薄くなった縁を再び濃いものにするにはよい頃合いである。

(自分の求婚を断るならば、それ以上の利がある結婚をしろというわけね……)

女王という立場にある以上、自身の結婚にはそれだけ重い責任がついて回ることは理解していた。

(けれど、よりによってフィニヨンとは……！)

ナダルに所縁(ゆかり)ある国だ。王族の政略結婚の例も幾度もある。だが、だ、か、ら、こ、そ、シャーロットにとっては縁づきたくない国なのである。

「――この腹黒狐が……！」

シャーロットはついに悪態を吐いた。チョーサーを睨み、差し出された書簡をひったくる。中を検(あらた)めれば、それは確かにフィニヨン王家からの書簡で、チョーサーの言った通りのことが書かれてあった。

「何故すぐに私の所に持ってこない！」

「僕は陛下の摂政ですから。陛下宛ての書簡は全て、僕が目を通してから陛下の目に留まるようになっております」

「ええい、お前はもう出て行け、チョーサー！」

こうなればチョーサーの全てが忌々しく、シャーロットは怒鳴り声を上げる。

嵐のような女王の怒りも、この腹黒摂政にとっては春風のようなものなのか、にこにこと笑ったまま諸手を挙げて降参の意を示しながらも、なおも食い下がった。

「この件に関しては……」

「検討する！」

投げつけるような返事にも、チョーサーは深々と頭を下げる。

「ありがとうございます。……では最後に、僕の新しい補佐官をご紹介させてください」

まだ何かあるのか、とウンザリした気持ちで視線を上げたシャーロットは、「入りなさい」というチョーサーの声と共に入室してきた男の顔を見て凍りついた。

艶やかな黒髪が、ずいぶんと高い位置で揺れた。とても背が高いのだ。

一見ひょろりとして見えるが、その服の下には驚くほど均整のとれた逞しい肢体が隠されているのを、シャーロットは知っている。

見る者が思わず目を奪われるほど端整な容貌。これほど整った顔の男性を、シャーロットは見たことがない。高い頬骨、通った鼻梁、涼やかな目元——切れ長の目の中には、狼のような金色の瞳が光っていた。

　シャーロットの愛した男の瞳だ。

　アルバートは一瞬こちらに目をやった後、美しい所作で跪いた。

「女王陛下にお目文字叶い、恐悦至極にございます」

　あの夜自分のことを「アン」と呼んだ低い声が、硬い声音でそんなことを述べるのを、シャーロットは半ば呆然と聞いた。

「アルバート・ジョン・ユール・エヴラールです。最近亡くなられたエヴラール侯爵の跡を継いだ者ですが、辺境の地に押し込めておくのは惜しい逸材でして。とりあえず僕の補佐官に置くことになりましたので、今後陛下のお目にかかることもあるかと」

　白々しく紹介するチョーサーを、シャーロットは睨む。

　アルバートとシャーロットが既に面識があることなど分かっているはずだ。チョーサーはエヴラール侯爵夫人と組んで悪巧みをしていたのだから。

（何を企んでいるの……!?）

　険しい顔でチョーサーを睨むが長続きせず、視線はついアルバートへと吸い寄せられた。

　アルバートは跪いた体勢のまま、顔を伏せている。女王の許可なく立ち上がることはできないからだ。その顔が見たくて、シャーロットは命じる。

「……面を上げよ」

　女王の許可に、アルバートがおもむろにその顔を上げた。

金の目が再び自分を映したのを見て、シャーロットの胸に歓喜が沸き立つ。

(私の……黒い狼！)

ずっと会いたかった。もう叶わないのだと思っていた。「アン」が女王だったと知って、彼は諦めてしまったのだから。

(どうして、ここに——)

いやそれよりも、何故チョーサーと関わっているのか。

頭に疑問符が浮かぶばかりのシャーロットを後目に、チョーサーは「それでは、我々はこれにて御前を失礼します」と腰を折り、アルバートを促して退出してしまった。

久し振りに目にした愛しい男の姿がドアの向こうに消えるのを、シャーロットは黙って見送るしかなかったのだった。

＊　＊　＊

「——陛下！」

不意に自分を呼ぶ声がして、シャーロットはハッと物思いから返った。

目の前には模造刀を手に構えているローガンがいて、自分が今護身術の稽古中であったことを思い出す。

「——すまない。ぼぅっとしていた」

「……そのようですね」

　模造刀とはいえ、本気でやり合えば怪我をする可能性は高い。剣を構えた状態で他のことに気を取られるなどもってのほかである。

「ご自分から稽古を、と仰ったわりには、気が散っておいでのようです。集中できない時に剣を握るなど危険極まりない。今日はもうやめておきましょう」

　騎士であるローガンは、武人であることに誇りを持っているため、剣に関してとても厳格だ。主と言えどそこは区別なく、シャーロットはあっさりと切り捨てられた。

　ローガンとは、ユリウスを師に持つ兄妹弟子だ。とはいえ、男女の身体的な違いを差し引いても、出来の良さはローガンが段違いで良いことは言うまでもない。

　上位者からの手厳しい忠告に、シャーロットは黙って従わざるを得なかった。

　溜息を吐いて剣を鞘に収めていると、ローガンが気遣わしげに声をかけてくる。

「……それにしても、今日は驚きましたね。まさか、閣下の部下になって現れるとは」

　名前こそ挙げなかったが、誰のことを言っているかはすぐに分かる。

　シャーロットの気を散らせている張本人——アルバートだ。

　ローガンの言葉に一瞬の間を置いて、シャーロットは「そうだな」と相槌を打つ。

　自分の中でも未だ整理がついていない感情を持て余していて、誰かとそのことを語り合う気には到底なれなかった。

（アルバートが、現れた……）

エヴラールを最後に、別々の道を行くことになった、シャーロット——いや、「アン」の恋人。女王という正体を晒したことで、その恋は破れたのだと思っていた。女王としての自分とどうなりたいのか考えろと言い置いたけれど、その後アルバートからはなんの動きもなかった。

エヴラールから戻ってしばらくは、手紙などが届いていないか、訪ねてくる者はないかと、ずっとそわそわしていたシャーロットだったが、数週間が過ぎてからは、己の初恋が破れたのだと認めるしかなかった。

(私との恋に、未来はないのだから……)

そもそも、期待してはならない恋だった。シャーロットは女王で、国のための結婚をしなくてはならない立場だ。己の感情で王配を選んではいけないのだ。アルバートが女王の王配に相応しいとは、とてもではないが言えない。彼との結婚でこの国が得るものは何もないのだから。

いずれ別の男と結婚する。そんな女との恋を続けようと思う男がいるはずがない。

そう分かっていたから、シャーロットは何も言わず、アルバートの沈黙を拒絶として受け止めたのだ。

(——それなのに、何故、今更……)

アルバートはシャーロットの前に再び現れた。それも、チョーサーの部下となって。

「エヴラール侯はどういうつもりなのでしょうか。爵位を奪還するために陛下にあれほど世話になっておいて、閣下の部下になど……」

ローガンの憤慨するような呟きに、シャーロットは無言を通す。

エヴラール城での会話から、シャーロットが摂政であるチョーサーに疑念を抱いていることは理解しているはずだ。女王と摂政——本来ならば信頼で結びついていなければならない関係に、罅が入っている。その危うい状況を分かっていながら、チョーサーの支配下に収まったのであれば、つまりシャーロットの敵に回ったと、そういうことなのだろうか。

（……それほど疎まれてしまったのかしら）

女王であることを隠していたことは、裏切りだと捉えられても仕方ない。それを恨んでの行動なのだろうか。

だがシャーロットの中のアルバートは、そんな男ではない。

信じた者たちから裏切られ、過酷な状況に追い詰められながらも、彼は父親を信じていた。疑う瞬間がなかったわけではないだろう。けれど結局彼は、自分と父との間に合った信頼と愛情を信じることを選び、戦ったのだ。もし父を信じていなければ、きっと故郷に舞い戻るなんて無謀な真似はしなかったはずだ。

シャーロットの愛したアルバートはとても純粋な人間だ。愛を信じていて、それを裏切らない。

彼はシャーロットを愛していると言ってくれた。その言葉が真実ならば、シャーロットを愛した自分を信じてくれているはずだ。

そう思いたがる自分を、もう一人の自分がせせら笑う。

——どの口が、それを言うの。彼は『アン』を愛したの。嘘つきな女王ではなく、善良で正直な、ただの娘である『アン』を。

（ああ、その通りだわ）

シャーロットは目を閉じる。

アルバートが愛したのは、しがらみばかりで力のない、傀儡の女王などではない。愛していると言いながら、アルバートを王配に迎える力もない、チョーサーの言いなりになって他の男と政略結婚をしなくてはならない、嘘ばかりの女王など、どうして愛してもらえるというのか。

（……なんて、情けない……）

愛されるはずがない。自分がアルバートの立場ならば、脱兎のごとく逃げ出しただろう。

「どんな理由があるにしろ、エヴラール侯爵がチョーサーの配下に収まったのは事実だ。我々にはそれを止める権利はないさ」

素っ気なく言って、シャーロットはローガンの脇をすり抜けた。

「今日は疲れた。湯浴みをして休むので、そう侍女に伝えてくれ」

振り返らないままそう言えば、「御意」という短い返事が聞こえる。

長年の付き合いゆえにローガンは、シャーロットが一人になりたがっているのを雰囲気で察するらしい。護身術の稽古をしていた中庭から自室へ戻るまでの間、ついてくることはなかった。けれどシャーロットが部屋に戻ってすぐ、侍女が湯浴みの準備にやってきたので、ちゃんと指示は伝えてくれたようだ。まったくもって有能な近衛騎士である。

侍女の手を借りて湯浴みを終えると、シャーロットはまだ日も沈み切っていないというのに、早々に寝台に入った。

女王であるシャーロットにとって、眠る時間が唯一誰にも邪魔されない一人の時間なのだ。

そうして一人になって考えるつもりだったのだが、横になっているうちにいつの間にか眠ってしまっていたらしい。

目を覚ますと、辺りはすっかり闇に包まれていた。

（……今、何時かしら？）

夕食も食べずに眠り込んでしまったが、不思議と空腹は感じなかった。

寝起きのせいか肌が汗でしっとりとしていて、ひどく暑く感じる。

シャーロットはもぞりと寝台から起き出すと、裸足のままバルコニーへと繋がるガラス戸に近づいた。両手でそれを押し開けた途端、サア、と夜の風が部屋に入り込んできた。

風に柔らかく頬を撫でられる感覚に、うっとりと目を閉じる。闇に冷まされた風が、心地よかった。

清涼感に誘われて、シャーロットは夜着一枚のあられもない姿でバルコニーに出る。

夜なのにうっすらと明るい空を見上げると、満月に近い月が、ぽっかりと紺碧に浮いていた。

（……綺麗……）

目の前の光景を美しいと感じながら、脳裏を過るのはアルバートの笑顔だ。美しいもの、きれいなものを見つけたら、いつもシャーロットとその感動を共有しようとしてくれた。それを思い出すと、無性にアルバートに会いたくなってしまう。

この月の美しさを、彼と共有したいと思った。

そんなことを切なく思いながら、煌々と輝く銀の月に見惚れていると、不意に気配を感じて視線を下ろす。

ちょうどバルコニーから見える東の庭に、長身の人の影があった。

一瞬、刺客では、とギクリとしたものの、目を凝らすと、こちらを見つめる金の瞳とかち合って、息を呑む。

（――アルバート……？）

不思議なことに、暗がりの中なのに、遠目からでもその瞳の金色が光って見えた。まるで本当に狼なのではと思ってしまうほどだ。

シャーロットは驚きのあまり、バルコニーの柵を乗り越えんばかりに摑み、その人物の顔を覗き込んだ。だが残念なことにバルコニーの高さからでは、階下に立つ人物の顔をハッキリと捉えることはできない。

それでもシャーロットには、そこに立つのがアルバートだと確信できた。その背格好だけで——いや、アルバートであるならば、見ていなくても気配で分かるかもしれない。

アルバートはこちらを見上げていた。

月を見ているのだろうかと思ったが、それならば真上を見上げないといけないはずだ。

それにアルバートの金の瞳は、確かにシャーロットを捉えている。

まっすぐにこちらを射貫くその目が、シャーロットを誘っていた。

ドクリ、と心臓が高い音を立てて脈打つ。身体の中を不可思議な衝動が走り抜け、気がつけば駆け出していた。

裸足のまま野兎のように廊下を走る。夜半の王宮は人気も少なく、床には絨毯が敷かれてあるので足音も立たないから、女王のはしたない姿は誰にも目撃されなかった。目的の場所は階下だ。転がるようにして階段を下りる。急がなくては、彼がどこかへ行ってしまうかもしれない。

息をすることも忘れていたらしい。

目的地——東の庭に出て足を止めた瞬間、息を大きく吐き出して、吸い込んだ。
ハ、ハ、と荒い呼吸をしながら辺りを見回したが、人の姿は既にない。
（……もう、行ってしまったの……？）

誘われたと思ったのは、まったくの思い違いだったのだ。

アルバートの方は、バルコニーに立っているのがシャーロットだとは分かっていなかったのかもしれない。なにしろ遠目だったし、誰か分からないからじっと見ていたのだと言われれば、それまでの話だ。
ハ、と吐き出した呼気に、自嘲が混じった。
アルバートの一挙一動に振り回される自分が恥ずかしい。まだこんなにも彼を愛してい るのだと突きつけられて、涙が込み上げた。

情けなかった。愛しているのに、言えない自分が。こんなにも恋い焦がれる人を見つけていながら、その恋を貫く力もない弱い自分が。

（……悔しい……悔しい！　私に、力があれば……！）

誰を王配にしても文句を言われないほど、力のある女王であったなら。

女王が愛する人と結ばれることを、民がこぞって祝福できるほどの安寧を、この国にもたらすことができていたなら。

シャーロットは女王だ。そうである以上、ままならぬ現状は全て己のせいなのだ。女王として未だなんの力も持っていないから、そして国を治め切れていないから、己の望みを叶えられない。女王がまず叶えなくてはならないのは、民の願いだからだ。

誰もいない夜の庭で一人立ち尽くして、目尻に滲む涙を拭おうとした時、不意に背後から腕を摑まれた。

「――ッ!?」

奇襲かと仰天し、大声を上げようと開きかけた口は、大きな手によって塞がれる。

そのまま抱き締められるようにして、東屋の脇にあるカメリアの木立の中に引き込まれた。背の高いカメリアの木々は、シャーロットと襲撃者の姿をあっさりと夜の闇に紛れさせる。

羽交い締めにされて錯乱しかけたシャーロットだったが、襲撃者が耳元で囁いた声に、四肢の力を緩めた。

「――お静かに」

囁き声でも、シャーロットにはすぐに分かる。

（アルバート……！）

自分の身体をすっぽりと抱え込む広い胸の温もりに、身体の芯が震えた。

恋しい人の腕の中が、これほど幸福感のある場所だなんて、知らなかった。

知っていれば、あの抱き合った日、もっと長く一緒にいられるように努力しただろうに。あの時は自分がなすべきことで頭がいっぱいで、余韻に浸ることすらせずに王城へ帰ってしまったのだ。

（その結果、アルバートを助けられたのだから良かったのだけれど……）

そんな詮（せん）ないことをつらつらと考えつつ、抱き締められる心地よさを堪能していると、アルバートが言った。

「手を離しますが、声はお出しにならないよう」

念を押され、シャーロットはコクコクと首を上下してみせる。

大きな手が顔から離れた。大好きな人の手が離れてしまうのが寂しくて、ついそれを追って両手で摑む。そのまま自分の胸の前に抱えると、アルバートから戸惑ったような気配が伝わってきた。

シャーロットはハッとする。

もう好きでもない女からこんな仕草をされて、気持ちが悪いと思っただろうか。自分がもしアルバートではない男に同じことをされたら、怖気立つのが容易に想像できた。

おそるおそる首を捩って背後にあるアルバートの顔を見上げる。

(——ああ、アルバートだ……！)

これほど間近で見たのは、どのくらいぶりだろうか。

相変わらず、容貌のとても整った男だ。少し頬が削げただろうか。だが精悍さが増して、ゾクリとするほどの艶が加わった。切れ長の目の中の金の瞳が、鋭い光を放ってシャーロットを見つめている。

「……泣いていたのですか？」

ポツリと問われ、シャーロットは自分の目が涙に濡れていることに思い至った。

「何故？」

重ねて問われる。

一瞬、日頃の癖で誤魔化しの言葉が出そうになった。女王は人前で泣いてはならないからだ。けれどこれ以上アルバートに嘘を吐きたくない。どんな些細なことであっても。

だからシャーロットは正直に答えた。

「あなたを追って来たのに、もういなかったから」

その答えに、アルバートはどうやら衝撃を受けたらしい。目を見開き、信じられないといったように眉根を寄せる。

「……俺を追って、裸足で……こんな薄い夜着一枚で、ここまで？」

指摘され、シャーロットは自分が下着同然の恰好であることに気づいた。さすがにこれははしたない、と今更ながらに猛烈に後悔して、なんとなくモゾリと身体を動かす。そんなことをしたからといって、この恰好が隠せるはずもないのだが。

「……月が、きれいだったから……」

ごにょごにょと言い訳めいたことを口の中で転がすと、アルバートの眉がピクリと動いた。その仕草が先を促しているようで、シャーロットはバルコニーで考えていたことを正直に口にした。

「あなたを……思い出していたの。あなたは美しいものを、私と共有してくれたでしょう？　この月もあなたと一緒に見られたらいいのにと思っていたら、バルコニーの下にあなたがいたの。……あなたが、こちらを見上げていた。もう、居ても立ってもいられなくなってしまったの。……あなたの傍に行きたかった」

言いながら、何を言っているのだろう、と自分でも思う。まったく理に適っていない行動だ。月がきれいだからどうだというのだ。アルバートがバルコニーの下に立っていたのは偶然だろうし、そんな理由で謎の衝動に駆られて下着同然の恰好で外へ飛び出すなんて、常軌を逸しているとしか思えない。

とても一国の女王が取る行動ではなかった。

きっと呆れられただろう。アルバートは何も言わなかった。沈黙が痛い。猛烈に恥ずかしくなってきて、アルバートの顔を見ていられず、振っていた首を元に戻した。

すると腰に回っていた腕に力が籠もり、ぐるりと身体が反転させられる。え、と驚く間もなく、大きな手でガシリと顎を摑まれたかと思うと、アルバートに唇を塞がれていた。

カメリアの葉の隙間から、遠くの夜空に銀色の月が垣間見えた。

キスをされている、と分かったのは、近すぎて見えない距離に、アルバートの長い睫毛がぼやけて映ったからだ。

アルバートがシャーロットの唇を食む。その感触が柔らかくて、温かくて、懐かしかった。――この唇に触れた、触れられた、あの幸福な時間が心の中に蘇る。涙がまた込み上げて、こめかみを伝った。

幸せな気持ちのままに口を薄く開くと、アルバートの舌が入り込んでくる。熱くて、ぬるりとした他人の肉の感触に、戸惑わないと言ったら嘘になる。けれど不快感はまったくない。アルバートの一部だと思うと、嬉しくて、愛しかった。

触れ合うだけで膨れ上がるアルバートへの想いに、自分が弾け飛んでしまいそうで、シャーロットは彼の首に腕を巻き付ける。

少しでも近くに、彼を引き寄せたかった。少しでも長く、彼とこうしていたかった。

後から考えれば、もっと他にするべきことはあったのに。

例えば、何故今更シャーロットの前に現れたのかを訊ねるとか。或いは、チョーサーの部下になった理由や、その経緯……質問は山のようにあったはずだ。

けれどこの時のシャーロットの頭には、そんなことはチラリともかすめなかった。

今こうして触れ合っている、アルバートの温もりだけが全てだった。

二人の間には、それ以上の言葉はなかった。

少しでもこの幸福な時間を引き延ばそうとシャーロットは必死だったし、アルバートも抱き締めた腕の中からシャーロットを離そうとはしなかった。

(今、この時だけ……)

——魔法が解ける瞬間まで。

静まり返った王宮の夜の庭で、絡み合うようにして抱き合う二人の姿を、銀の月だけが見ていた。

＊　＊　＊

摂政閣下の執務室で、アルバートは書類を読むチョーサーを盗み見る。

(……もっと、鷹のような男を想像していた)

フィリップ・チョーサー。ランズベリー公爵にして、女王陛下の摂政閣下。巧みな政治手腕で国内の反対派貴族を制し、シャーロット二世の名のもとに、緩やかな速度ではあるが、摂政による専制政治を敷き始めている。王女でしかなかったシャーロットを王座に押し上げた立て役者で、女王の信頼は誰よりも厚いと聞いていた。一部では、王位を巡って争う王子たちを殺し合うように誘導したとも言われている。

アルバートの調べたところによると、その噂は限りなく真実に近いと思われた。狡猾(こうかつ)で残忍な人間でなければそんなことはできない。

だからもっとどす黒く尖った印象の男を想像していたのに、実際の摂政閣下はいかにも優男といった風情だった。常ににこにこと笑っていて、怒った顔など見たことがない。三十歳だと聞いたが、もっと年下に見えるほど——言い換えれば頼りない印象すらあった。

「どうした？　少し疲れたかい、アルバート」

密かに観察している時に声をかけられ、内心でギクリとしたものの、アルバートは平静を装って返事をする。

「いえ、大丈夫です」

「その割に気が散っているようだったけどね？　——まあいい。僕が休憩したいから、世間話に付き合っておくれ」

チョーサーはそう言って、手にしていた書類をパサリと机の上に伏せた。

「君からエヴラール国境警備軍の腐敗について報告があった時には驚いたよ」

執務机の椅子の背凭れに身を預けたチョーサーは、眉を下げた気の抜けた顔でこちらを見上げてくる。

「まさか国守の要であるエヴラール国境警備軍が、フィニヨンからの賄賂を受け取って、金の採掘を見逃していたなんてねぇ」

数十年前にエヴル山の一角から金が産出した。それが別の山であったならば問題にはならなかったが、不幸なことに、エヴル山はナダルとフィニヨン両国の国境にあった。これをどちらのものとするかで両国は揉めたのだが、金鉱を発見したのがナダルであったことからナダル所有のものとなり、代わりにナダルはフィニヨンに大金を支払うことで合意に達した。要するに、フィニヨンから採掘権を買い上げたのである。

よってエヴル山で金を採掘する権利はナダルにしかないのだが、所詮は山だ。フィニヨン側から掘れば分からない話で、違法採掘する者が後を絶たないのである。表向きは禁じているが、フィニヨン王家はこれをほぼ黙認しており、取り締まっているのはナダル側だけという現状だ。そしてその役を担うのが、国境を守るエヴラール国境警備軍なのだ。

「国を守る警備軍が、国益である金の他国流出を許すなんて……いやはや、困ったものだねぇ」

と間延びした口調で言う男が、冷酷無情な摂政閣下だとは、初対面の人間はきっと信じないだろう。罪を犯した武官たちへの彼の尋問を目の当たりにしていなければ、アルバートもそうだったかもしれない。

警備軍の不正について報告を受けたチョーサーは、驚くことに数日内にエヴラールへやって来た。そして到着するや否や、旅装を解く間もなく、該当する武官たちを片っ端から尋問にかけていったのだ。

その拷問たるや、凄まじいの一言だった。容赦など皆無。絶え間ない責め苦に、見ているこちらの具合が悪くなるほどだった。だが痛めつけるだけではない。苛烈な打擲を加えた後に、一転して安楽な環境を与える。優しい看護、温かい食事、清潔な寝床——すっかり安心させたところで、再び猛烈な拷問を加えるのだ。

『環境の落差が激しいほど、人は痛みに恐怖を覚えるものなんだよ。君も上に立つ軍人となったのだから覚えておきなさい』

笑顔で説明したチョーサーは、その直後に罪人の爪を剝いだ。微笑みながら人の爪を剝ぐ人間を、アルバートは初めて見た。悪魔とはこういう者を言うのだろう。

(内と外とがここまで違う人間がいるのだな)

畏怖にも近い感想を抱きながら、アルバートはチョーサーを眺めた。

「しかし、国の要所であるエヴラールの領主になったのが、君のように優秀な人間で助かったよ。あの役立たずの侯爵夫人が見逃してきた不正を、君なら見つけ出してくれるだろうから」

「……恐縮です」

褒め言葉に、アルバートは言葉少なに頭を下げる。

常日頃より、多くを喋らないように注意する。彼に情報を与えてしまうことになるからだ。情報は弱みになる。寡黙に徹し、反応を表に出さない。

それがこの猛禽類のような男に対する最大の防衛なのだから。

アルバートがこの件を女王であるシャーロットではなく、チョーサーに報告したのは、言うまでもなくチョーサーに近づくためだった。

エヴラールで金の流出の件を調べていく内に、関わっていた武官の背後に誰かいるのではないかという疑念が浮かび上がってきた。というのも、調べて名前が挙がるのが小物ばかりだったからだ。一見すると一兵卒がはした金欲しさに賄賂に手を伸ばしただけのように見えるが、それにしては数が多い。おまけに罪を犯したのは、ここ一年ほどの間にエヴラールに赴任した者ばかりだったのだ。

(何故、最近入って来た者ばかりが……? 何か理由があるのだろうか)

不思議に思って調べていくと、彼らが赴任前から金に困った状況であったということが分かってきた。

(金に困った者ばかりが、エヴラールに送られている……?)

まるで罪を犯すようにお膳立てされているようではないか。

女王の直轄軍とされているエヴラール軍の人員は、女王が決める。そして恐らく現在その権限を握るのは、摂政であるフィリップ・チョーサーであるはずだ。

(フィリップ・チョーサーは、フィニヨンに金を横流ししているということか?)

そうであれば、義母がチョーサーから勅書を融通してもらったという話も真実味を帯びてくる。義母は父が亡くなった後、エヴラールの実権を握っていた。なんらかの接触があってもおかしくはないだろう。その推測に行き当たった時、アルバートは摂政が本当にシャーロットの味方であるのかを疑った。

『チョーサーは、私のために、やりすぎるのだ』

シャーロットの言葉を思い出す。彼女はチョーサーの勝手を苦々しく思ってはいても、彼が自分の味方であることは疑っていないようだった。

（だが、本当に女王のためであるならば、他国に金を横流しするはずがない）

莫大な国利を隣国へ融通しているということになるのだ。穿ったことを言えば、この国へ攻め込んでくる軍資金を渡していると言っても過言ではない。

ナダルとフィニヨンは小競り合いを繰り返している。今後フィニヨンが攻め込んでこないとは決して言えないのだから。

チョーサーがシャーロットの真の味方でないのならば、これ以上彼女の傍に置いておくわけにはいかない。

だが辺境の侯爵位を継いだばかりの若造に、国の摂政閣下を討つ術などないし、万が一、金の横流しにアルバートの考え付かないような奇想天外な理由があり、結果女王のためになることだったとしたら、チョーサーを排除する理由はない。

（摂政に近づいてみよう）

近づけばおのずとその人物が見えてくるだろうし、討つとなった際にも近くにいた方が勝機は得られる。

アルバートは、シャーロットのために生きようと思っていた。そしてどうすれば彼女のために生きられるのかを模索していた。

アンは女王だった。それを知った時、自分の愛した人が消えてしまったかのようなやりきれなさに襲われたが、そうではなかった。女王は、アンなのだ。

愛を捧げた相手が、手の届かない人だった。だから愛するのをやめるのかと自問した時、アルバートの答えは否だった。

愛し続ける。

アルバートの愛も忠誠も、この身も全て、彼女の——シャーロットのものだ。

だが、そのためにはどうしたらいいのか。具体的な方法を探しつつ領主の仕事を着々とこなす中、ようやくその答えに行き当たった気がした。

摂政の懐に飛び込み、内側から見張るのだ。この男がシャーロットに害をなさないように。

アルバートは、拷問を終えて寛ぐチョーサーに施政の勉強のために傍においてほしいと頼み込んだ。チョーサーは別段驚く様子もなく、一度首を傾げただけで『いいよ』と即答した。あまりに軽い返事に、本当かと確認をしてしまったほどだった。

『僕も使える部下が欲しかったんだよ』

にこやかにそう言っていたが、腹では何を考えているか分からない。本当にこの男が金の横流しの黒幕であったなら、自分のために動いてくれていた者を、躊躇も容赦もなく拷問したということだ。まさに、悪魔だ。

　この男の傍にいる以上、決して気を抜いてはならない。

　これまでの自分を知る者なら、人が変わってしまったと言うだろうなとアルバートは思う。今のアルバートは、常に神経を研ぎ澄ませている、無表情で寡黙な大男――明朗快活と言われたアルバート・ジョン・ユール・エヴラールの面影はない。

「さて、アルバート。女王陛下にお目通りが叶い、これで晴れて君は摂政補佐官だ。おめでとう」

「――は」

　短く会釈しただけのアルバートに、チョーサーは「おいおい」と呆れた顔をする。

「本当に君は愛想がないなぁ。城勤めをするなら、多少笑顔を覚えないといけないよ？」

「……ご忠告、痛み入ります」

「ふふ、素直だ。いい子だねぇ。そう、これからも君には……いい子でいてもらわないと」

　楽しげだった声色が途中から凄みのある低音に変じて、アルバートはギクリとして身構えた。こちらを見上げるチョーサーの表情が一変していた。柔らかいだけだった笑顔が、獲物を狙う鷹のような迫力を醸し出している。一瞬でも気を抜けば襲い掛かられそうな気迫に、アルバートは下腹に力を込めて耐えた。ここで睨み返してもいけないが、怯んでもかを。

いけない。試されている、と感じた。アルバートが真実、チョーサーの僕に相応しいか否
「アンは可愛かったかい？　バート坊や」
ギョッとするのを抑えられなかった。全身から脂汗が噴き出る。この男は、アルバート
が女王に手を出したことを知っているのだ。
驚愕するアルバートを、チョーサーはせせら笑った。
「はは、驚いているね。僕が知らないわけがないだろう？　僕はシャーロットの摂政なん
だから。女王陛下の挙動は、瞬き一つだって把握している」
ざわりと怖気立つ。ものの例えだと分かっていても、この得体の知れない男が言うと妙
な真実味がある。本当にシャーロットの瞬きの回数を数えていると言われても信じてしま
いそうだ。
「まあ、君は真実を知らなかったし、シャーロットも息抜きがしたかったのだろう。女王
という椅子はたいそう窮屈だからね。アンとバートのおままごと……それなら見逃そう。
だが、シャーロットとアルバートでは……分かるね？」
アルバートは歯を食いしばる。だがそれは言われなくとも分かっていたことだ。相手は
女王陛下。国益となる結婚をしなくてはならない人だ。情けないが、自分と結婚したとこ
ろで国益にはなりえない。
アルバートは背筋を伸ばし、まっすぐにチョーサーを見返した。

　チョーサーは対峙しようとする金の瞳に、不愉快そうに眉根を寄せる。

「無論、理解しております。その上で、俺は女王陛下に忠誠を捧げました。陛下のためにこの身を尽くすと決めたからこそ、誰よりも陛下のために生きておられる閣下のもとで学ぼうと考えたのです」

　本音と嘘とを織り交ぜたアルバートの言葉に、チョーサーは「ふうん」と呟いてハシバミ色の目を細めた。

「信じたわけではないが、その心意気を買おう。……まあ、僕の忠告を違えれば、八つ裂きにするだけだけれど」

　サラリと脅しをかけて、チョーサーは椅子から立ち上がる。

「お望み通り、精々扱き使ってあげよう。覚悟するんだね」

　そう言ってアルバートに向けてニコリと浮かべた笑みは、この男にしては珍しく、まったく笑っていない笑みだった。

第四章

シャーロットはむしゃくしゃする気持ちのまま、結い上げた髪からリボンを引き千切るようにして抜いた。ブチブチ、とリボンと一緒に髪も数本抜けた感触がしたが、どうでもいい。緩んだ銀の髪の束がバサリと肩に落ちてきて、更にそれをワシャワシャと片手で掻き回す。

「陛下、御髪(おぐし)が爆発しております」

「やかましい、ローガン！　髪がなんだ！　私の腸(はらわた)の方が怒りで爆発しそうだぞ！」

八つ当たりぎみに叫び、摑んでいたリボンを投げつけた。だが柔らかなリボンはふわりと宙に舞い、ポトリと城の廊下の床に落ちる。

その様子がまるで、威勢だけ良くて力のない今の自分を見ているようで情けなさが増した。シャーロットはブンと顔ごと目を逸らし、ズカズカと足音高く歩き出した。

「陛下、そうお怒りになられますな」

ローガンの宥める声にカッとなる。

「これが怒らずにいられるか！　議会を追い出されたのだぞ！　私が！　この国の王

が！」

　怒鳴り散らしてから、ローガンに言ったところでどうしようもないのだと気づき、息を止める。深呼吸を一つしてから、ローガンに謝った。

「すまん。怒りに我を失った」

「お気持ちは分かります」

　主の謝罪に、近衛騎士は気の毒そうな顔で言った。

　さもあらん。今日の午前中、シャーロットは女王でありながら、この国の重要事項を決める議会から体よく追い払われたのだ。国王でありながら爪弾きである。

　そもそも、幼い頃に王位に就いたシャーロットは議会には出席していなかった。代わりにそれらを行っていたのは、言うまでもなく摂政であるチョーサーだ。

　だがシャーロットも今年十八歳となり、成人を迎えた。今はまだ形だけの女王に過ぎないが、国政者となるために今後議会に出席すると宣言したのだ。チョーサーを止めたいシャーロットにとって、議会への出席は一刻も早く達成したい事柄である。

　そんなわけで意気揚々と議会に出席したシャーロットは、出鼻を挫かれることになった。

　本日の議題は王国南部のセラ河川敷の灌漑についてだった。シャーロットはお飾りの女王という印象を払拭するためにも、これでもかと資料を漁り、徹底して事前勉強をしていった。それなのに、チョーサーはアッサリと議題の変更を提案したのだ。

『本日はせっかく陛下がお見えですから、議題を「陛下のご結婚について」に変更しようと思います。賛成の皆さんは挙手を』

チョーサーの専制が緩やかに、けれど確実にしかれている議会では、反対の手が上がることはなかった。その上チョーサーは、フィニヨンからシャーロットと第二王子との結婚の打診が来ていることを暴露した。議会の関心は完全に女王の結婚に向けられ、様々な意見が飛び交うことになった。

フィニヨンとの政略結婚に賛同する者、反対する者、様々だったが、皆が口を揃えて言うのは、『他国との政略結婚には利点だけではなく、欠点も大きく存在します。陛下のお相手としては、摂政閣下が最も好ましいのですが』というものだった。

これに対しては、チョーサーも『いえいえ、それに関してはもう終わった話ですから』と言ってみせてはいたが、シャーロットは『ぬけぬけと言いおるわ、この狐が』と罵りたい気持ちでいっぱいだった。

『皆の意見はよく分かった。私の結婚については、フィニヨンの件を含めて検討中だ。答えが出次第発表するので、この議題はこれで終わりだ！』

ウンザリした口調でシャーロットが言えば、チョーサーがにこやかに言った。

『陛下は初めての議会参加でお疲れのようです。皆さん、一区切りついたことですし、一旦ここで……』

シャーロットとしては、自分の結婚という話題をさっさと終えて次の議題に取り掛かるつもりだったのだが、こう言われてしまえば仕方がない。ずいぶんと時間が経過してしまっていたこともあり、これで終わりなのだと思って席を立った。

　隣に座っていたチョーサーがすかさず椅子を引き、シャーロットを議会室の外までエスコートした。だが扉を出たところで、チョーサーはシャーロットをローガンに引き渡すと、自分はクルリと身を翻して議会室に戻っていったのだ。

　いつもなら要らないと言っても部屋までエスコートするのに、珍しいこともあるものだと思いつつ自室に戻ったシャーロットは、後になって、自分抜きで議会が再開されていたことを知ったのである。

　そして、現在。怒りを炸裂させたシャーロットは大人しく部屋にいることができず、ローガンを供に、叫びながら王城を練り歩いているというわけである。

　怒りを爆発させ、中庭で気持ちを落ち着けた後、シャーロットは王城内の礼拝堂に足を向けた。昔馴染みの大司教が来ていると、通りすがりの女官に聞いたからである。

　王城の礼拝堂には専属の司祭は存在しない。その代わり、十三人いる大司教が代わる代わるここを訪れ、ミサを行っているのである。

　今週はユリウス・マイスナーだったらしい。

　不思議なもので、彼が近衛騎士団の団長としてこの城に常在し、毎日顔を合わせていた時には、厳しい訓練を強いるユリウスを煙たがっていたというのに、たまにしか会えなくなると会いたくなるのだ。

　今日のように、気が滅入ることがあった日は特に、普段傍にいない人間に会いたくなる。

無意識に気分転換をはかろうとしているのかもしれない。

東庭の奥、薔薇園の傍らに、礼拝堂はあった。建物の外でローガンを待たせ、重い扉を開けて中に入る。石造りの建築物のせいか、中の空気はひんやりとしていた。袖廊の壁を飾るバラ窓から射し込む光が、礼拝堂の床に美しい七色の絵を浮かび上がらせている。祭壇の方を見遣れば、カソック姿の大司教が跪いて頭を垂れていた。

「おやおや、これは珍しい。礼拝堂にいらっしゃるお姿を見るなんて」

入って来たシャーロットの姿を捉え、ユリウスは祈りを中断して立ち上がった。

「すまないな。邪魔をしたか」

言いながらもスタスタと歩み寄れば、ユリウスは呆れたように目を眇める。

「まったく心の籠もっていない『すまない』でしたね」

「それは邪推と言うものだろう。大司教ともあろうものが、人を信じなくてどうする」

「ははは、陛下は人の皮を被った猛獣ですからなぁ」

果たして信じていいものか、と女王相手に平然と言ってのけるのは、ユリウスの豪胆さもあるが、彼が幼い頃からシャーロットの面倒を散々見てきたがゆえである。シャーロットは悪童という名が相応しい子どもであったので、護身術の指南役であるユリウスに思いつく限りの悪戯を仕掛けたものだが、今思えば相当えげつないものもあった。

そんなわけで、彼女は女王になった今も、この大司教には少々頭が上がらないのである。

とはいえ、やり込められて腹が立たないわけではない。幼い頃から知っている気安さと、ここにはユリウスしかいないという安心感から、シャーロットは頬を膨らませた。

「このクソ爺。せっかく顔を見に来てやったというのに」

不貞腐れた子どものような物言いに、ユリウスがオヤオヤと太い眉を上げる。

「何か行き詰まっておいでのようですな」

「何かどころではない。全てに行き詰まっておる」

「それは難儀ですなぁ」

言いながらユリウスは祭壇を下り、シャーロットの手を引いて身廊まで行くと、側廊のベンチに座るよう促した。

「クソ爺でよろしければ、お話を伺いましょう」

ニヤリとした笑みを浮かべて言われ、シャーロットは「口の減らない爺め……」と呟きつつも、乱暴な所作で腰かける。それからハア、と深い溜息を一つ吐くと、両手の中に顔を埋めた。

「何もかもが上手くいかない。女王になどなったせいだ」

吐き捨てるように言った台詞に、ユリウスは「ふむ」と低く唸る。

「例えば、どのようなことが上手くいかないのですか？」

「……チョーサーだ」

端的な答えに、ユリウスが苦い笑みを漏らした。

「それは相当に手強そうな相手ですなぁ」

「手強すぎて、いっそ女王など辞めてしまいたいと思うよ」

もう一度深く溜息を吐いたシャーロットに、ユリウスが「心中お察しいたします」とローガンと同じようなことを返す。

「王位を継ぐ時、私は嫌だと言ったんだ。私は玉座なんて窮屈なものには座りたくなかったのに……」

「姫は世界一周の冒険に出たいと仰っていましたからなぁ」

ユリウスが昔を思い出すかのように遠い目をして微笑んだ。幼い頃の子どもっぽい夢を暴露されて少し頬を赤らめながら、シャーロットは手から顔を上げる。

「それをあいつが、私でなくてはダメなのだと言ったんだ！　私は王の器だからと！　それなのに……！」

言っているうちに先ほどの怒りがまた込み上げてきて、シャーロットは両の拳を膝に押し当てる。ユリウスは、シャーロットの言葉を静かに頷いて肯定した。

「いかにも。残念ながら、亡き王子殿下たちはいずれも王の器ではなかった。前王陛下のお子様方の中で、あなた様だけが相応しい素質を持っておいでだった。それは私も同意いたします」

「では何故私を政治の場から追い出そうとするのだ！」

断言するようなユリウスの言葉に、シャーロットは噛みつくように叫ぶ。

その大声にユリウスが瞠目した。女王になってからは己を律することを心掛けていたから、ここまで感情的になるシャーロットが珍しかったのだろう。

「……すまない」

シャーロットは拳を自分の額に押しつけて、震える息を吐き出した。チョーサーに対する怒りと、己の無力さや情けなさに、涙が出そうだった。

「摂政閣下と何かあったのですか？」

「……議会から体よく追い払われた」

シャーロットの返答に、ユリウスが押し黙った。

成人した王に摂政は必要ない。この国では過去にも女王がいたが、その女王は成人後に即位していたので摂政は置かなかった。女王が自ら政治を行うことは異例ではない。

故に、成人したシャーロットが議会に出席することは当然なのだ。

それなのに――と、ユリウスも感じたようだった。

「……それは……由々しき事態ですね」

チョーサーが政権を手放したくない――女王に政権を返す気がないと取れる行動だ。

「女王陛下への反逆とも取れますが」

「……さてな。どういうつもりなのか……」

シャーロットは眉根を寄せて三度目の溜息を吐く。

「ですが……意外ですな。摂政閣下は陛下に立派な施政者になっていただきたいとお考えなのだと、私には見えていたのですが」

ユリウスが太い腕を組んで首を捻った。それにはシャーロットも「確かに」と首肯する。

「私もそう思っていたさ。去年あたりまで、私にしつこいほど帝王学の問答を仕掛けてきていたからな。『いつか陛下が政治を行う時に必要なことを、今の内に習得しておいてください』と毎日言われていたくらいだ。それが、実際に成人したとなったら掌返しだ」

将来政権を担うのに困らないだけの知識を、十一歳のシャーロットに容赦なく詰め込もうとしていた男だ。我の強い子どもだったシャーロットは泣いて暴れて抵抗し、チョーサーはそれでも決して諦めず、根気良く勉強の大切さを説いていた。

そんな男が、今更何故、と思ってしまう。

「権力に執着するような方ではないと思っておりましたが……。あの方の執着は、どちらかというと、権力ではなく陛下に向いていた気がします」

ユリウスの見解に、シャーロットは思わず苦虫を噛み潰したような顔になった。

「やめろ。気色の悪いことを言うな」

「ですが事実でしょう。あの方が王子殿下たちを皆殺しにしたのも、シャーロット様に暗殺者を仕向けて来たからです。そうでなければ、あの方は動かなかった。どんな愚鈍な王が立とうが興味はないご様子でしたし」

指摘されて、シャーロットは押し黙る。チョーサーがシャーロットの男兄弟たちを殺し合うように仕向けたのは事実だ。そしてそれがシャーロットを守るためだったことも。

「ですから、陛下が閣下の求婚を断られた時には、少し驚きました」

「……お前までそれを言うのか……」

シャーロットはうんざりして髪をぐしゃぐしゃと掻き回す。

自分がチョーサーに執着されていることは分かっている。だが、それを受け入れるわけにはいかないのだ。

「お前は自分の姉と結婚できるか？」

「できませんね」

「それと同じだ！　私にとってチョーサーは兄で、兄と結婚するなどまったく考えられないんだよ！」

叫ぶように言ったが、ユリウスは納得がいかないのか、もう一度首を傾げている。

「では誰ならばよろしいのでしょう」

「えっ……！」

不覚にも、絶句してしまった。

ユリウスは恐らく、なんとはなしに訊いたのだろう。だがシャーロットにしてみれば、胸の裡にひっそりと閉じ込めた秘密を暴かれたようなものだった。

頭に浮かぶのは、艶やかな黒髪と金の瞳だ。

——アルバート・ジョン・ユール・エヴラール。

シャーロットの愛するたった一人の男だ。

先日の月夜の逢瀬を思い出し、カッと顔に血が上ってしまう。

あのキスの後、アルバートは『もう行かなくては』と囁いてシャーロットを解放した。名残惜しかったシャーロットは『いやだ』と一度首を振ったが、『閣下に気づかれてしまう可能性が』と言われて、現実に引き戻された。その後遠くから人がやってくる気配がしたので、アルバートに急かされて自室に戻ったのだ。あれは恐らく見回りの近衛騎士だったのだろう。女王がこんなあられもない恰好でフラフラとしているのを誰かに気づかれては大騒ぎになってしまう。誰にも見つからずに戻ることができてホッとしたのと同時に、そこでようやくアルバートにいろいろ訊くべきだったと気がついたが、後の祭りだ。

まったく、恋とは難儀なものだとシャーロットは溜息を吐く。

アルバートに関することになると、自分がばかになったのではないかと危ぶんでしまうほどだ。

これまで恋など、自分には不要なものだと思って生きてきた。女王に恋など邪魔でしかないからだ。シャーロットは恋を知る前から女王だったし、恋に憧れを抱くような可愛らしい性格ではなかった。

色欲魔の父のおかげで王位争いに巻き込まれ、半分とはいえ血の繋がった兄弟に狙われることになったシャーロットとしては、男性であるというだけで軽蔑の対象にしてしまっても無理からぬことだろう。とはいえ、周囲にはユリウスのようなまともで尊敬できる大人の男性もいたので、男性嫌いになることは辛うじてなかった。

——自分の父親が異常者だっただけのこと。

そう納得したが、それでも恋というものには良い印象は抱けなかったのである。

アルバートは、そんなシャーロットが城下町に忍んで行った際に、偶然出会った若者だった。ちょうど盲目の老人から小銭を騙し盗る男と問答をしている時だった。その額が少ないことは分かっていた。シャーロットが怒ったのは、盲目の老人という弱い立場の者から金を騙し取る男の根性が醜悪に思えたからだった。

シャーロットの正しく、善良であろうとするこの姿勢は、王城では嘲笑の対象となる。何故なら、シャーロット自身が異母兄弟を殺して王座にのし上がったようなものだからだ。兄弟殺しという大罪を背負うお前が、正しさや善良さを語れるのかという話だ。その通りだとシャーロットも思う。だが、だからといって正しさや善良さを打ち捨ててしまっていいはずがないのだ。

だから王城ではない場所で、悪事を目の当たりにし、それを見過ごしたくなかった。今なら貫けるのではないかと、心のどこかで思ったのかもしれない。

アルバートは最初こそ否定的なことを言っていたが、最終的にはシャーロットの行動を高潔だと認めて謝罪までしてきた。その時、シャーロットは自分が女王としてどう在ればいいのかを理解した気がした。

――いや、本当は最初から、そう在りたかったのだ。それを誰にも認められないがゆえに、貫く勇気が持てずにいたのだ。

（私は、間違っていないのだ）

ずっと心の奥で燻っていた葛藤を終わらせる勇気を、アルバートは与えてくれたのだ。

だから、名前を訊かれて、つい「アン」と答えた。アンはシャーロットの洗礼名だ。完全な偽名とは言えないだろう。何故かアルバートには嘘の名前で呼ばれたくなかった。

関わってみると、アルバートは実に気持ちの良い好青年であることが分かった。曲がった所がなく、真面目で明るく、よく笑う。その笑い方は曇りなく、よく晴れた五月の空のような、見ているこちらまで晴れやかになるような笑みなのだ。

(……どう育ったら、こんなに曇りない笑顔ができるのかしら)

羨ましいと、生まれて初めて思った。シャーロットの世界は偽りに満ちている。偽りの笑顔、偽りの優しさ、偽りの喜び——皆、シャーロットが女王だから笑ってみせ、労わってくれ、喜んでみせる。自分に向けられるそれらが真意によるものではないと、ずいぶん幼い頃から知っていたし、人とはそういうものなのだと思っていた。

母が生きていた時は違った。母だけは、シャーロットを「娘」として扱い、愛してくれた。

その頃のシャーロットはただの王女にすぎず、夢を見ることを許されていたから、母はいろんなロマンティックな恋物語を娘に語って聞かせた。よく知られるお伽話もあれば、母の創作した物語もあった。

『あなたにも、きっと現れるわ。多くのものを共に見て、多くの心を共有して、共に与え合い、受け取り合える、運命の人が。その人を見つけたら、あなたは絶対に手を離さないで。幸せになるのよ、ロッティ』

今振り返れば、母はシャーロットに「決して、愛する人を諦めるな」と繰り返していた気がする。そこには母の無念があったのかもしれない。

（……お母様は、手を離してしまったのね……）

王族の政略結婚のために、諦めた恋があったのだろう。

母は薄幸の人だった。政略結婚の上、多くの側妃、愛妾を囲う父との関係は冷え切っていたし、正妃としては、優しく脆すぎる人だった。母の上に圧し掛かる様々な重圧は、少しずつ、少しずつ彼女の命を削ぎ落としていき、やがて力尽きるようにして儚くなった。

母を喪ってから、シャーロットは「王女」でしかなくなった。そして「女王」となってしまった。それを不満に思ったことはない。王の子として生まれた以上、それが己の責務なのだ。シャーロットは女王であらねばならない。喋る時も、食べる時も、笑う時とて、女王らしく、女王に相応しい態度で行うのだ。必然的に、周囲も「女王」としてシャーロットに接するようになる。それが目的だ。周囲に己が女王であると分からせるためにしている行動なのだから。

だが分かってはいても、寂しいという思いからは逃れられない。母が恋しかった。自分を王女ではないシャーロットとして扱う、あの優しい手にもう一度触れてほしかった。

だからアルバートの屈託のない笑顔にすごく驚かされたし、そんなふうに笑える彼の境遇はさぞや恵まれたものだったのだろうと羨んだのだ。

だが実際には、アルバートはなかなかに辛い人生を歩んでいた。

幼少期に母を亡くし、代わりに来た義母に虐められ、父親殺しの冤罪を着せられて、嫡子としての権利を剝奪された上、領地から追放されていたのだ。その義母を討つために、友人を頼って王都に潜伏し仲間と情報を集めていて、シャーロットと接触したのはその一環だったというわけだ。

驚いたというものではない。

そんな状況で何故こんなにもまっすぐな笑い方ができるのだろう。

不思議に思うと同時に、この笑顔が欲しいと思った。

まっすぐで曇りないこの笑顔を、ずっと傍で見ていたいと思ったのだ。

シャーロットが誰かに執着したのは、これが初めてだった。

しかもそれが男性だったから、自分でもびっくりした。

それまでシャーロットは異性からの好意を嫌悪していたのだから。女を求める父を彷彿とさせる視線は、気持ちが悪くて仕方なかったはずだった。

アルバートが自分に好意を向けていることは分かっていた。彼は実に分かりやすかった。自分を見つけると、あの狼のような金の目がキラキラと輝くのだ。

そして、彼は自分が美しいと感じたものを共有するために、シャーロットをいろんな場所へ連れ出した。美しい夕焼け、香しい花の芳香、響き渡る鐘の音——なんでもない、ありふれたものばかりだ。教えてもらわなければ、通り過ぎてしまったであろうものばかりだった。その美しさに気づけたのは、アルバートのおかげだった。

男性から向けられる好意を忌避しているはずのシャーロットが、不思議なことにアルバートの好意は嫌ではなかった
それが恋だと気づいたのは、アルバートに求婚された時だ。

故郷であるエヴラールへ発ち、義母と対峙するという前日に、決死の覚悟といった表情で愛を告げられた。

いつも笑顔を見せていたアルバートの顔がいつになく真剣で、金の瞳が凝ったような熱を孕んでぎらついているのを見て、自分が女として求められているのだと妙に実感した。

嬉しかった。アルバートにとって女である自分が、誇らしいとさえ感じた。

（——そうか、私はこの男に恋をしていたのね……）

ストンと腑に落ちて、シャーロットは彼を受け入れた。

そして女王としての自分の立場を呪った。望んで就いた王位ではなかったが、彼と会った時には既に乗り越えた葛藤だった。専制を強めていくチョーサーに不安を感じ、政権を己の手に取り返し、己の納得する治政をと決意した時期でもあったというのに。

いずれ国のために王配を選ばなくてはならないと分かっていても、アルバートが欲しかった。彼を自分のものにしたかったし、彼のものになってみたかった。そしてシャーロットはこの時、女王としての自分より、恋をする女としての自分を選んだのだ。いつか他の男と結婚することになったとしても、今この時はアルバートのものになっていたかっ

た。

だが恋とは、一度愛し愛される幸福を知ってしまえば、もっと、もっとと渇望してしまうものらしい。

——アルバートを王配にできないものか。

そんな子どもじみたことを考えるようになってしまった。

考えながらも、シャーロットは世迷い言だと分かっている。

アルバートは王配にはなれない。エヴラール侯爵位を継いだとはいえ、国という物差しで見た場合に、アルバートは権力からは程遠い。

なにより、シャーロット自身の女王としての矜持が、アルバートとの結婚を許さない。己の恋情に振り回されて、国に混乱をもたらすなど、とんでもない。女王として立ち、更にはチョーサーから政権を奪回することを決めた以上、自分が王配として選ぶのは、周囲を納得させられるほどの利点がある相手のみだ。

現在のアルバートとの結婚はあり得ない。それが女王の結論なのだ。

未来のない恋に手を伸ばすほど、アルバートはばかではなかった。自分の恋した男が賢かったことに、安堵すら覚えていたのだ。

(——それなのに)

シャーロットは唇を噛んだ。

アルバートは再び現れた上に、不可解な行動ばかりを取ってシャーロットを悩ませる。

チョーサーの部下になったというから、シャーロットと敵対するつもりなのかと思ったのに、シャーロットを抱き締めてキスをしたりする。後者に関しては、アルバートを目にすると見境がなくなる自分にも大いに責められる部分はあるものの、彼がどういうつもりでここにいるのかがさっぱり分からない。

（恨むわよ、アルバート……）

何故今になって現れたのか。姿を見ることがなければ、終わった恋だと諦めていられたのに。「アン」と「バート」として結ばれたあの一夜の想い出を胸に、女王として立っていられたのに。

チョーサーの補佐官であるがゆえに、アルバートの姿がシャーロットの視界にチラチラと入る毎日に、欲求不満が溜まっていく。恋しい男が目の前にいるのに、触れることはおろか、話すこともままならないジレンマに、シャーロットの心労は増す一方だ。

かといって、アルバートとのことはローガンすら知らない秘密だ。誰にも言えない悩みを抱え、独り悶々とする日々に加え、チョーサーによる議会追い払い事件が重なって、いろいろ支障をきたしていたのだ。

シャーロットの顔色があからさまに変わったのを見て、ユリウスが「ほっほっほ」と愉快そうに笑った。

「これはこれは、陛下にも結婚したい誰かがいらっしゃるのですか？　ほ、なにやら面白い話の気配。爺としては楽しくて仕方ありませんなぁ」

ニヤニヤとするユリウスに、シャーロットはギッとした眼差しを向ける。

「人の不幸が面白いのか、性悪大司教め！」

「おやおや、不幸とは穏やかではない。ますます話を聞いて差し上げねば！　ささ、告解室にお入りください！」

ユリウスはホクホクとした顔で、またシャーロットの手を引いて、祭壇の左奥にある告解室へ連れて行こうとする。

「待て、わざわざ告解室になんぞ入らずとも……」

どうせ礼拝堂にはユリウスと自分しかいないのだ、と思ってそう言ったが、ユリウスは難しい顔をして首を横に振った。

「いいえ、いけません。本来赦しを請う子羊の告白は、告解室で聴くべきもの。規律は守らねば。私は大司教ですからね」

「屁理屈を……」

そもそもシャーロットは別に赦しは請うていない。呆れた気持ちになりながらも、ユリウスに付き合ってやるつもりで個室に入ると、中は薄暗くなっていた。小さな部屋の中に大きな箱のような告解場があり、中に人の気配があった。窓は紫の布で遮られていて、こちら側から中は確認できないが、恐らく既にユリウスが待機しているのだろう。

シャーロットは仕方なしに告解場の窓に向かって跪いた。

「……おい、これでいいのか」

誰かに膝を折る経験があまりないシャーロットである。なんとなく悔しい気持ちになりながら、ブスッとした声で訊くと、中から低い声がした。

「……告解を」

聞き取れないほどボソリとした声に、シャーロットは首を捻りたくなる。いつものユリウスの声とは違う気がしたが、誰かの罪を神の代理として聴く立場なので、厳かな態度でなければいけないのかもしれない。なにしろ生まれてこの方告解などしたことのないシャーロットなので、告解の正しい手順など分からない。ついでに言えば、神も信じていない。信じていないものに告解する理由などないというものだ。

「告解……告解な……まあ、うん。では……」

改めて話せと言われると、少々気恥ずかしくなってくる。だがシャーロットの結婚したい相手などという面白い話題に食いついたユリウスが、そう簡単に解放してくれるとは思えない。それに、自分自身も持て余しているこの感情を、誰かに吐き出したい気がしていた。

ユリウスは昔のよしみもあって、シャーロットをからかうようなところがあるが、秘密は決して洩らさないと信じられる。愛だの恋だのの経験は、少なくともシャーロットよりはあるはずだから、何かいい助言を与えてくれるかもしれない。

そう思い、シャーロットは口を開く。

「……結婚したいと思った男がいる。結婚したいというよりは……その、恋をした男だ」

シャーロットの告白に、布の向こうのユリウスは黙ったままだった。相槌くらいは打ってはどうかと思ったが、黙って懺悔を聞くのが告解というものなのかもしれない。

「私は……女王という身分を隠してその男に会っていた。その男はきっと町娘であった私を愛していたのだろう。身分を明かすと、男は私の前から姿を消した。……いや、姿を消したというのは語弊があるか。別に行方不明になったわけではないからな。ただ、会えなくなった。それだけだ。だから、一度は諦めた恋だったのだ。……それなのに、最近になって再びその男が現れたのだ」

言いながら感情が昂ってきて、声が上擦った。それを治そうと一旦言葉を切って、ごくりと唾を呑む。アルバートのことを話しているだけなのに、どうしてこんなにも泣きたくなるのだろう。

泣き出さないように堪えていると、紫の布の向こうから手が飛び出してきて、シャーロットの左手を摑んだ。驚いて咄嗟に手を引こうとしたが、相手の手の温かさにホッとして力を抜く。大きな手が宥めるように手を握り締めてくれて、シャーロットはフッと笑みを零した。

ユリウスの手に頭を撫でてもらったことが何度もあったなと、子どもの頃を思い出したのだ。王女であっても悪戯をすれば容赦なく拳骨を落とす師匠だったが、シャーロットが泣いていると、黙ったまま傍にいてくれるような人だった。

今も意地悪爺なりに、シャーロットを慰めようとしているのだろう。

「……せっかく、諦めようとしていたのに、毎日のように顔を見せられると……辛いのだ。諦め、切れぬ……。向こうにとっては、私とのことなどもう過去なのだろう。未だ引きずっているのは私だけだ」

そこまで喋ったところで、シャーロットの手を握っていたユリウスが、すっとその手を引っ込めてしまった。

「……ユリウス？　おぬし、先ほどからどうした」

告解だからなのかと思ったが、それにしてもどうも挙動不審だ。眉根を寄せたシャーロットは、ガタンと音がして扉が開くのを見ると、息を呑んだ。

「――な……！」

中から現れたのは、ユリウスではなかった。

見上げるほどの長身に、黒い髪、金の瞳。そこに立っていたのは、アルバートその人だったのだ。

「何故、こんな所に……！　ユリウスはどうした！」

あの告白をよりによって本人に聞かれていたのかと思うと、羞恥に頭が煮えそうになる。咄嗟に怒った声が出たが、アルバートは動じなかった。素早い動きでシャーロットの前に跪くと、人差し指を立てて彼女の小さな唇に押し当ててきた。

「お静かに。外に声が漏れてしまいます」

「漏れてって……」

狼狽しつつも好きな男に触れられて、シャーロットは胸が高鳴るのを抑えられなかった。

「ユリウス大司教のお力添えで二人きりになれましたが、摂政閣下の手の者が聞きつけないとも限りません」

「……チョーサーの手の者って……」

まさにお前のことではないか、と言いたくなっていると、彼女の言わんとすることを察したのか、アルバートが少し困ったように笑った。

薄暗い部屋の中で、アルバートの金の瞳はひどく透明に見えた。澄みすぎて底がない。美しいけれど、未知のものに覚える恐怖——そんな怖さがそこにはあった。

「あなたをお慕いしております、陛下」

アルバートは言った。シャーロットは静かに息を止める。

以前求愛された時とは、明らかに違っていた。アルバートは変わった。静かになった。表情を消し、気配を殺し、獲物が近づいてくるのを狙う捕食者のような、静かでしなやかな強さを得ていた。

(——男とは、これほど突然に大人になるの?)

シャーロットは驚いて目の前の男を眺める。

エヴラールで別れた時、アルバートは少年のようだった。自分よりも年上の者に対する表現ではないのだろうが、どこか夢見がちで純粋な彼を、シャーロットは『可愛い』と思っていた気がする。

だが今のアルバートには、可愛い要素など一つもありはしない。

まるで飢えた狼と対峙しているかのようだった。

シャーロットを貪りたくて仕方がない——そんな眼差しだ。

「俺では、あなたの王配にはなれない。俺には力が足りないから。だけど、せめてあなたのために生きようと思ったのです」

「……アルバート」

獣の視線に磔にされた気分だった。名前を呼ぶのが精一杯だったが、それでもシャーロットは高揚していた。これは嘘やおべっかではない。自分はアルバートに求められているのだと、シャーロットの中の雌の本能が言っていた。

アルバートの腕が伸びてきて、シャーロットの頬を包み込む。先ほど握ってくれた、大きな手だ。嬉しくて、愛しくて、シャーロットは目を閉じてそれに頬ずりをした。

アルバートが呻くような声を喉の奥で漏らす。

「……結ばれなくてもいい。あなたのために生きることが、俺の愛し方なのだと言い聞かせていたのに……あなたが、あんなことを言うから……」

切なげに顔を歪めるアルバートに、シャーロットは目を細めた。

「言い訳など、もう要らないわ」

切って捨てるような言葉に、アルバートが瞠目する。それに微笑んで、シャーロットは両腕を広げて彼に差し出した。

「キスをしてちょうだい、アルバート」

言葉が終わるや否や、攫うように抱き竦められた。

唇が合わせられたかと思うと、入り込んできた舌にすぐに貪られる。

この男が何を考えて今ここにいるのか。アルバートはシャーロットのために生きようとしていると言った。それがチョーサーの傍にいる理由なのか。けれどそれは結局のところ、味方ということなのかどうなのか分からない――曖昧なことだらけだ。

だが、そういうことは、もうどうでもいいと思ってしまった。

(アルバートが、私を愛していると言った……)

それだけで、もういいと思った。それだけで、生きていける。

たとえ女王として、愛してもいない男を夫に迎えなくてはならなくなっても、アルバートに今もらったこの愛だけで、きっと生きていける。

キスはなかなかやまない。触れても、貪っても、全然足りなかった。

離れたくない。もっと、もっと、アルバートが欲しかった。同じことをアルバートも思っているのだと、触れ方で分かった。

息継ぎのわずかな間に、鼻と鼻を擦り合わせて見つめ合う。

「……『女王』ではない私の全てを、あなたに捧げるわ」

アルバートは、王配になれない。『女王』としてのシャーロットは、彼に何も与えられない。愛も、夫としての地位も、権力も。善き女王であることが、女王としてのシャーロットの矜持だからだ。

（けれど、『シャーロット』としての私なら……）

心の奥底で、ずっと願ってきた。王女でも、女王でもない――この長く続いただけの腐りかけた王朝の血など一滴も入っていない、ただの娘であったなら。

王家の重荷など、背負いたくなかった。血の繋がった兄弟から命を狙われるなどという不幸になど、見舞われたくなかった。

ただのシャーロットとして、誰かに愛してもらいたかった。誰かを愛したかった。

（――その願いが叶ったのだもの……）

『アン』は、『女王』ではないシャーロットだ。こうしてみたい、ああしてみたいと思ったことを、アンは全て叶えてくれた。アンはシャーロットの夢そのものだった。

そのアンを愛してくれたアルバートに、シャーロットの夢の全てを捧げようと思った。

シャーロットの言葉にアルバートが目を瞠り、それからくしゃりと破顔する。泣き出す瞬間の子どものような表情だった。

「――俺に、くださるのですか……？」

感極まった囁き声に、シャーロットもまた泣き笑いを浮かべて頷く。

「私の恋は、人生で、たった一つでいい。あなただけでいいの、アルバート」

言いながら、シャーロットは自覚する。これが自分の一生に一度の恋だ。この恋だけを抱いて、自分は死んでいくのだろう。他の男を夫にしても。他の男の子を産んでも。

恋情だけは、彼に捧げるのだ。

そう心に誓うシャーロットを、アルバートは瞬きもせずに見つめる。金の瞳は澄んでいて、本当に動物のような色をしていた。善も悪も、理屈なども必要としない、本能のままの、純粋な生の色だ。

シャーロットは手を伸ばしてその目の周りの肌をそっと撫でる。目の前にいるこの男の全てが愛しくて、触れずにはいられなかった。

アルバートは拒まなかった。されるがままになりながら、シャーロットの掌へと頬を擂り寄せる。

「……俺は、俺の全てをあなたに捧げます。恋も、愛も、この身体も、この先俺が生きる時間の全てをあなたに捧げる。俺の命は、あなたのものだ」

「……アルバート……」

全てを返されて、シャーロットは泣きたくなる。泣きたいほど嬉しいのに、泣きたいほど苦しい。恋しか渡せないシャーロットに対して、アルバートはその全てを寄越すと言ってしまうのだ。不公平だと、子どもが聞いても分かる話だ。自分が彼に全てを与えられない後ろめたさに、シャーロットは涙を浮かべて首を振った。

「アルバート、言わなくていい。そうじゃないの。そんなこと、誓ってはダメよ。私はあなたに同じだけのものを返せない」

全てを与えられる自分でありたかった。けれどシャーロットは女王なのだ。女王であることは、もはや捨てられない。シャーロットがシャーロットでなくなるのと同義だからだ。

「エヴラールへお帰りなさい、アルバート」

そう告げる唇が戦慄いてしまったことに、どうか気づかないでと祈る。アルバートの表情が凍りつくのが分かった。彼を傷つけたのだろうと思う。けれど、これだけは言わなくてはならないのだ。

「あなたは私の傍にいてはダメ。私はあなたを忘れない。この恋を……あなたからもらった愛を抱えて生きていくけれど、あなたは新しい愛を見つけなさい。あなたの愛情を注げる相手を見つけて、結婚し、子どもを持って、幸せになるの」

だがアルバートはシャーロットの拒絶を許さなかった。大きな両手で彼女の顔を摑むと、その小さな顔を上から覆い被さるようにして睨めつける。

「一方的に与えるくせに、俺からは受け取らないおつもりか」

眉間に深い皺を寄せたその眼差しは、鋭く、苦しげだった。

「あなたは酷いお方だ」

詰る声は掠れている。

「自分の想いが受け止められれば、それでいいと？　俺の想いは必要ないと？　それはあんまりではないですか！　あなたの愛を、恋を与えられて、どうしようもなくあなたを愛したいと思う、俺の気持ちはどこへやればいいのですか！」

「……アルバート……」

シャーロットもまた顔をクシャリと歪めた。

想うだけの日々が辛いことは分かる。今だって、シャーロットはアルバートへの想いを持て余してここにいるのだ。けれど返せもしないと分かっているのに、全てを投げ出そうとするアルバートの想いを受け取るのは、卑怯なことに思えた。

「アルバート……あなたの想いがとても嬉しい。胸が痛くなるほど……あなたからもらったこの喜びだけで、この先を生きていけると思うほどに。でも、あなたには……あなたには、幸せになってほしいの。誰かを愛し、愛し返されて、幸福な時間を生きてほしい。私には……」

それは叶えてあげられないから、と続けようとしたけれど、できなかった。

アルバートに唇を奪われたからだ。

舌を絡め取られ、シャーロットは慌ててもがく。この腕の中にいては、悦びに押し流されて、アルバートの言いなりになってしまう。

(私はアルバートを突き放さなくてはいけないのに……！)

自分と共にあっても、アルバートは幸せになれない。

アルバートはまっとうな人間だ。人を愛することを知っていて、愛されることの奇跡も知っている。愛し、愛し返される健全な関係を築ける人だ。そんな彼に、実らないと分かっている関係を強いるなんて、したくない。できるはずがないのだ。

屈託のない笑顔の彼が好きだ。人を好きになったら、己の全てをかけて慈しみ、愛そうとする人だ。愛した人を幸福にできる人だ。だからこそ、彼は幸せにならなくては。

だがそう言い募るシャーロットを、アルバートは一蹴した。

「俺の幸福を、あなたが決めるな！」

抑えた声音で放たれた一喝に、シャーロットは息を呑む。

アルバートの金の瞳が、ギラギラと底光りしてシャーロットを射貫いていた。

「俺の幸福は、あなただ。あなたが手に入らないのならば、他など要らない。あなた以外の幸福など、俺には要らないんだ！」

シャーロットは言葉が出てこなかった。反論すべきだと分かっているのに、喉が凍りついたように動かない。

嬉しかった。喜んではいけないと、理性が言っている。だけど、どうしようもなかった。

唯一無二の恋なのだ。自分にとっても、アルバートにとっても。同じ濃さで、同じ色で、同じ熱を持って、この愛に向き合っている。

幸福に、眩暈がしそうだった。

泣き出しそうになって、シャーロットはグッと奥歯を噛んだ。

アルバートは言い放った後、何かに気づいたように目を瞠り、フッと相好を崩す。

「――眠っていた獣を起こしましたね、シャーロット」

ニタリ、と口の端を上げるアルバートは、ひどく艶っぽく見えた。美貌の男ではあったが、その性質がまっすぐで純粋なせいか、雰囲気に陰りがなく、年齢よりも若く見えがちた。


だった。それなのに今のアルバートは、ゾクリとするような影のある色気を放っていて、彼が自分よりもずっと年上の男だったのだと、シャーロットは今更ながらに実感させられた。

「眠っていた獣って……」

圧倒され、ボソボソと鸚鵡返しをすると、アルバートは目を細めて少し首を傾げる。

「俺はつい先ほどまで、あなたを手に入れられなくてもいいと思っていました。あなたは女王で、俺はその王配にはなれない末端の貴族でしかない。だから、せめて臣下としてあなたのために生きられればそれでいいのだと——だがそれがおためごかしだったと、今自覚してしまった」

アルバートは言いながら、優しい手つきでシャーロットの頬にかかる髪を払うと、そのまま耳をかすめ、手櫛を通すように髪を梳き下ろした。ただ髪を撫でられているという行為なのに、妙に官能をくすぐられ、シャーロットの背中にゾクゾクとした震えが走る。

「俺はあなたが欲しい、シャーロット。女王以外のあなただけじゃ足りない。あなたの全てを、俺のものにしたい」

シャーロットは目を見開いた。驚きのあまり、言葉が出てこなかった。

唖然として見つめていると、アルバートはにこりと笑む。舌舐めずりをする獣のような顔だった。

「お覚悟を、女王陛下。俺は女王としてのあなたも奪いに行きます」

ドクリ、と心臓が音を立て、シャーロットは思わず後退り(あとずさ)する。愛する男なのに、何故か逃げなくては、という本能が働いたからだ。

だがすぐに告解用の椅子に足をぶつけ、よろめいて懺悔台の上に俯せに倒れ込んでしまう。幸いにして痛みはなかったが、身を起こそうとした途端、自分の背中にドシリと重みが加わった。

アルバートが自分の背中に覆い被さってきたのだ。

「ア、アルバート!?」

狼狽えるシャーロットに、アルバートは「しぃっ」と耳元で囁いて、彼女の髪を手でかき上げ、露わになった項に口づける。

「——っ!」

ちゅう、と音を立てて首の皮膚を吸われ、ビクンと身体が跳ねた。

ビリビリとした感覚が快感だと、シャーロットはもう知っている。身を竦めてそれに耐えていると、ドレスの裾からアルバートの手が入り込んできて仰天した。温かく乾いた皮膚の感触が、自分の内腿をスルリと撫でる。敏感な柔らかい場所への刺激に、脚がブルリと震えた。

「あ、や、やめ——」

慌てて腕を振り回すと、容易く手首を捕らえられて台の上に押さえつけられる。

「静かに……ユリウス大司教に聞こえてしまいますよ」

その名前を出されてギョッとなり、声も喉の奥で凍りついた。忘れていたが、この告解室にはユリウスがいるはずだったのだ。それが何故かアルバートに代わっていた。つまりはユリウスとアルバートが示し合わせたということだろう。

「……ユ、ユリウスは何をしているの!?」

小声で訊ねると、アルバートはクスリと笑った。

「この礼拝堂に誰も入ってこないように、外で見張ってくださっていますよ。大司教は俺の恋の相談に乗ってくださっているんです。今日も俺の告解を聞いてくださる予定だったのですが……」

なんてことだ、とシャーロットは顔が赤くなるのを感じながら納得する。ユリウスはアルバートの地位奪回に協力していた。社交的に見えて、その実、気難しいあの爺は、気に入った者でなければ骨を折ったりしない。聖職者がそれでいいのかと言いたくなるが、ともかくアルバートのことはあの時から気に入っていたのだろう。

自分とアルバート、両者から恋の相談をされて、「これはこの私が一肌脱いでやろう」とホクホクしているユリウスが容易く想像できて、心の中で脱力してしまう。

「ユ、ユリウスがいるのなら——」

離れてほしい、と言おうとしたシャーロットを遮るように、アルバートが囁いた。

「ええ、ですから、声を上げてはいけませんよ」

笑みを含んだ声に、シャーロットは悲鳴を上げたくなる。

アルバートの手がドロワースの穴を探り当て、そこから秘めた場所を弄り始めた。

「っ……や、やめ……」

「しぃっ」

また耳元で囁かれ、その後耳介を食まれる。敏感な耳を齧られて、飛び出しそうになる高い声を、シャーロットは唇を嚙んでやり過ごした。

アルバートの手はその間も動いていて、探し当てた薄い下生えを愛でるように撫でている。強引な愛撫でも、好きな男の手で触れられていれば、身体は反応をしてしまうようだ。滲み出た愛蜜を絡めると、にゅるりと指が泥濘に入り込んだ。

は、と熱い呼気が漏れる。

声を出せばユリウスに聞かれるかもしれないと思うと、死んでも嬌声など上げられない。拳を口に当てて必死で堪えていると、アルバートがその手を取って手の甲にキスを落とす。

(――っ、そんなことで、絆されると……)

思わないで、と睨みつけてやろうと後ろに顔を捩ると、これ幸いと唇を奪われる。舌を吸われると、情けないことに力が抜けて怒りが霧散してしまった。

長い指が自分の中を掻き回している。奇妙な感覚なのに、それがアルバートの指だと思うと下腹の奥が疼いてきて、また奥から愛液が溢れ出てくるのが分かる。

粘ついた水音が聞こえて、カッと顔に血が上った。

キスを止めたアルバートが、シャーロットの顔に頰ずりをする。それが、狼がつがいの顔を舐める仕草を彷彿とさせて、なんだか泣きたくなった。この雄につがいとして求められているのだと思うと、どうしようもなく嬉しくて、愛しかった。

「……挿れますよ」

アルバートがそう宣言した時には、抗う気などとうに失せてしまっていた。

いや、抗う気など元々なかったのかもしれない。

告解室の台の上に伏せたまま、ドレスを捲り上げられる。あられもない恰好をさせられ、恥ずかしさに身悶えしたくなったが、それ以上にアルバートが欲しかった。

愛撫で濡れそぼった花弁を押し割るように、ヒタリ、と熱いものを宛がわれる。

ズクンと腹の奥がまた疼いた。今からその熱い楔で中をこそがれるのだと思うと、心臓が早鐘を打つ。期待なのか、不安なのか――まだたった一度の経験しかないけれど、それでも痛みと隣り合わせの甘い快楽の味を、シャーロットはもう覚えてしまっている。

(……ああ、早く……。早く、欲しい……！)

心の中でそんなことすら願っている自分に驚いたが、これが自然な反応なのだと思う自分もいた。

アルバートは熱杭に愛液をまぶすように、数回陰唇の間を行き来させていたが、やがて狙いを定め直すと、ぐう、と腰を押し進めた。

「……っ、ハッ……」

圧迫感に、思わず大きく息が漏れる。

まだ二度目の行為に、シャーロットの隘路は閉じたままのようだ。みっちりと肉の詰まった蜜筒に、太くて凶暴な杭を無理やり突っ込まれる感覚は、快感よりもやはり圧迫感が勝る。元々体格差のある二人なので、もしかしたらちぐはぐな大きさであるのかもしれなかった。

それでも前と違うのは、シャーロットが身体の力の抜き方を分かっていることと、この後に大きな愉悦が待っていると知っていることだ。

前回よりもずっと早い段階で亀頭を全て押し込むと、アルバートは一気に奥まで貫いた。

「――アッ……!!」

蜜襞をこそがれて、ビリビリとした快感が走る。雷鳴のように全身を駆け巡る愉悦に、シャーロットは背中を反らした。

みっちりと一分の隙間なく満たされて、全身に汗が浮いてくる。着たままの衣類が身にしっとりと纏わりつくのを不快だと思う間もなく、激しく抜き差しを開始された。

叩きつけるような抽送に最奥を抉られる度、脳髄にパチパチと白い火花が飛ぶ。

「……は、っ、ぅ、……っ、っ、……んぅっ」

快感に押し流されて出そうになる嬌声を、必死に歯を食いしばることとで押し殺した。

アルバートはそんな彼女を愛しげに撫で、髪や耳、顔、項、背中と至る所にキスを落とすくせに、抽送の勢いを緩めることはしない。

「愛している、シャーロット……!」

呻くように囁いて、アルバートは更に腰を振りたくった。

「ヒ……、ィ、ぃ、いぁ、ん、うぅ！」

耐え切れず、声が漏れ出たシャーロットの口の中に、アルバートの指が入り込む。二本の指で器用にシャーロットの小さな舌を挟むと、くにくにと柔らかく揉んだ。普通ならば苦しいはずの行為にも、シャーロットの身体は甘美な快感を得てしまう。

口をこじ開けて舌を摑まれて、まともに声を出せないシャーロットを、アルバートが片腕で包み込むように背中から抱き締めた。小柄な身体は、大きな胸の中にすっぽりと隠れる。互いに服を脱がないままの行為だ。それなのに、アルバートの身体が火のように熱くなっていることが、背中に感じる熱気で伝わった。

髪にかかる荒い呼吸が愛しい。

余裕がなくなったのか、両手でシャーロットを抱え直すと、これまで以上に鋭く膣内を抉り始める。

「ヒ……！」

一突き一突きが重くて深く、その度にシャーロットの目の前に青白い火花が飛んだ。

荒々しく動かれているのに、張り出した雁首の形が分かるくらい、自分の内側の肉襞が彼に絡みついている。まるで彼を離したくないと言っているかのようだ。

自分の口よりもよほど雄弁な己の肉体に、笑い出したいような気分になったが、アルバートに振り回されている状態では、もちろん笑う余裕などない。

凶悪な楔に嵐のようにもみくちゃにされながら、シャーロットは愉悦の渦が迫り始めていることに気がつく。硬い肉茎がシャーロットの疼く場所を擦って、その渦をどんどんと大きくしていく。熱くて、甘い光の塊だ。

「——あ、ぁあ……」

身の内側で膨れ上がる光の渦を感じながら、四肢がどんどんと引き攣っていく。同時に、蜜襞がアルバートの硬い昂りに絡みつき、食い締めるのが分かる。

「くっ……」

アルバートが呻いた。ドン、と最奥に硬い切っ先を捻じ込まれて、光が爆発する。ドクン、と心臓が大きく鳴って、快感が花火のように弾け飛ぶ。

「——く、ぁっ」

アルバートが叫び、膣内にあったものをずるりと引き摺り出した。引き抜かれた赤黒い肉棒の先から、精が勢いよく放たれていく。パタ、パタタ、と石造りの床に白い液体が飛び散っていくのをぼんやりと眺めながら、シャーロットは快楽の名残に揺蕩っていたのだった。

第五章

「ペンブルック公爵夫妻が亡くなった？」

思いがけない訃報に、シャーロットの眉間に皺が寄る。

ペンブルック公爵夫人は、シャーロットの母の妹――即ち叔母にあたる。以前チョーサーが結婚を考えていると言っていたのが、この娘であるマチルダだ。

報告したローガンも、険しい顔つきで頷いた。

「はい。昨夜、招かれていたヨーク伯爵の晩餐会より自宅に戻る途中、東の森の道で馬車が横転し、崖から転落したと……。発見者は樵で、今朝仕事のために森に入ったところ、横転した馬車と、その下敷きになっている御者、そして馬車の中で亡くなっている夫妻を見つけたとのことです」

ローガンの説明に、シャーロットの眉間の皺がますます深くなる。

「おい、森にある崖というのは、馬車道沿いのあの段差のことだろう？　落ちたとしても、怪我くらいはするかもしれんが……全員が死ぬなんて、あり得るのか？」

王都の東の森を横断する馬車道は、その脇に階段のようになった段差が並走している。

道を整備した際にできるだけ平らになるように工夫された結果、周囲の土を削り、足りない部分を補うという方法を採ったためだ。大きな階段状になった段差は、小さな崖と言われればその通りだが、落ちたからと言って死ぬような高さではないはずである。

「私もそう思って確認しましたが、確かなようです。どうやらずいぶんとスピードを出していたようで、昨夜の雨でぬかるんだ道で滑り、その勢いのまま横転したからではないかと結論付けられたそうです」

「ずいぶんなスピードって……あの慎重なペンブルック公爵が……？」

公爵は何事においても非常に慎重で、行き過ぎた行為や無茶などは決してしないイメージだった。それが、馬車が横転してしまうようなスピードを出させるだろうか。

「なんでも、ヨーク伯爵の晩餐会も、途中で急用を思い出したとかで、突然帰ったようです。よほど急ぎの用事を思い出したのだろうと、ヨーク伯爵も言っているそうで」

「……何か、妙だな……」

シャーロットは顎に手をやって渋面を作る。全てにおいてしっくりこない、そんな印象だった。

「……まさかとは思うが……」

不意に脳裏を過ったのは、チョーサーの顔だった。従妹のマチルダを嫁に迎えたいのだと冗談のように言っていた。そして、父公爵の許しが得られないのだとも。

嫌な予感に襲われて、シャーロットはローガンに命じる。

「二人の間には一人娘がいる。両親を亡くし、天涯孤独になってさぞや心細かろう。私の従妹だ。女王の権限をもってして、王城へ召し上げる。連れてまいれ」

ローガンは「はっ」と直立不動で拝命すると、一礼してすぐさま出て行った。

「思いすごしであってくれよ……」

ひっそりと呟かれたシャーロットの祈りは、果たして神には通じなかった。

その後帰って来たローガンは、マチルダは既にチョーサーによって彼のタウンハウスへ連れて行かれた後だったと報告した。

「公爵令嬢はご両親の傍を離れたがらなかったらしいのですが、従兄妹同士というお立場から、自分には未成年を保護する義務があると閣下が説得なさったようです」

「くそ！　やっぱりか！」

シャーロットは呻き声を上げ、帰って来たばかりのローガンに言う。

「マチルダを取り返すぞ！　ローガン、供をせよ！」

血相を変えた主に、ローガンは不思議そうな顔をしながらも頷いた。

チョーサーのタウンハウスへ向かう馬車の中、ローガンが小声で訊ねてくる。

「ペンブルック公爵の事故に、摂政閣下が関わっているということですか？」

「十中八九な。公爵は奴の度重なる求婚を退け続けていた。業を煮やし、マチルダを手に入れるために殺したんだろう。……だが証拠は出まい。いつものことだ」

忌々しげに吐き捨てたシャーロットに、ローガンはまだ腑に落ちないといった表情だ。

「……私には分かりかねるのですが。何故摂政閣下はそこまでしてペンブルック公爵令嬢を？　年齢差もある上、正直に言えば、彼女を妻にしたところで大した利点はないように思われるのですが」

首を傾げるローガンを見ていたシャーロットは、不意に車窓へと視線を逸らした。

「……従妹だからさ」

ポツリと返されたその言葉に、ローガンは更に首を捻っていたが、それ以上シャーロットが口を開くことはなかった。

チョーサーのタウンハウスには、家主は不在だった。それはそうだろう。摂政として国政を担うチョーサーは朝早くから登城しているのだから。

「好都合だ」

シャーロットはニヤリと口の端を上げた。

チョーサーの邸の家令は、女王陛下の突然の訪問に狼狽の色を隠せない様子だったが、主に命じられているのかマチルダを出そうとしない。

「これ以上の問答はこの私への反逆と捉えるが？」

ローガンがいくら家令に言っても動かないため、痺れを切らしたシャーロットが短く脅せば、家令は顔を真っ青にしてマチルダを連れてきた。

久し振りに見たマチルダは、ずいぶんと可憐な乙女に成長していて、シャーロットも驚いた。以前会った時はまだ十歳にもならなかった時期なので当然と言えば当然だが。従姉妹同士なだけあって、髪の色と瞳の色が自分と同じで、そこにチョーサーが彼女に執着した理由を垣間見て寒気がする。

「お目にかかれて光栄でございます、女王陛下」

シャーロットを前に美しいカーテシーをしてみせる従妹の顔は蒼褪め、泣いていたのか、大きな目は真っ赤になっていた。憐れな様子に、シャーロットは彼女の手を握った。

「ご両親のことは残念であった。辛かったであろう。もう大丈夫だ。私がお前の親代わりを務めることにしたからな」

マチルダは驚いたのか、シャーロットを見つめ、それからポロポロと大粒の涙を流し始めた。

「……っ、あり、がとう、ございますっ……！」

絞り出すように言った言葉は途切れていてよく聞き取れなかったが、それが余計に、年若い従妹の悲しみを伝えた。それを宥めながら、マチルダの荷物を纏めて王城へ運ぶよう家令に言いつける。家令はもう逆らわなかった。

マチルダを着の身着のまま連れ出して馬車に乗せる。王城へ向かう間も彼女はずっと泣いていた。大声で泣きたいだろうに、我慢をしているらしく、ただハラハラと真珠のような涙を流す姿が憐れで、シャーロットは黙ったまま、彼女の頭を引き倒して自分の膝に乗せた。

恐れ多いと起き上がろうとする従妹を、「いいから」と言って押し留めると、諦めたのか膝に重みが乗る。自分とよく似た色の髪を撫でてやりながら、シャーロットは内心で、間に合ったことに安堵していた。

(……守らなければ)

シャーロットはグッと奥歯を噛み締める。

この憐れな従妹を、チョーサーの毒牙にかけるわけにはいかない。


王城に戻ったシャーロットは、マチルダをひとまず賓客として扱い、王城内に部屋を用意させた。

「ペンブルック公爵夫妻の葬儀が終わるまではひとまず待つが、間を置かず私がマチルダの後見人となる。我が養女も同然として扱うように」

使用人たちにそう命じると一様に驚いた顔になった。女王が、二歳しか違わない従妹の養母になると宣言したようなものだから驚くのも無理はないだろう。だがマチルダの両親が急逝したことは既に知れ渡っており、非常事態であるがゆえだと納得したのか、皆黙って従った。

黙っていないのは無論チョーサーだ。

　自分が不在の間にシャーロットがマチルダを連れ出し、後見人になると公言してしまったと知るや否や、シャーロットの執務室に押しかけて来た。背後には、補佐官であるアルバートの姿もあったが、そちらには極力視線を向けないように努める。

「陛下、困りますな、勝手をされては」

　珍しく腹を立てているのを隠そうともせず、チョーサーが言った。

　シャーロットは執務椅子に座ったまま、挑むようにその顔を見上げる。

「何が勝手なんだ？」

　端的な質問に、チョーサーは女王の様子がいつもと少々違うことに気づいたらしい。顎を引き、シャーロットの青い瞳を見返してきた。

「そもそも年若い令嬢を、独身男であるお前が自分の邸に引き入れることが非常識だろう。彼女の名誉に傷がつくとは考えなかったのか」

　シャーロットからのもっともな非難を浴び、チョーサーは苦く笑う。

「僕が彼女の後見人を務めようと思っておりましたから」

　想定済みの答えに、シャーロットはせせら笑いを返した。

「よく言うわ、変態が」

「おや、天涯孤独になった従妹を憐れに思い、従兄の僕が後見人になるのは別段問題はないでしょう？」

　両肩をヒョイと上げてみせるチョーサーを睨みつけながら、シャーロットは口の端を吊り上げる。

「ならば、今の状況にはなにも文句はないはずだろう？　この国の女王が後見人になるのだ。お前のみならず、他の誰が務めるよりも、堅固な後ろ盾となるのだから」

やり込められ、チョーサーは押し黙った。

執務机を挟み、女王と摂政はしばしの間睨み合う。青い瞳は挑発するような色を浮かべ、ハシバミ色の瞳はそれを面白がるように揺らめいた。張り詰めた一瞬の後、目を伏せたのはチョーサーの方だった。

「……確かに、陛下の仰る通りです。マチルダのことは陛下にお任せするのが良さそうだ」

あっさりと折れると、チョーサーはにこりと微笑む。

「ですが、一度彼女の顔を見て安心したい。会わせていただくことは？」

人好きのする柔和な笑顔を向けられ、シャーロットは気持ち悪さに顔を顰めた。胡散臭いにもほどがある。

「マチルダは環境の急激な変化に疲労し、今は眠っている。回復すればまた機会を作るから、それまで待て」

にべもなく断ると、チョーサーはそれ以上食い下がることはしなかった。

「分かりました。残念ですが、今は諦めましょう。ではマチルダのこと、くれぐれもよろしくお願いします」

そう言って一礼すると、アルバートを伴って退出していった。

愛しい男がこちらを見もせずにドアの向こうへ消えていくのを、心の中で密かに切なく思いつつも、それをおくびにも出さず、シャーロットは唸るように呟く。

「……どうにも気持ちが悪いな」

女王の独り言は大半を聞き流すローガンだが、この時は珍しく反応を見せた。

「閣下ですか。確かに物分かりが良すぎるような印象でしたね。もう少し粘るのではないかと思ったのですが」

おや、とシャーロットは眉を上げる。

「お前、チョーサーがマチルダに執着している理由が分からんなどと言っていたくせに、もう疑問視はしていないのか？」

するとローガンは、ただでさえ厳つい顔に渋面を作って言った。

「今も理由は分かりません。……が、閣下が公爵令嬢にちょっかいをかけていたことは事実かと。先ほど用意された部屋に彼女を案内した際に、『この部屋に摂政閣下はいらっしゃいますか』と訊かれたのです。男性が女性の部屋に来ることは礼儀を欠く行為ですからあり得ませんと答えたのですが、彼女はひどく怯えた顔で『ですが、閣下はわたくしが寝ている時に勝手に入って来られました！』と……。まさか閣下が無体を、と驚き、詳しく話を聞いたのですが、髪を梳かれたり顔に触れられたりはしたようですが、必死に眠ったふりをしていると、しばらくして出て行ったと言っていました」

「あんの、変態がっ……！」

腹立ちのあまり、執務机を拳で殴る。シャーロットの拳ごときでは硬い天板はビクともしなかったが、それでも上に置かれた羽根ペンなどが音を立てて跳ねた。

あの変態は、自分は何をしても許されるとでも思っているのか。非常識にもほどがある。いい年をした大人の男がいきなり部屋に入ってくれば、少女は怯えて当然だ。さぞかし怖かったに違いない。

「マチルダ殿は、両親が死んだのは自分のせいだと」

「そんなはずはないだろう」

親しい者が亡くなった時、後悔からそんな思考になることはままある。否定するシャーロットに、ローガンは続けた。

「ご両親が晩餐会へ出席している間に、閣下より訪問を告げる文が届いたそうです。彼女は以前から、まだ成人していない自分に何度も求婚する閣下を怖がっていたらしく、怯えて両親に報せを出したのだと。それを受けた公爵夫妻が、慌てて自宅に戻っている途中での事故だったということです。閣下が素早く彼女を公爵邸から連れ出すことができたのも、既に訪問していたからだそうです」

シャーロットは呻き声を上げて、手で顔を覆う。

「――おい、ローガン。全てはチョーサーの掌の上、と想像できてしまうのだが、私は間違っているか？」

「私も同感です、陛下。マチルダ殿を、守って差し上げるべきかと」

ローガンの真剣な表情に、シャーロットは頷いた。

「当たり前だ。……マチルダに付ける女官を増やせ。腕っぷしの強い者がいい。必要とあらば女騎士に女官の恰好をさせてもいい。交替制で数名、常時彼女の傍に貼り付かせ、チョーサーが来た場合は決して二人きりにはさせるな。そしてすぐ私を呼べと命じておけ」

「は！」

ローガンが一礼して部屋を出て行く。主の命令を遂行しに行ったのだろう。

シャーロットは深く息を吐き出して椅子の背凭れに身を預けた。

（――何を企んでいる、チョーサー）

マチルダを手に入れようとしているのは分かる。その理由が「従妹だから」であるにしろ、これほど性急に事を成そうとするのは何故なのか。

（ペンブルック公爵夫妻を殺してまで、急いだのは何故だ――？）

ペンブルック公爵は、なにもチョーサーを全否定して求婚を退けたわけではなかった。マチルダが成人してからまたお話を、というのが断り文句だったはずだ。今十六歳のマチルダが成人するまであと二年、待てない年月ではない。

それなのにチョーサーは待てなかった。

これはシャーロットの勘になるが、チョーサーはマチルダ自身を欲しているのではない

――そんな気がしていた。その親を殺してまで自分のものにしたいほど恋い焦がれているのなら、彼女の寝室に忍んで行った時に手を付けないはずがない。

(何か、目的があるのか……?)

だがどんな目的があるにしろ、チョーサーの思い通りにさせるわけにはいかない。

シャーロットは決意を新たにしたのだった。

＊　＊　＊

この日の雑務をようやく終わらせたのは、夜がすっかり更けた頃だった。

アルバートは椅子に座ったまま、両腕を伸ばして首をゴキゴキと鳴らす。フーッと長い息を吐いていると、背後から「お疲れ」と肩を叩かれた。振り返ると、リック・アシュレイ・リンドールが立っていて、アルバートに湯気の立つカップを差し出してくる。同じ摂政補佐官として働く同僚である。おかしな奴ではあるが、特に害はない。

「蜂蜜(はちみつ)を溶かした紅茶だよ。疲れた時にはこれがいいんだ」

「……どうも」

アルバートは内心戸惑いながらも、短く礼を言ってカップを受け取った。秋が立ったとはいえ、まだ残暑が厳しい時分である。正直に言えば、熱い飲み物は遠慮したかった。

アルバートが素直に受け取ったのが嬉しかったのか、リックはそばかすの浮いた顔を綻ばせ、近くに置いてあった丸椅子を引き寄せて、そこに腰かけた。

「君、凄いよなぁ、アルバート。エヴラール侯爵様が、わざわざ王都に来て摂政閣下の小間使いをやるって聞いたから、きっと領地経営もまともにできず、領民から追い出されたぼんくら領主だろうって噂だったけど、こんなに仕事ができるなんて思わなかったよ！」

そんなことを言われていたのか、というか、それを本人に言ってしまうのかお前、と内心驚いたが、リックは悪気がないようでニコニコとこちらを見ている。だが悪気がなければいいというわけではない。反射的に、お前の方がぼんくらじゃないか、と言い返したくなったがやめた。少々おかしい所はあるが、この同僚は、仕事は素晴らしくできるからだ。

「……どうも」

また短くそれだけ答えると、リックは「君って本当に無口だね」とおかしそうに笑う。

「でも君が来てくれて良かった。なにしろ閣下の補佐の仕事は一人では捌き切れないから、困ってたんだ。僕、君が来る以前は、寝台で寝られたのは一年で数回だったからね」

はははは、と笑って紅茶を啜る同僚を、アルバートは思わずじっと見つめてしまった。サラリと凄いことを言っていることに気づいているのだろうか。

「……何故、補佐官の人数を増やさないのですか？」

「うーん。多分、閣下が信頼できる者しか採用しないからかな」

また一口紅茶を啜ってリックが言った。その淡々とした様子に、今の発言が「自分はチョーサーから信頼されている」という誇示なのか測りかねたが、アルバートは念のため褒めておく。

「……凄いな、あなたは信頼されているのですね」

「いやあ、信頼というか……僕が閣下を裏切れないってだけだけどね。僕の娘、病気がちでね。閣下に持病の薬を融通していただいているから」

リックは単に事実を話している感覚なのだろう。笑うでもなく困るでもなく、気負いのない表情に、彼が真実を言っているのが分かった。

(――娘を人質に取られているようなもの、というわけか)

チョーサーの強かさがこんな場面でも垣間見える。それと同時に、そうやって何重にも警戒し守りを固める男が、自分を傍に置いたことが不思議に思えてくる。

(……陛下と恋仲だった男は、傍で監視しておく方がよいと思ったのだろうか)

だがそれなら物理的な距離のあるエヴラールへやっておく方が確実だ。目的はなんなのか。とにかく、慎重に行動していくことしか、アルバートに取れる防衛策はないだろう。

「とはいえ、最近はまだマシさ。以前は閣下も一緒にここで寝泊まりしておられたからねえ。もう永遠に仕事が終わらない」

「……地獄ですね」

思わず口をついて出た言葉に、リックはギャハハと嬉しそうに笑った。

「面白いこと言うねぇ！　まあ確かに地獄だったかも。今は閣下が早々に帰ってしまうから、ありがたいよ」

「俺は閣下がここに寝泊まりされるのを見たことがないな」

アルバートが来てからは、一度もなかった。チョーサーは執務を終えると早々に帰宅するので、それが普通なのだと思っていた。

「まあ、君も長く務めると地獄を見ることになるからね。覚悟しておいた方がいいよ」

ふふふふふ、と妙に迫力のある笑い方で言われ、アルバートは苦く笑う。

「忙しい時期というのは、いつ頃なんですか？」

「常にだよ。今そうでもないのは、『天使の手紙』が来たからさ」

「天使の手紙？」

なにやら可愛らしい名前が出てきて面食らっていると、リックが言った。

「そのまんま、『手紙』だよ。摂政閣下には国内外のいろんな人物から手紙が来るけれど、その中にちょっと変わった封書が来ることがあるんだ」

「変わった封書？」

鸚鵡返しをしたアルバートに、リックはニヤリと微笑んでみせる。

「差出人の名前が、いつも違うんだ」

「それは単に別人なのでは？」

当然出た疑問に、リックはチッチッチと舌を鳴らした。

「名前は違っても、字が同じだ。その上、封筒も、封蝋の色も、全部薔薇色なのさ。そして封蝋に捺された印章は、天使の羽を模（かたど）っている。差出人の名前が違うだけで、ここまで特徴が被るなら、それはもう同一人物と言っていいと思わないかい?」

「なるほど……」

一理ある、と頷けば、リックは嬉しそうな顔になる。

「ここだけの話、僕は、差出人は閣下の秘密の恋人だと思っているんだよね」

「……はあ」

チョーサーに秘密の恋人……。にわかには信じがたい話だ。

アルバートがピンと来ない顔をしていると、リックは唇を尖らせる。

「あ、信じていないな?」

「いや、閣下はペンブルック公爵令嬢にご執心だという話を聞いたもので……」

摂政閣下がくだんの公爵令嬢に幾度も求婚していたという噂は、王城に出入りする者なら誰でも知っている。もちろんリックも知っていたらしく、訳知り顔で頷いた。

「ばかだなぁ。だからこそ、『秘密』の恋人なんじゃないか。きっと身分違いの恋なんだよ。本妻には由緒正しいお貴族様を、愛妾には心から愛した女を——ってね」

リックの説明に、アルバートは相槌を打つのも面倒になって口を噤む。

この国の貴族の男性が妻以外に愛妾を持つという風潮は、艶福家であった先代の王の時に広まったように思うが、愛する人はたった一人でいいと思うアルバートには馴染めないものだ。シャーロット以外の女性には触れようとすら思えない。

「——それで、その薔薇色の封書が届くと、何故忙しくないのですか?」

話題を逸らすために言った台詞に、リックは「それ！」と人差し指を立てた。

「『天使の手紙』が来たら、閣下は早く帰宅されるんだよ。きっと恋人と会っているんだ！」

自信満々に言ったリックを、アルバートは凝視してしまった。今とても重要な情報を得ている気がした。

（『天使の手紙』が来たら、チョーサーの帰宅が早まる……）

つまりそれは、手紙を合図に、王城でできない何かをやっているということになるのではないか。チョーサーが王城ではできないこと——王城の主であるシャーロットに知られては困ること、という図式が成り立ちはしないか。

アルバートが真顔で固まってしまったのを、まだ自分の言うことを信じていないのだと誤解したのか、リックは口をへの字にする。

「だって、『天使の手紙』が届いた日には、閣下が鼻歌を歌っていたりするんだよ？　しかも『神々の歌』なんだから、どれだけ機嫌が良いのかって話さ！」

「『神々の歌』って……あの、子守歌になっているやつですか？」

この国の建国史の一節に、独特の節をつけた古い歌だ。若い者が好む歌とは言い難い。チョーサーは若くないが、それでも意外な組み合わせであることは変わらない。

「そうそう。閣下は機嫌が良いと、よく『神々の歌』を口ずさむんだ。あの歌、単調で暗いから、それを歌う閣下っていうのは、なんと言うか、ちょっと不気味だよね……」

リックは少しげんなりとした口調で言った後、「あっ！　これは閣下には内緒にしてね！」と慌てて口止めしてきた。それに頷いてやれば、ホッとしたように息を吐き出した。

「……まあ、その封書の差出人が、本当に閣下の恋人かどうかは置いておいて。僕にしてみれば天使の救いさ。だから『天使の手紙』って呼んでいるんだ」

呼んでいるのは僕だけだけど、と付け足して、リックは紅茶を啜る。

「何故、帰宅が早まるんですかね」

さりげなく訊いてみたが、首を傾げられた。

「早く恋人に会いたいんじゃない？　まあ、実際のところは分からないけど。閣下が王城にいない時に何をしているかなんて、僕は知りようがないし。……怖いから知りたくもないしね」

カップを持っていない方の腕で自分を抱き締める仕草をして、リックは大袈裟に震えてみせる。心の中で同意を示しつつ、アルバートは頭の中で情報を転がした。

王城を巣に仕事漬けであるのが平常であったらしいチョーサーが、なんの理由もなくそれをやめるわけがない。必ず理由があるはずだ。

（……王城を出たチョーサーを尾行してみる必要がありそうだな……）

そう考えながら、アルバートは手渡された紅茶を一口啜る。熱いものを飲むのは気が進まなかったが、有益な情報を与えてくれた同僚に、感謝の意を示すべきだと思ったのだ。

紅茶は熱かったけれど、意外なことにひどく美味しく感じた。蜂蜜の甘さが疲れた脳に染み渡るようだった。

「……美味い」

思わず呟くと、リックはへらりと相好を崩す。

「だろう？」

その笑顔を見ながら、アルバートは同僚に対する「おかしな奴」という評価を改めたのだった。

＊　＊　＊

王城内にある礼拝堂から厳かなオルガンの音が聞こえてくる。

朝の礼拝の時間だ。その日の当番である大司教が毎日行っているこのミサは、王城に勤める者のうち、信心深い者たちが参加する。ちなみに、シャーロットはほとんど参加したことがない。ユリウスが当番の日で、気が向いた時には何度か行ったことがあるくらいだ。

シャーロットは窓に近づき、礼拝堂の方を眺めやる。

（……アルバートは今日も礼拝に来ているのかしら）

礼拝堂の告解室でアルバートとの逢瀬を果たしてから、シャーロットは彼とまともに会えていなかった。

チョーサーはシャーロットを監視するために常に人を付けているらしく、シャーロットが「アン」に扮していたことや、あの宿屋でアルバートと結ばれたことも知っているらしい。それを聞いた時、さすがにゾッと血の気が引いた。自分に対して執着心を抱いているとは感じていたが、そんなことまでしていたとは。王宮内でも監視がついていると想定して動かねばならなくなったため、おいそれとアルバートの顔を見に行くことすらできない。

アルバートはユリウスと親しいせいか、朝晩の礼拝によく出席しているようで、礼拝を朝晩欠かさない生真面目なローガンが見かけたと言っていた。彼の顔を見たいがために自分も参加しようかと思ったが、普段礼拝などしたこともない女王が急に顔を出すようになったら、チョーサーは間違いなく疑うだろう。そんな危険を冒すわけにもいかず、今もこうしてソワソワと礼拝の時間が過ぎるのを待っているというわけだ。

（……私を差し置いてアルバートに会えるなんて……ローガンめ）

心の中で理不尽ないちゃもんをつけつつ、溜息をついて窓から離れた。

こんな場所から見たところで、教会すら見えないのだから、無意味な行為だ。

しょんぼりと執務椅子に座り直した時、ノックの音が響いた。

ローガンが戻ったのだと思ったシャーロットは、誰何することなく「入れ」と入室を許可する。

しかし、ドアの向こうから聞こえた声は、ローガンのものではなかった。

「おはようございます、女王陛下。今朝も一段とお美しい」

舞台役者かと思うほど気障な挨拶で現れたのは、チョーサーだった。

今日は誰も供を付けず、一人のようだ。

「……朝から世辞など要らん。用件はなんだ」

硬い声音になってしまったのを、敏いチョーサーが気づかないはずがない。悲しげな表情になり、フルフルと首を振ってみせる。

「何故でしょう、最近僕への陛下のお言葉に、冷たさと棘を感じてしまうのです。悲しいことです……」

「……いつものことだろうが。今更何を言っている」

受け流しながらも、シャーロットはしまったなと臍を嚙む。チョーサーに対する態度が冷たいのは今に始まったことではないが、様々な事実を知ってしまった今、嫌悪感が込み上げて隠し切れなくなっていた。

政治における専制もさることながら、マチルダを手に入れるためにその両親を殺害したであろうこと、そしてシャーロットを監視していること――どれをとっても、目の前の男がまともであるとは思えない所業だ。

と同時に、恐ろしくもなった。

これまでは、チョーサーがしでかす悪事は全てシャーロットのためのものだと思うことができた。シャーロットを殺そうとした兄弟たちを殺し合わせたのも、シャーロットが女王であることに不満を持つ勢力を削いだことも、シャーロットの命を脅かす者を排除したのだと理解できた。それが善か悪かという問題は考えなかった。チョーサーがそうしなければ、シャーロットが殺されていただろうことは明白だったからだ。

だが、今のチョーサーはシャーロットのために動いているとはまったく思えなかった。

シャーロットを政治から遠ざけ、支配しようとしているとしか思えない。

チョーサーは今や、己の目的のためだけに動いているのだ。

「僕の気のせいならば、それでいいのです」

チョーサーはそう言うと、空気を変えるためか、ポンと手を叩いた。

「さて、今日のお話ですが……。陛下主催で、国境警備軍の模範試合をしてはどうかと思いまして！」

まるで鬼ごっこでもしましょう、という口調で提案され、シャーロットは面食らう。

「模範試合!?　何故またそんなものを……」

怪訝な顔をしていると、チョーサーは申し訳なさそうに目を伏せた。

「実は、エヴラール国境警備軍の中に、賄賂をもらって金をフィニヨンに横流しする不届き者がいたと、数か月前に判明いたしまして」

初めて聞く話に、シャーロットは目を吊り上げて怒鳴る。

「なんだと！　何故私に報告しない！」

「陛下のお心をみだりに乱す必要はないと判断したのです」

しれっと答えるチョーサーに、シャーロットは怒りを煽られた。

「それはお前が判断することではない！　私は確かに国政をお前に任せてはいるが、何も知らないお飾りのままでいるつもりはないと何度も言ったはずだ！」

「ええ、もちろん分かっております。ですからこうしてお話ししているのです」

女王の怒りも、チョーサーにかかれば子どもの癇癪（かんしゃく）のようになってしまう。

そのことに更に苛立ちを募らせながらも、シャーロットはグッと怒りを腹の底に押し込め、顎を引いて話の先を促した。

「――続けろ」

「陛下主催で国境警備軍の模範試合を行うのは、軍の結束と士気を上げるためです。そもそもエヴラール国境警備軍は、陛下の直属軍です。将軍である陛下の名のもとにその力を発揮するべきであるにもかかわらず、兵士の中には陛下のご尊顔すら拝したことがない者もいます。これでは士気が下がっても仕方ない。この国の女王、そして軍の長としてその威厳を見せれば、兵士たちの忠誠心も向上するでしょう！」

大袈裟な仕草で両腕を広げたチョーサーを冷めた目で見つめる。

どうせ建前しか喋らない男だ。考えなくてはならないのは、その裏である。

（エヴラール国境警備軍――まさにチョーサーが悪さをしていた場所だわ。そこに敢えて私を連れて行こうとする、その理由は何……？）

証拠は出なかったが、アルバートの義母とつるんで何かをしようとしていたのは真実だろう。金の流出があったのならば、それに絡んでの何かであった可能性は高い。

（――そもそも、フィニヨンへの金の流出は何のため？）

普通に考えれば、フィニヨンと内通しているのだろう。金の流出を手助け——或いは見逃す代わりに、フィニヨンから何かを得ているのだとすれば、それはなんなのか。

正直に言うと、シャーロットは「何故フィニヨンなのだろう？」という疑問を抱いてしまう。

フィニヨンには何もない。歴史が古いだけの小国で、特筆すべき産出物のない貧しい国だ。このナダル王国がフィニヨンを対等に扱うのは、フィニヨンが地理的に防波堤になっているがゆえである。北より上には列強があるが、近年、革命が相次いで起こり、いくつもの国で王政が崩壊していた。フィニヨンは古くより王族を神格化した堅固な君主政体を貫いており、革命の余波を食い止めてくれているのである。

（フィニヨンは、それは金が欲しいでしょうね。けれど、チョーサーはフィニヨンに何を求めているのかしら？　何をしようとしているの？）

チョーサーが持ち出してきたのは、国境警備軍の件だけではない。

シャーロットの政略結婚の相手として、フィニヨンの第二王子を挙げている。

シャーロットと——いや、このナダル王国と、フィニヨンの絆を強めたいのだろうか。

だがそれならば、シャーロットをフィニヨンの第二王子と結婚させるだけでいいはずだ。わざわざ不正を犯して、ナダルの不利益になる金の流出をさせる意味がない。

（……考えていても埒が明かないわね）

相手が悪いのだと、シャーロットは半ば諦めにも似た形で腹を括る。

フィリップ・チョーサー。シャーロットの母方の従兄。幼い頃から自分を守り続けてくれたこの男に、シャーロットは好意を抱いたことはほとんどなかった。

最初は、自分でも不思議だった。数いる王子王女の中でも、自分を特別扱いして、優しくしてくれた年上の従兄だ。子どもなら懐いて当たり前だろうに、シャーロットはどうしても好きになれなかった。

その理由が分かったのは、転んで怪我をした時だった。膝小僧を擦りむいて大泣きするシャーロットを、チョーサーが介抱してくれたことがあった。

自分のハンカチーフを取り出してシャーロットの血を拭い、ポツリと言った彼の一言に、心臓が凍りついたような気持ちになったのを、今でも生々しく思い出せる。

『これがあなたの血の色か、シャーロット。……僕と、同じ色……同じ濃さだね』

うっとりと赤い汚れを見つめるその目に、ゾッとした。

（この男は、父と同じだ）

女とあらば見境なく手を付けた、色狂いの王。シャーロットはこの父を憎悪していた。正妃である母をないがしろにしたからというのもあるが、それだけではない。色狂いと言われた父を動かしていた欲望がなんであるかを、シャーロットは知っている。満たされない欲望を、他で埋めようとしていたということだ。

（あの男は、狂っていたのよ……！）

それと同じ色を、チョーサーの目の中に見つけてしまったのだ。

シャーロットは自分に父と同じ血が流れていることを憎悪している。いや、怯えていると言ってもいい。いつか自分もあの男のように狂ってしまうのではないかと、心の奥底で恐怖しているのだ。

自分とは相容れない。

チョーサーの柔和で優しげな外見の下に隠す欲望を、醜悪でおぞましいと感じるからだ。だが醜悪だからと逃げていたのでは、太刀打ちできるはずがない。

討つのであれば、相手の懐に入らなければいけない。

「――よかろう」

シャーロットは答えた。

「エヴラール国境警備軍で模範試合を行うがいい。勝者にはこの私が直々に褒美を取らせよう」

シャーロットの返事に、チョーサーはわざとらしく満面の笑みを浮かべた。

「はっ！　警備軍の兵士たちは、陛下のご尊顔を拝する機会を得て、きっと歓喜に沸き立つことでしょう！」

第六章

　ナダル王国の北に位置するエヴラールは、既に秋の気配が漂っていた。

　馬車の中にあっても外気の冷たさが感じ取れて、シャーロットはブルリと身震いする。

「お寒いですか、陛下」

　向かいに座っていたマチルダが心配そうに言って、自分の羽織っていたローブを脱ごうとするので、シャーロットは手を挙げてそれを制する。

「よい、私は大丈夫だ」

　言いながら、車窓を叩いた。護衛として馬で並走しているローガンを呼ぶためだ。

　優秀な護衛騎士であるローガンはすぐに気づき、車窓を開いた。

「どうなさいましたか、陛下」

「国境警備軍の要塞はまだなのか」

　目的地であるエヴラール国境警備軍の屯所の名を挙げれば、ローガンはやれやれと言った顔になる。

「それをお訊きになるのはもう三度目ですが」

「馬車は鈍い。だから私も馬で行くと言ったのに。身体を動かさず座っているだけだから寒くてかなわん！」

「馬で国境へ行くなど、ご冗談を！　丸腰のままの陛下を曝け出した状態では、いくら我々近衛騎士団が優秀でも御身を守り切れません！」

珍しくローガンがキッパリと首を振る。生真面目なローガンは、自分の職務に忠実なのである。大概のことはシャーロットに押し切られるくせに、女王の身に危険があると判断した場合は決して譲歩しない。こうなればこちらが折れるしかなく、シャーロットは大嫌いな馬車に押し込められての旅路となったのだ。

譲らないローガンだが、シャーロットの「寒い」という文句には、自分の着ていたマントを手早く脱いで手渡してきた。

「これをどうぞ。私は乗馬していて暑いくらいですので」

「……もらっておこう」

筋肉ダルマのローガンが寒いことは滅多にない。常に己の筋肉が熱を発してくれているのだから。

ブスッとしながらもシャーロットがマントを受け取ると、ローガンは前方左手を指す。

「もう少しの辛抱です。ほら、見えてまいりましたよ」

太い指の差す方向、聳え立つエヴル山の中腹に石造りの要塞が見えた。

国境より手前に配置された、この国の鉄壁と呼ばれるエヴラール国境警備軍の屯所である。何百年もの間、あの要塞を恐れて他国が侵入を諦めたと言われている。

「……そういえば、来たのは初めてだったな」

　即位して七年も経つのに、女王が国の要となる場所を訪れていないのは、確かに由々しき事態であったかもしれない。シャーロットは心の中で、チョーサーの意見も一理あったことを認めた。

　感慨深く要塞の姿を眺めていると、ローガンは「では、もうしばらくご辛抱を」と言って、さっさと窓を閉めてしまった。

「ローガンのやつめ！」

　もう少し外を見ていたかったのに、と怒るシャーロットに、マチルダがやんわりと口を挟む。

「きっとローガン様は、窓を開けていることで陛下に危険が及ぶことを憂慮されたのだと思いますわ……」

　おや、とシャーロットは好ましい目で従妹を見た。

　無礼にならないように、事の善悪をハッキリと女王に進言できる侍女は多くはない。シャーロットよりも年下でこれができるというのは、才能の一つと言えるだろう。

「……そうだな、私が少しイライラしすぎていたようだ」

　アッサリと非を認めると、マチルダは少しホッとした表情で微笑んだ。

「ローガンとは乳兄妹ゆえに、少々気安くなりすぎてな。甘えが出てしまう」

コホン、と咳払いをしてみせると、マチルダは少し頬を上気させて訊ねてきた。

「陛下とローガン様は、どちらが先にお生まれになったのですか？」

「ローガンだから……向こうが少しだけ兄ということになるか。どちらかというと弟といった感じが強いんだが」

するとマチルダはうっとりとした表情を浮かべる。

「ローガン様のようなお兄様がいたら……素敵でしょうね……」

（あらあら、これは……）

夢見る乙女の顔に、シャーロットの第六感がピンと反応した。今まさに着ようとしていたローガンのマントをもう一度膝に戻す。

「マチルダ。やはりお前のローブを借りても良いか」

女王に請われ、マチルダは「はい」と即答し、手早くそれを脱いで寄越してくれた。

シャーロットは礼を言って受け取ると、「代わりに」と言ってローガンのマントを彼女に渡す。

「えっ」

「お前は一人っ子だったたな。ローガンでいいなら、兄妹ごっこを楽しめるぞ。兄のマントだと思って借りるといい」

しれっと言ってマチルダのローブを羽織ると、顔を真っ赤にしている彼女にニコリと微笑んだ。

大切な幼馴染みと、可愛い従妹。同年代であるし、ローガンは次男坊だが伯爵家の息子で近衛騎士だし、公爵令嬢であるマチルダと身分も釣り合うだろう。似合いの二人だ。

殺伐とした毎日の中に癒やしを見つけて、シャーロットの胸が温かくなった。

到着までの残り時間、可愛らしい従妹の真っ赤な顔を眺めて過ごせるのは僥倖である。

チョーサーの思惑に乗る形で、エヴラール国境警備軍の行う模範試合を見学することになったシャーロットは、数日間の旅路の供にマチルダを加えた。自分のいない王宮にマチルダを一人置いておくのは危険だと判断したからだ。王宮はチョーサーの手の内と考えていい。自分の部下がいつ裏切ってもおかしくないのだ。シャーロット不在の間にマチルダが攫われてもなんら不思議はないのである。

（ならばいっそ連れて行った方が守り切れるわ）

チョーサーの目的がなんであれ、マチルダの身柄を確保したがっているのは分かっている。だからできるだけ傍から離さない方がいいだろうと判断したのだ。

当のチョーサーは既に現地入りし、女王を迎え入れるための準備に奔走しているとのことだった。そして当然ながら今回は、エヴラール領主であるアルバートが、現地での諸々を采配することになっているため、チョーサーと共に行動することが多いようだ。

チョーサーの目があるため、王宮ではなかなか彼と接触できないが、やはりエヴラールでも無理そうだなと、シャーロットは残念に思う。

（……せっかく、エヴラール城に逗留するというのに……）

自分の正体を明かすことになった思い出の場所だ。それだけではなく、アルバートが幼少期に育った場所――きっと思い出話もたくさんあるだろうに、それを聞くこともできないのか、と思うと、普段は押し込めている恋心が切なく疼いた。

エヴラールに入った初日、国境警備軍の要塞で女王一行を出迎えたのは、チョーサーだった。

「遠路はるばる、お疲れ様でございます、女王陛下」

訓練場に一堂に会した国境警備軍が、シャーロットに向かって敬礼をしている。整然としながらも、身に着けた武具が黒光りする軍隊は、実に物々しい。それらを背後に従えるようにして立つチョーサーは、まるで将軍のように見えた。

面白くない気持ちを腹の底に押し隠し、シャーロットはにこやかな笑みを浮かべる。だが口を開くその前に、再びチョーサーが声を上げた。

「マチルダも！　ああ、会いたかったよ、マチルダ！」

弾んだ声色でそう叫ぶと、両腕を広げてこちらへ近づいてくる。

ビクリと身を竦ませたマチルダを己の背で庇うように立ち、シャーロットがチョーサーを睨みつけると、更にヌッと大柄な背中が現れて視界を遮った。ローガンである。シャーロットとチョーサーの間に立ち塞がる形で、上からチョーサーを睨み下ろす。

「摂政閣下とはいえ、みだりに我が主に触れられませんよう」

「……控えよ、ローガン。近衛騎士風情が、誰に物を言っているんだい？」

苛立ったようなチョーサーの声には、少々の驚きも垣間見えた。だがそれはチョーサーだけではない。シャーロットも同じくらい驚いていた。

摂政にしてランズベリー公爵位を持つチョーサーと、伯爵の息子ではあるが、爵位を持たず一介の騎士でしかないローガンとでは、身分の差は歴然としている。これまでローガンはそれを弁えて、シャーロットの背後に控えるだけに留めていたのに、今回はどうしたことだろうか。

（……なるほど、マチルダね）

チョーサーが寄って来たのは、明らかにマチルダが目当てだった。彼女を庇うために自らが盾となったのだろう。

ローガンはマチルダに庇護欲をそそられているらしい。その気持ちはよく分かる。マチルダは控えめに言っても非常に愛らしい容姿をしているし、性格も素直で善良、大変好ましいの一言に尽きる。両親を亡くして哀しみに暮れながらも、周囲を気遣う優しさと強さを持ち合わせているのだ。そんな健気な姿を見れば、守ってやりたいと思って当然だろう。

（マチルダもローガンに憧れを抱いているようだし、これは本当にもしかすると、もしかするのではないかしら……？）

などとお節介極まりない想像をちらりと頭に過らせながら、それならばなおさらマチルダをチョーサーの魔の手から守らなくては、とシャーロットは唇を引き結ぶ。

「控えるのはお前であろう、チョーサー。ローガンは私の筆頭近衛騎士。主である私を守るのがこやつの務めだ。対するお前の務めはなんだ？　女王たる私に気安く触れるのが、摂政の務めだとでも言うつもりか？」

ローガンの背中越しに冷たい声で吐き捨てると、周囲がシンと静まり返った。

さもあらん。摂政の専横を許していたと思われていた——言い換えれば、摂政の傀儡だと認識されていた女王がそれに不快感を示したのだ。それも、国境警備軍の屯所という、要の場所で。

（——いい機会だわ）

フィニヨンへ金を横流ししていた連中がこのエヴラール国境警備軍の中にいたということは、つまりここは既にチョーサーの手の内だということだ。チョーサーの庇護下ゆえに安全だと思っている不届き者どもに、真の主が誰なのかを今一度理解させる必要があるだろう。

「エヴラール侯爵はどこにいるのだ？　女王である私がエヴラール国境警備軍を預けているのは副将軍である彼だ。ここで私を待っているのはお前ではなく、彼でなければならないはず。侯爵はどうした？」

お前はお呼びではないのだ、と声を大にして言う。どんな反応をするかと思ったが、なにせローガンの巨体に遮られているので、チョーサーの顔は見えない。

「エヴラール侯爵は、陛下の逗留される城を整えるため、今もエヴラール城であれこれと采配しております。多忙な部下に代わり、僕が名代を申し出たのですが……力不足だったようです。申し訳ございません」

殊勝に謝る声は、恋人か、或いは子どもを宥めるような妙に甘ったるい口調だ。

(――さすがは腹黒狐といったところね)

彼にとってシャーロットの怒りは予想外である上、相当頭に来る内容であるはずだが、チョーサーは涼しい声でそんなことを言って深く腰を折った。こうすることで『ワガママ女王のお守りをする気の毒な摂政』という見方を周囲に提示したわけである。

人の意見というものは、非常に曖昧で流動的だ。事実が一つそこにあったとしても、見る角度が違えば解釈も変わる。人間はその都度、己にとって都合の良い解釈を選択するものだ。

そしてチョーサーは自分が見せたい角度へと人を誘導するのが得意だ。目を引く仕草と声で、都合の良い事実を作り上げるのだ。

(……けれど、これが現実だということだわ)

この場でシャーロットと同じ角度から解釈する者は少ないのだろう。人は長いものに巻かれがちだ。いくら女王だと声高に主張したところで、このナダル王国の実質上の最高権力者はチョーサーなのだ。

シャーロットはそのチョーサーを、頂点から引きずり降ろさなくてはならない。

「――残念だよ、フィリー」

不意に込み上げる寂寥感に、昔の呼び名が口を吐いて出た。

幼い頃――まだ王位が自分からは縁遠いものだった頃、従兄である彼をそう呼んでいた。自分を守ってくれているのだと、信じていた。彼の奥底にある願望を肌で感じ取り嫌悪しながらも、己を守ってくれるのは、この手しかないのだと思っていた。

実際その通りだった。シャーロットはただの子どもで、母を喪った後には後ろ盾もなかった。正妃の唯一の子という理由から、父を同じくする兄弟たちから命を狙われ、本来なら死んでいるはずだったのだ。

そんな自分を守り抜き、最も安全な玉座という椅子に座らせてくれた人だった。

「いつの間に、守護者は略奪者に変わっていたのだろうな?」

シャーロットの問いに、チョーサーは何も答えなかった。

ローガンは壁のように動かない。だから、その奥のチョーサーの表情も見えないままだった。

チョーサーが自分の言葉に何を感じたか知りたい気もしたが、シャーロットはわずかに首を振った。

（知ってどうするの）

チョーサーを今の地位から引きずり降ろすことは変わらない。これ以上彼の専横を許すことはできないし、看過できる域はとっくに超えてしまっている。チョーサーは力を持ちすぎたのだ。

現実は変わらない。変えようもない所まで来てしまった。

シャーロットは瞼を閉じると、クルリと踵を返す。

「警備軍との挨拶は、副将軍のいる時に改めることにする。エヴラール城へ参るぞ、ローガン」

マチルダとローガンを引きつれてその場を立ち去ろうとすると、チョーサーの声がシャーロットを追いかける。

「僕は最初から何も変わっていないよ、ロッティ」

今や誰も使わなくなった呼称に、シャーロットは動きを止めた。それが先ほどの問いへの答えだと分かったからだ。

苦い笑みが漏れる。

(——それこそ、見解の違いとでも言うつもり?)

これまでのチョーサーの悪行を論い、断罪してやりたい衝動に駆られたが、すぐにそれを抑え込む。詮ないことだ。今はまだその時ではない。

シャーロットは止めた歩みを再開する。

チョーサーを振り返ることは、一度もなかった。

＊　＊　＊

アルバートはエヴル山を登っていた。

以前は獣道同然であった国境の道は、主要路がこれでは情けないと、アルバートの父によって補修工事が行われたため、広く安全なものに変わっている。

だが目的の場所は、整備された主要路からでは行けない。

アルバートが登っているのは、獣道——文字通り獣しか通らぬような、一見しただけでは道とは分からぬような道だ。

だがよく見れば足元の土は踏まれた跡があるし、生い茂っている木々の枝は所々折られた形跡がある。つまり、人間が通っている——それもしばしば使われている道だと分かる。

(——つまり、国境の関所を通らないこの獣道は、『不法出入国者の道』というわけだ)

アルバートはある協力者の手を借りて、この道を探し当てていた。

「——っと……」

考え事をしながら歩いていたせいか、地表まで張り出した木の枝に滑り、慌てて足に力を込める。木々が生い茂る森の土は、日光が当たらず常に湿りぬるついているため、滑りやすくなっているのだ。

慎重に足を進め、ようやく辿り着いた目的地には、既に人の姿があった。

「遅かったな」

アルバートを見て軽く手を挙げたのは、ブレイズ・ティリッド・ウィルソンだった。アルバートが義母から地位を奪還する際に手助けをしてくれた友人だ。

フィニヨンへの金の流出、そしてそこにチョーサーが関わっているのではないかと疑念を抱いた時、アルバートはそれらの調査にブレイズの父であるウィルソン侯爵を頼った。

現在アルバートはチョーサーの部下として働いており、その監視下にあると言っていい。金の流出に関して詳細に調べていることが分かれば、チョーサーが警戒するだろうし、何か仕掛けてきてもおかしくない。そのため自分以外の人間を頼らねばならなかったのだ。

金の流出の話をすると、侯爵はすぐさま詳しい調査をするべきだと助言し、息子であるブレイズを派遣してくれた。

ウィルソン家は代々軍の要職に就く者を多く輩出する名家であり、侯爵は息子たちを厳しく育てていた。結果、ブレイズ家の三兄弟はいずれも非常に優秀な軍人となった。次男のブレイズは軍医でもあるが、熟練の軍人であり、諜報員であったこともある。

彼は見事にこの隠れ道を探し当て、見張り、通る者を探ってくれていたのである。

「数日前、ここを通って国内に不正入国した者が三名。身なりは粗末だったが、立ち居振る舞いがどうにも尊大でね。恐らくそれなりの身分の者だと思われるよ」

挨拶もそこそこに、ブレイズが手早く説明を始める。

「捕まえたのか？」

「いや、泳がせてある。金の流出に関わっている可能性が高いからね。君の予想が確かなら、そのうち摂政閣下と接触するはずだから」

「さすがだな。感謝する。本当にありがとう」

仕事の早い友人にしみじみと礼を述べると、ブレイズは呆れたように溜息をついた。

「礼を言うのはまだ早いだろう。それより、見てほしいのはこの先だ」

彼の足が向かった先には、生い茂る木々に隠れた山肌があった。目を凝らすと、その一角は黒々と穴が開いたようになっている。

「……なんだあれは。洞窟か？」

「採掘穴だ。削った跡がそこいらに残っているからな。恐らくフィニヨン側から金を目当てに山を掘って、こちらにまで貫通したのだろうな」

「なんだと……。では、これが金の流出路というわけか……」

アルバートの呻くような声に、ブレイズは片眉を上げて首を傾げる。

「分からないのは、何故貫通させたかってことさ。途中でやめておけば、ナダル国側には気づかれずに済んだだろうに」

確かに、とアルバートも唸った。バレなければ金を採掘し放題なはずである。

「金が目的ではないということか……？」

思いつく仮説を口にすると、ブレイズも首肯した。

「それは可能性があるな。あとは、掘っていたらいつの間にか貫通してしまった、という可能性も。それだとだいぶお粗末だけどね。だが、これがフィニヨン側から掘られたものではなかった可能性も考えられる」

「なんだって？」

ナダル王国では金が産出されることが発覚して以来、エヴル山の採掘には国の許可が必要となった。その管理は全て国が行うようにしているのだ。この採掘穴が無許可であるのは、エヴラール領主であるアルバートが把握していないことからも明白である。

領主の座に就いてから、登記されているエヴル山の採掘場は全て覚えたし、実際に見て回ったのだから確実だ。

無許可な上に、誰にも知られておらず、その上フィニヨンまで貫通している洞穴——。金は流出し放題、更に密入国者は入り放題である。

国境の関所で止められるような物の運搬も可能になっているということだ。

しかもそれがナダル側から掘られたということであれば、裏切り者がいることは間違いないというわけである。

「なるほど、ますます閣下への疑いの色は濃くなっていくな」

チョーサーは以前からエヴラール侯爵夫人であった義母と接触しているようだった。その目的がこの採掘穴を掘るためだったのだろうか。

「摂政は何を運ぼうとしていたのだろう……」

顎に手を当てて呟くアルバートに、ブレイズが肩を竦めた。

「金だろう？」

「だがそのために山を掘るのか？　採掘には金（かね）も人出も必要な上、音も振動も出るから人に気づかれやすい。そこまでのリスクを負ってまでする理由が俺には分からない。フィニヨンへ恩を売るためだけならば、もっと他に上手い手があるはずだ。あの狡猾な摂政閣下がそれを思いつかないとは、俺には思えないんだが……」

アルバートが指摘すると、ブレイズも「確かにそうだな」と頷く。

「だが現実として、あの採掘穴はこれまで発見されることもなかった。摂政閣下の目論見通りだったわけだから、俺たち凡人にはできない緻密な計算をした上で、上手くいくと考えたから実行したってことじゃないのか？」

「まあ、そうかもしれないんだが……」

どうにもしっくりこず、アルバートは言葉を濁す。

なんとも言いがたい違和感があった。ただ、金の流出は後付けの理由な気がした。そうでなければ、あの計算高い男がここまでのリスクを背負うとは思えない。

チョーサーには、山を掘らなくてはならない何らかの理由があったのではないだろうか。

（……考えても埒が明かないな）

アルバートは首を振り、ブレイズに話しかけようとして、ふと鼻腔をかすめた臭いに動きを止めた。松脂（まつやに）の焦げる臭いだった。

黙ったままブレイズの肩を摑み注意を引くと、ブレイズも気づいていたようで、緊張した面持ちで頷いてみせる。

（……チョーサーだ）

本能的にそう悟ったアルバートは、口の動きだけで「逃げろ」とブレイズに伝えた。それだけで全てを察したのか、ブレイズは頷いて風のようにその場を去る。

それとほぼ同時に、これまで通って来た方向から声が聞こえてきた。

「おやおや、犬を逃がしたか。逃げおおせるとでも思っているのかな？」

数名の供を付けて薄暗い獣道から現れたのは、やはりチョーサーだった。

チョーサーの前にいる男は、抜き身の剣を構えていた。

「やあ、アルバート。こんな所で奇遇だね」

「……やはり、あんただったんだな」

アルバートは懐から短剣を取り出して構えながら言った。

（ブレイズ、頼む。無事に逃げてくれ……！）

チョーサーの背後で、ブレイズの後を追った者が一人いた。ブレイズは手練れだ。そう簡単に捕まるようなへまはしないだろうが、それも相手次第だ。見るに、チョーサーの連れている者たちは、明らかに軍人だ。体格といい物腰といい、訓練された者特有の殺気立った雰囲気がある。そこに見知った顔もある。どうやら国境警備軍の軍人たちのようだ。

張り詰める空気に唾を呑む。ブルリと武者震いをして、短剣を握り直した。

今所持しているのはこの短剣のみだ。これで応戦するには、なんとも心許ない。

武器を構えさせているということは、恐らくチョーサーはここでアルバートを殺す気なのだろう。

（――冗談じゃない。殺されてなどやるものか……！）

この命はシャーロットのために使うと決めていた。今ここで殺されてしまえば、何一つできないまま無駄死にすることになる。

（この男の魔の手から、彼女を救わなくてはならないのに……！）

チョーサーに近づき観察してきた中で、アルバートは一つ確信に至ったことがある。

それは、フィリップ・チョーサーがシャーロットに恋着しているということだ。

（この男は、シャーロットを愛している）

摂政としての立場があるためか、おどけることで上手くそれを隠しているが、アルバートには分かった。そして多分チョーサーもアルバート相手には隠すつもりがないように思われた。同じ女性に執着する雄としての、本能的な牽制だったのではないか。

シャーロットの従妹であるマチルダに執着しているように見せていたが、あれは心からのものではない。この男が喉から手が出るほど欲しているのは、シャーロットただ一人だ。

こう断言できるのは、アルバートもまた同じ執着をシャーロットに抱いているからだ。

雄としての本能が、同じ雌を欲する敵を排除せよと告げているのだ。

そしてもう一つ、チョーサーからは禍々しい欲を感じる。

それが何に由来するものなのかは分からない。だがチョーサーがシャーロットに向ける視線の奥に、酷く昏いものがあるということに、アルバートは気づいていた。凝った執着を現すような、暗く濁った色だ。

あの禍々しい欲でシャーロットを穢すことだけはさせてはならない。

根拠のない思い込みだと一蹴されるような話だ。そんな妄想をしているこちらの方こそ頭がおかしいのだと言われても仕方がないし、ゆえに誰にも言ったことはない。

だがだからこそ、自分だけがシャーロットを守る盾になれるのだとも思った。

幸いなのは、シャーロット自身もチョーサーを警戒しているという点だ。政治的な点に留まっているのだろうが、それでも信頼しきっているよりはよほどいい。

(大人しく殺されてなどやらない……！)

短剣を構え睨みつけるアルバートに対し、チョーサーはいつもの調子を崩さない。腰に手を当てて首を傾げ、わざとらしく不思議そうな仕草をした。

「あんただった、って、どういう意味かな？」

「……あの無許可の採掘穴を作ったのはあんただって意味だ。あれを使ってフィニヨンに金を横流ししていたんだろう」

するとチョーサーは目を丸くして「アハハハ」と哄笑する。

「よくできました、と言いたいところだけど、一つだけ不正解だ。それをしたのは君だよ、アルバート。君が義母と共謀して実父を殺し、この採掘穴を掘って金をフィニヨンに横流ししていた。その証拠を僕が今摑み、君は捕らえられるんだよ」

「――な……！」

思いがけない濡れ衣に驚愕するが、すぐに理解して、奥歯をギリと噛み締める。

「そういうことか……！」

チョーサーは己の罪をアルバートに擦りつけるつもりなのだ。

「そんなことをしても無駄だ。俺が犯人ではないという証は女王陛下自らが示してくださるはずだ！」

アルバートにとって義母は、共謀するどころか敵対していた相手だ。大司教と女王が証人になってくれる。だがチョーサーはその反論にせせら笑っただけだった。

「女王陛下はもう、僕に逆らわなくなるよ。それこそ、人が変わったように、ね」

意味深長な物言いに、アルバートは眉間に皺を寄せた。それはどういう意味かと訊ねる間もなく、チョーサーが言葉を続ける。

「それと、君が犯人だという証拠は、いくらでも作れるんだよ、アルバート。国境警備軍は数年前から僕の手の内だ。己の保身のために、証拠を捏造してくれる連中は山ほどいる。ほら、そこで剣を構えている男に見覚えがあるだろう？　警備軍の左翼士官長様だよ。君が冤罪だと分かっていても、こうして捕らえるために協力してくれているんだ」

言われずとも、最初見た時に分かっていた。アルバートはこの士官長の上司なのだから。

「部下に剣を向けられているこの現状が、君の力量ということだよ。残念だねぇ」

気の毒そうに言ったチョーサーを、アルバートは睨みつける。

「お前の目的はなんだ、チョーサー」

その問いに、チョーサーは真顔に戻って首を傾げた。

「目的？　それはなんの目的を訊いているんだい？」

逆に問い返され、アルバートは口元を歪める。確かに、チョーサーの行動には不可解な点がいくつもある。

「まず、フィニヨンに金を横流しする目的。フィニヨンは既に滅びかけている小国だ。そんな小国に恩を売って、このナダルになんの利があるというのか」

アルバートの挙げた疑問に、チョーサーは面白そうな表情を浮かべて頷いた。

「うん。――それから？」

余裕綽綽な態度に、この野郎、と内心で毒づく。だがチョーサーが興味を示している間は殺されることはないはずだ。

（考えろ。この状況を打開するための方法を）

生き延びてシャーロットをこの腕に抱くまでは、死ぬわけにはいかない。

アルバートは必死に頭を回転させる。何か方法があるはずだ。チョーサーの手下は全部で五人。短剣で軍人五人を倒せるかと問われたら、残念ながら自信はない。

「この山を掘った目的だ。何故バレる危険を冒してまで、新たな採掘穴を掘ったのか。目的は金の採掘だけではないんだろう？　国境警備軍を掌握していたお前なら、新しい穴を掘らなくても金は手に入ったはずだ」

「なるほど。他には？」

にこやかにチョーサーが促した。

その笑顔をもう一度睨みつけて、アルバートは問いかける。

「そして、ペンブルック公爵令嬢を娶ろうとする目的だ。お前が欲しいのは彼女ではない。シャーロットだけのはずだ」

チョーサーの笑みが凍りつくのが分かった。顔から表情が抜け落ち、余裕そうだった眼差しが険を孕む。

「貴様ごときが彼女の名を呼ぶな、駄犬め」

吐き捨てられた声は地を這うように低かった。

チョーサーが醸し出した殺気に、部下たちが一様に蒼褪めている。

アルバートはその殺気を受けて、肌がチリチリと痛いほど粟立っていた。だが同時に、笑い出したくもなった。

チョーサーから初めて余裕を失わせることができた。
ク、と抑え切れなかった笑みが喉から零れる。
「いつもの余裕はどこへやった、摂政閣下。やはりシャーロットが、本当の目的というわけだな」

この男の目的は、ただ一つ——シャーロットだ。アルバートはそう確信した。

恐らく、アルバートが挙げた全ての疑問の答えは、そこに行き着くはずだ。

「ははは！」

アルバートは笑い声を上げた。愉快だった。ようやく突破口を見出した気分だ。

アルバートにとって、これまでチョーサーは得体の知れない化け物だった。その行動には不可解な点が多く、理解に苦しんだからだ。権力に固執しての行動なのか、シャーロットに執着しての行動なのか、判別がつかなかったせいだろう。この男がシャーロットに恋慕していることは分かっていたが、権力欲の方が強い可能性もあった。

だがこれで、チョーサーの行動原理がシャーロットへの恋慕だと分かった。

(目的が分かれば、チョーサーの思考を追いかけられる！)

つまり、先回りもできるということだ。

アルバートが笑ったのを、自分を馬鹿にされてのことだと思ったのか、チョーサーが唸り声を出した。

「貴様、殺してやる……！」

「やれるものならやってみろ」

アルバートは不敵に笑う。不思議と、もう目の前の男を怖いとは思わなかった。

狂人だとは思う。だが、自分とて同じ穴の狢(むじな)だ。

恋い焦がれた女を手に入れるために、無茶をしている。月を欲しがる子どものようなものだ。他の人間からしたら、充分に狂っていると言えるだろう。

(同じ穴の狢だからこそ、分かることもある)

笑うアルバートに苛立つチョーサーが、手下どもに「やれ」と短く命じる。

巨体の士官長が斬りかかって来るのを避けながら短剣で応戦するアルバートに、先ほどまでの余裕はなくなっていた。

人を殺す訓練をしている武官相手に、ほぼ丸腰で応戦しているのだから、当然だろう。

(だが、俺はここでは、絶対死なない……!)

激しく斬りかかって来る剣筋を目で見極め、すんでのところで躱していく。長剣を手にしている敵に対し、己の得物は片刃の短剣である。間合いを詰めなくては斬りかかることもできない。相手が振り被り剣を振り下ろした瞬間にその懐に入り込もうと試みるが、腐っても軍人、すぐさま体勢を立て直されるので、こちらは再び間合いを取るしかなくなる。運動量が相手の倍以上であるため、長期戦になればこちらの分が悪くなるのは明白だ。

その時、場違いな歌声が聞こえて、アルバートは耳を疑ってしまう。

目の前で死闘が繰り広げられている中、チョーサーが歌い始めたのだ。

(――こんな時に……! 歌なんか……!)

鼻先をかすめる剣先を避けながら、アルバートはできることならあの頭を蹴り上げてやりたいと思う。

だが苛立つ耳にも、歌声は響く。

「兄神メテルは勇猛果敢。妹神ナユタは妍姿艶質。ああ、素晴らしき二柱の神が、ナダルの大地にお生まれになりました。おお、祝福せよ、祝福せよ」

(――『神々の歌』……?)

独特の節をつけて歌われるその歌は、子どもでも知っているナダル国の建国史の一節だ。

『閣下は機嫌が良いと、よく「神々の歌」を口ずさむんだ』

同僚のリックがそう言っていた記憶が蘇った。

何故今この時にその歌を、と気を取られた一瞬の隙を、士官長は見逃さなかった。

鋭く突き出された剣先にハッとして、咄嗟に身を捻ったものの、右の脇腹がカッと熱くなる。

ガクリ、と膝が落ちた。

「……ッ、く、そッ……！」

毒が塗られているのだとすぐさま分かった。

斬られたばかりで痛みは感じないが、傷口からじわじわと広がる不快感は神経性の毒の特徴だ。ぐらり、と視界が揺れた。即効性の、かなり強い毒だ。

（——ああ、嘘だ、やめてくれ……！）

遠のく意識を必死で繋ぎとめようとするが、既に声を出すことができず、掠れた吐息が漏れるだけだった。

（シャーロット……！）

視界が霞む中、なおもチョーサーの歌声が鼓膜を揺らす。

「双子の神が兄妹喧嘩。おお、大変だ、大変だ。お空は雷、風ごうごう。お山は揺れてまっぷたつ。みんなが泣いて困ったので、メテルはナユタを大地に埋めました。そしてナダルの王様になったのです。おお、祝福せよ、祝福せよ——」

＊　＊　＊

要塞からエヴラール城に到着した女王一行は、家令に出迎えられることになった。

「――エヴラール侯爵はどうしたのだ」

女王の当然の問いに、若い女性の家令は恐縮し切って頭を下げる。

「申し訳ございません。我が主は、急用ができたとのことで席を外しております。もう間もなく戻って来ると思うのですが……！」

アルバートの顔を見られると思っていたシャーロットは大いにがっかりしたが、今回は急にエヴラール訪問を決めたため、領主である彼には大変な思いをさせているだろうことは想像に難くない。溜息を堪え、蒼褪める家令に掌を振って言った。

「よい、気にするな。急な訪問であったゆえ、侯爵も大変であったろう。私も、長旅で少々疲れてしまってな。休める部屋へ案内を頼めるか」

そう言うと、家令はホッとした顔になって「もちろんでございます」と頷く。その顔を改めて見て、シャーロットは見覚えがあることに気がついた。

「おや、お前……確かアル……、いや侯爵の乳姉弟の」

前侯爵を寝室で守っていたあの娘だ、と思い出し、シャーロットは微笑んだ。家令らしく機能的で地味な装いではあるが、以前よりも顔色が良くなり、活き活きとしている。

（それはそうでしょうね。あの時は尊敬する人物の遺体の世話を何年も続けていたのだから……)

姉弟同然に育った人を裏切り、恩のある主を殺されるかもしれないと怯える毎日――さぞや辛い日々だったに違いない。

主の遺体が腐らないように術を施したと言っていた。普通ならばまだ年若い娘が考え付かないような方法も、前侯爵夫人に追い詰められ極限状態になり、何かしなくてはと思い込んだ結果なのだろう。

だがそのおかげで、アルバートが生前とほぼ変わらぬ姿の父と対面できたのだから、この娘には感謝の気持ちが湧いてくる。

家令は感激したように頬を赤らめ、「はい」と深々と頭を下げた。

「その節は、陛下には本当にご厚情を賜り……心より御礼申し上げます……!」

「いや、私は何もしておらんよ。このエヴラール家が正しき道に戻れたのは、今の侯爵が努力をしたからだ。お前たちがよく侯爵に仕えているので、きっと彼も助かっていることだろう」

この城の中の人員はアルバートによって大幅に変更されたと聞いている。以前からいた者はごくわずかと言っていたから、その内の一人がこの家令なのだろう。女王の労いに、使用人たちは一様に頭を下げた。

寝室に案内されたシャーロットは、マチルダの手を借りて旅装を解いた後、パタリと寝台に身を預けて目を閉じる。じんわりとした疲労が全身に纏わりつくようだった。

「お疲れ様でございます、陛下」

マチルダの声に瞼を開くと、シャーロットの脱いだものを畳む従妹の顔にも、疲労の色が見られた。

「私のことはいい。お前も少し休みなさい。夕食までにはまだ時間があるだろうから」

そう促したが、真面目なマチルダは頷かない。苦笑しつつ、「私が少し休みたいのだよ」とシャーロットが言うとようやく自室に下がっていった。

その可憐な姿がドアの向こうに消えるのを見送っていると、入れ替わりにローガンが入って来た。彼にも休めと告げたが、マチルダ同様、生真面目なローガンが頷くはずもない。

「マチルダの方を見てやってくれ。チョーサーが何か仕掛けてくるとすればあちらだろう」

マチルダを護衛している侍女を王城に置いてきたので、彼女の守りが手薄なことを知っていたローガンは、「了解いたしました」と頷いて部屋を出て行った。

やれやれと再び瞼を閉じる。慣れない馬車での旅に疲れたのもあったが、緊張感からの精神的な疲労が大きかった。

(一体何を仕掛けてくるのか……)

チョーサーの目論見に乗ってエヴラール入りしたのだ。必ず何か仕掛けてくるはずだと踏んでいるが、その内容が予想できないため常に注意を払っていなければならない。

寝台の心地よい柔らかさに再び瞼が下りかけた時、ささやかなノックの音と共に「失礼いたします」と声がした。許可の声を上げると、先ほどの家令が顔を覗かせる。

「どうした」

「――はい。陛下がお疲れのご様子でしたので、疲労回復の効果がある香をお持ちしたのですが……」

眠りかけていた時だったので、少々煩わしいなと思いつつも、せっかくの厚意を無下にするのも忍びないと思う。

（ああ、そういえばこの娘は外国の施術に詳しかったわね……）

前侯爵の遺体を腐らせずにおく術を施していたあの部屋も、薬品の匂いがきつかった。だがあれほどの技術のある者なのだから、疲労回復というのも嘘ではないのだろう。

なにより、アルバートの乳姉弟だ。子どもの頃の彼の話を聞けるかもしれない、などという下心がむくりと湧いてきてしまった。

「あの、無理にとは申しません。差し出がましいことを――」

シャーロットの沈黙を不快と捉えたのか、家令が口早に言って立ち去る気配を見せたので、シャーロットはヒラヒラと手招きをして言った。

「いや、ではその香とやらを焚いてもらおうかな」

「――は……はい……」

喜ぶと思ったのだが、シャーロットの返事を聞いた途端、家令の表情が蒼褪めて見えた。

（……緊張しているの？）

確かめようとしたが、家令は既に後ろ向いて香の準備を始めてしまった。

やがてふわりと漂ってきた匂いに、シャーロットは寝台に仰向けになったまま深呼吸する。

「——ああ……甘い匂いだな……」

シャーロットは呟いた。いい匂いだと思う。だが少々甘ったるい。あまり嗅ぎすぎると気分が悪くなりそうだ、もう充分だと口にしようとして、唇が動かないことに気がついた。

（——私は眠ってしまったの……？）

それほど疲れていたのだろうかと夢うつつの中で思う間も、四肢が鉛のように重くなっていく。おかしい、と焦る危機感は、猛烈な睡魔に押し流され霧散していってしまった。

これが香のせいだと思い至った時、家令のすすり泣く声が微かに聞こえた。

「——お許しください……陛下……！　アルバート様……！」

その声を境に、シャーロットの意識は闇に沈んだ。

＊　＊　＊

唇に冷たい物が当たる感触に、アルバートは意識を浮上させた。

（……俺は……眠っていた？）

ぼんやりとする頭で状況を把握しようとすると、また唇に冷たい感触がする。

「飲め」

短く命じる声に、聞き覚えはない。誰だろうかと考えて、ゆっくりと瞼を開いた。霞む目に映ったのは、顎髭だった。むさ苦しいな、と思ったが、更に瞼を押し開けて目を剝いた。

その顔が、自分を斬りつけた士官長のものだったからだ。

アルバートが警戒したのを見て取ったのか、男が「大丈夫だ」と囁いた。

「これは解毒剤だ。飲めば数分で動けるようになる」

言われて、唇に押し当てられているのが解毒剤だと理解する。

アルバートは士官長を睨みながらも、それを啜り上げて嚥下した。酷く臭く、苦い味に眉根が寄る。

「枷を外すぞ」

そう言って、士官長は手にした短刀で、アルバートの手と足を縛っていた縄を切ってくれた。

しばらくすると、士官長の言った通り、徐々に四肢の痺れが取れていき、自力で起き上がれるようになった。斬られた腹を見ると、手当てしてくれたようで、包帯が巻かれてある。

「裏切られたのかと思ったぞ」

恨みがましく言えば、士官長は太い眉を上げた。

「あの状況ではあんたを斬るしかなかった。さもなきゃ俺が殺されていただろうからな」

しれっと言われ、アルバートはムスッとしつつも納得する。この士官長はアルバートの仲間だ。あの場にいたチョーサーの手下は、士官長の他に四人もいた。二対四で、そのうちアルバートは短剣しか持っていないとなれば、なかなか厳しい戦況だ。分かってはいるが、斬る必要はあったのかと言いたい。

「腹が痛い」

斬られた箇所がズキズキとするので文句を言うと、士官長は「薄皮斬っただけじゃねえか。軟弱だな」と皮肉っぽく笑った。確かに致命傷にはまったくならない程度の傷である。

「とりあえず、ここを出るぞ」

「ここはどこだ？　国境警備軍の屯所か？」

「そう、その牢屋さ。いいから早くしろ。あんたのお仲間が痺れを切らして待ってる」

士官長は言いながら、アルバートの手を引っ張って立ち上がるのを助けてくれた。

この士官長は、金の横流しをしていたのがチョーサーに見つかり、脅されて手足となっていた男だった。郷里の父が拵えた借金を肩代わりしたことで金に困っての犯行だったが、本来の気質としては篤実な男であったため、チョーサーのやり方に不満を抱いていたのだ。

そこでアルバートが借金の肩代わりを申し出て、二重間諜になってくれないかと依頼したところ、やる気満々で承諾してくれたのだ。

あの時、チョーサーが連れている者の中に士官長の顔があってホッとしたものの、その彼に斬りかかられたことで裏切られたのかと思ってしまったが、そうではなかったようだ。

士官長に支えられるようにして外に出ると、予想通りブレイズが待っていた。

「ブレイズ！　無事だったんだな！」

「当然だろう」

再会を喜ぶ間もなく、人気のない森に移動したブレイズが、険しい顔で言った。

「お前が捕まっている間に、陛下が行方不明になられた。近衛騎士のローガン殿が必死で捜索をしているが、まだ見つかっていない」

アルバートは「くそ」と悪態を吐く。

「チョーサーだろうな」

その言葉に、ブレイズが首を捻った。

「陛下を攫って、摂政になんの得があるんだ？」

「摂政じゃない。チョーサーに得があるんだよ」

説明しても、ブレイズたちは怪訝な顔のままだ。

そうだろうな、とアルバートは苦く笑った。恋情から一国の女王を攫うなど、狂った男でなければ理解できないことなのだろう。

（――だが、俺なら理解できる）

アルバートは前を見据える。

「状況を整理しよう。女王陛下が攫われ、今近衛騎士が捜索している。摂政は何をしているんだ？」

アルバートの問いに、ブレイズが腕組みをして答えた。

「それが、女王陛下の不在を民に知らせれば混乱を招くと言って、明日の御前試合は決行すると言っているらしい。陛下の従妹である公爵令嬢を身代わりに仕立てると言っていたそうだ」

「なんだと?」

とんでもない話に眉を顰めたアルバートは、次の瞬間、頭の中でパズルのピースがカチリと嵌まったのを感じた。

「——そうか……! そういうことか!」

ハハ、と乾いた笑いが漏れた。

訳が分からず怪訝な顔でいるブレイズと士官長に、アルバートはニヤリと口の端を上げた。

「とりあえず、ローガン殿と合流したい。できるか?」

「あ、ああ……」

アルバートの要求に、戸惑いつつもブレイズが応じてくれる。

森の中に隠しておいた馬に飛び乗ると、ブレイズの後について走らせた。

馬上で風を切りながら、アルバートは呟く。

「待っていろ、チョーサー」

お前の目論見ごと、引っ繰り返してやろう。

＊　＊　＊

誰かが歌っている。

よく知っている歌だ。この国の建国史を歌った、誰もが知る童謡。

『双子の神が兄妹喧嘩。おお、大変だ、大変だ。お空は雷、風ごうごう。お山は揺れてまっぷたつ』

ひどい歌だな、とシャーロットは思う。

兄妹喧嘩で雷が鳴り、嵐が起きて、山までまっぷたつなんて、どれだけ力があるのだ。

――兄妹喧嘩、めいわくだね！

思わずそんな文句を言うと、歌っていた少年は驚いたように目を丸くして笑った。

そしてまた続きを歌う。彼の柔らかそうな鳶色の髪が、図書室の窓から射し込む陽の光に透けていた。

(――ああ、これは、王宮の図書室だわ)

そして今自分は幼い頃の夢を見ているのだと、シャーロットは自覚する。

少年はチョーサーだ。年はまだ十七歳かそこらだろう。子どもの頃、チョーサーは成長が遅く、十八歳を過ぎて急に背丈が伸び始めたのだ。これはまだ背が高くなる前のチョーサーだ。あどけなさが色濃く残っている。

『みんなが泣いて困ったので、メテルはナユタを大地に埋めました。そしてナダルの王様になったのです。おお、祝福せよ、祝福せよ――』

　そのフレーズに、シャーロットはますます顔を顰めて呟く。

　――わたし、メテル、きらい。

　たかが兄妹喧嘩で、妹を土に埋めるなんて、とんでもない輩である。腹違いの兄たちに事あるごとに虐められる自分にしてみれば、ナユタが自分のように思えて、可哀そうで仕方ない。

　ぶすっと膨れ面になったシャーロットの頬を、チョーサーの手がムニと摑んだ。

『そんな膨れ面をしていたら、せっかくの可愛いお顔が台無しだよ、ロッティ。どうしてメテルが嫌いなの？』

　問われて、シャーロットは勢いよく説明する。

　喧嘩をしたからといって妹を土に埋める兄の非道さ、喧嘩は両成敗であるはずなのに、ナユタだけ罰を受けるのは不公平であること、そして妹を土に埋めた挙げ句、自分が王の座に座るメテルの狡猾さなどを滔々と訴えた。

　チョーサーは黙ってシャーロットの意見を聞いていたが、聞き終わると彼女の手を引いて、ある本棚の前に連れて行った。

　そしてその棚から一冊の分厚い本を取り出し、開いてみせた。

『これはね、ナダル王家の血統図。君のご先祖様のことが全て書かれているんだよ』

　へえ、とシャーロットは興味深く本を覗き込む。たくさんの人の名前が書かれてあり、それらが線で繋がれている。だがこれがどうした、と思う。先ほどまでの話題から逸れてしまっていて、なんだか誤魔化されたようで面白くない。シャーロットは子ども扱いされるのが好きではなかった。

そう思っているのがバレたのか、チョーサーが苦笑いをしてシャーロットの頭をポンポンと叩く。

『メテルは君のご先祖様なんだよ、ロッティ』

えっ、と仰天してシャーロットは顔を上げる。その顔にクスクスと笑い、チョーサーが本の別のページを開いた。

『ほら、ご覧。ナダル王国建国の祖、メテル・ロワイエ・トー・ウェイン・ナダル。ちゃんと書かれてあるだろう？』

そこには本当にそう書かれてあって、シャーロットは愕然とする。嫌いなメテルが自分のご先祖だったなんて、ショックが大きい。

半泣きになるシャーロットに、困ったものだと言わんばかりに肩を竦め、チョーサーはメテルの名前の隣を指した。

『そして、ナユタは彼の妻。ナーユター・グエン・ティト・ルー・ナダル』

教えられてシャーロットは混乱した。チョーサーの言う通り、確かにメテルの妻の覧にはその名がある。

――そんなのおかしいよ！　ナユタはメテルの妹でしょう？　兄妹は結婚できないはず

だもの！

　声高に主張したが、チョーサーは首を傾げるだけだった。

『昔はよくあることだったんだよ。兄と妹、姉と弟、叔父と姪や叔母と甥が結婚するのは珍しいことじゃない。時には親子ですら番（つが）ったんだ。メテルとナユタだけじゃない。古いナダル王家は血統を重んじたから、王家の者は皆近しい者を伴侶に選んだ』

　チョーサーは血統図をそっと掌で撫でながら言った。どこかうっとりとしたその表情に、シャーロットはわけもなく逃げ出したくなって、モゾモゾと身動（みじろ）ぎを繰り返す。

　――でも、だって……そんなの、おかしい……。

　なおも繰り返すシャーロットに、チョーサーは笑った。

『大丈夫。王家にはとっておきの魔法があるんだよ。きょうだいを、きょうだいじゃなくする方法がね』

　そんな方法があるのか、とシャーロットは唖然とする。まさに魔法だ。

　興味津々の彼女に、チョーサーはニコリと微笑みかけた。

『大地に埋めるのさ。歌にあっただろう？　メテルはナユタを大地に沈めた。そうすれば妹は妻となるんだ』

　意味が分からず、シャーロットはますます混乱する。

　大地に埋めるとは、生き埋めにするということだろうか。それは即ち殺すということなのではないだろうか。そもそも土に埋まったからといって、血の繋がりがなくなったりするだろうか。

　うんうんと唸るシャーロットをよそに、チョーサーはうっとりと喋り続けた。

『きっと、ただ大地に埋めるんじゃないのだろうね。多分、歌は何かの暗喩だろう。もしかしたら通過儀礼の一種なのかもしれない。だがともかく、大地に埋めれば、妹は妻になるんだ』

　先ほどと同じ言葉を繰り返すチョーサーを、シャーロットは薄気味悪く眺めた。

　どうしてそこまでして妹を妻にしなくてはならないのか。妻なら他から選べばいいのだ。

　チョーサーが何故そんなおかしなことを言っていたのか、うっすらと理解できたのは、その数年後のことだった。

　チョーサーの父であるランズベリー公爵が亡くなったのだ。

　夫を喪った悲しみから気が動転していたのか、チョーサーの母がある秘密を洩らしたのを、シャーロットは偶然聞いてしまった。

　その時の記憶が蘇りそうになり、シャーロットは苦悶に顔を歪める。

　頭が痛い。吐き気がする。

　鼓膜に響くのは、またあの歌声だ。

「兄神メテルは勇猛果敢。妹神ナユタは妍姿艶質。ああ、素晴らしき二柱の神が、ナダルの大地にお生まれになりました。おお、祝福せよ、祝福せよ――」

歌声が鼓膜を打つ感覚に、シャーロットはバチリと目を開いた。

一瞬夢なのか現実なのか判断できず、だが頭を穿たれるようなズキズキとした痛みに、これが夢ではないのだと確信する。

目に映るのは天蓋だ。ここは寝台で、自分は仰向けに寝かされている。だが天蓋の模様に見覚えがないので見知らぬ場所なのだろう。

（私はどこで眠ったのだった？　——エヴラール城だわ。そうだ、あの家令が焚いた香が……）

頭の痛みを堪えながら記憶を探り、状況を把握する。

あの香に催眠作用があったのだろう。思い返せば、部屋に入って来た時の家令の様子はおかしかった。大方脅されて薬を盛ったというところだろう。

（だとすれば、脅したのは当然——）

そう考えていた時、頭の中に浮かんだその男の声がした。

「お目覚めかな、ロッティ」

溜息を吐きたい気分で、シャーロットは声の方に顔を傾ける。

寝台のカーテンは開かれていて、寝室と思われる部屋の様子が一望できた。

寝台の脇にある窓の傍に椅子を置き、そこに腰かけているチョーサーは、外を眺めながら先ほどの童謡を歌っていたらしい。

窓からの陽光に鳶色の髪が金色に透けて見える様子は、夢の再現でもされているかのようで、シャーロットは眉根を寄せた。

あの頃の自分はまだチョーサーを慕っていた。

だが美しかった過去の残滓に惑わされている場合ではない。

シャーロットは身体を起こそうとしたが、四肢を動かすのにもひどく苦戦を強いられた。

(身体が重い……薬の副作用かしら)

舌打ちしたい気分になりながら、それでもなんとか起き上がると、チョーサーが「おやおや」と言いながら椅子から立った。悠然とした足取りでシャーロットのいる寝台に近づくと、彼女の隣に腰かけた。

「よく起き上がれたね。まだ薬が効いている頃合いだと思うんだけど」

首を傾げながらぬけぬけと言うので、シャーロットは今度こそ舌打ちをする。

「近寄るな、痴れ者」

「……冷たいなぁ」

吐き捨てるように言った拒絶にも、チョーサーは残念そうに肩を竦めるだけだ。穏やかそうに見えるが、その一挙一動に隠し切れない喜びが垣間見える。この状況に至極満足しているのが分かった。

「何故私に薬を盛った。ここはどこだ。何を企んでいる?」

矢継ぎ早の質問に、チョーサーはフフッと小さく噴き出す。

「ロッティは相変わらずせっかちだね。結論を急ぎすぎるのは悪い癖だ。せっかく二人きりなのに、もっとゆっくり楽しもうよ」

「誘拐犯と何を楽しめと言うんだ？」

睨みつけて一蹴すると、チョーサーは一瞬口を噤んだ後、にこりと目を細めた。

「――ああ、誘拐されたことは分かっているんだね」

あっさりと認めたチョーサーに、シャーロットは眉間の皺をさらに深くする。

何か妙だ、とじわりと恐怖が背中を伝った。

チョーサーにいつもと違う余裕がある。これまで彼はシャーロットには、形だけであっても「臣下」として接していて、二人きりになっても砕けすぎた言動はしなかった。シャーロットがその一線を越えることを許さなかったからだ。

だが今のチョーサーは、その一線を越えている。まるでシャーロットが女王になる前に戻ったかのような態度だ。

「……貴様、何をした？」

シャーロットの低い問いに、チョーサーが堪え切れないといったように、にたりと口の端を吊り上げる。

「ロッティ、僕はあの時、間違えたんだ。それに気づいたから、ようやく正したんだよ」

意味の分からない答えが返ってきて、シャーロットは黙って目の前の男を睨み続けた。

（あの時も何も、お前のやって来たことは間違いだらけではないの）

と言ってやりたい気もしたが、下手に刺激したくないのでやめた。チョーサーと二人きりで、しかも誘拐を認めたということは、恐らくしばらくここに助けは来ない。おまけに今シャーロットの身体は薬物の影響で上手く動かないのだ。

沈黙を静聴と捉えたのか、チョーサーは上機嫌で語り出す。

「僕は君を守らなくちゃいけないと思っていた。王座が一番安全な場所だと思っていたんだ。君を殺そうとするあの無能なばか王子どもを皆殺しにして、君を女王に据えれば安全なんだと。でも、それじゃあだめだったんだ」

チョーサーの言っていることは事実だ。彼はそうやってシャーロットの安全を確保してくれた。だからシャーロットも、彼は自分を守るために悪事に手を染めているのだと認識していた。自分もこの従兄と同罪だ。

「……何がだめだったと言うんだ？」

できることなら、この男を切り捨てたくなかった。

チョーサーはシャーロットのために、いや、シャーロットの代わりに多くの人を殺した。多くを企み、人を陥れ、破滅へと導いてきた。

本来ならば自分がやるべきことだったのだと理解したのは、情けない話、ここ数年になってからだ。子どもであったことは理由にはならない。王として立った以上、自分の肩にはその重責が圧し掛かっているのだから。その重責をチョーサーに肩代わりさせておいて、自分だけが身綺麗なままでいることは、シャーロットの矜持が許さない。

「私は、お前と立ちたかったよ、チョーサー。この国を背負い、民のための良い国作りを、お前と共にしたかったのだ。それなのに、何故……我々は、どこで道を違えたのだ……？」

悔しくて、絞り出すような声になった。

シャーロットの言葉を、チョーサーはうっすらと笑んだ表情で見ていたが、やがて口を開く。

「最初からだよ、ロッティ。僕はね、この国のことなんかどうでもいいんだ。僕の目的は、ずっとただ一つ——君を手に入れる、それだけなんだから」

シャーロットは目を閉じた。

それは聞きたくない言葉だった。だが、分かってもいた。チョーサーが自分に向ける執着の中身を知っていて、ずっと見ないふりをし続けてきたのだから。

「僕は君が欲しかった。赤ん坊だった君を初めて見た時から、君を愛していた。はじめから、君を僕の妻にしようと思っていたんだ」

夢見るような口調で言うチョーサーに、ぞわりと嫌悪感が湧き上がる。

「……チョーサー、やめろ」

弱々しい制止の声が聞こえないのか、チョーサーは止まらなかった。

「君が大きくなるのを待っていた。だがそのうちに王が死に、あのばかどもが争い始めた。自分たちだけで殺し合っていればいいものを、君にまで手を伸ばしてきたから仕方なく殺したよ。殺しても殺してもキリがなくて、いっそ全員殺して君を王位に就ければと思った。だけどそしたら今度は君が遠くなった。本末転倒だよね。君を手に入れたくてやってきたのに、君は良い女王になることばかりに目が行って、僕を摂政としてしか見なくなってしまったんだから」

チョーサーはそこで一旦言葉を切って、詰るような眼差しをこちらに向ける。シャーロットは眇めた目でそれを見返した。

「チョーサー、やめろと言っている！」

怒りを含んだ制止にも、チョーサーは怯まない。

蒼褪めたシャーロットの顔に手を伸ばし、その頬に触れようとすらしてきた。

重たい手を必死に動かしてそれを払いのけると、チョーサーは余裕からか、それ以上無理強いはしなかった。

「それでも良かったんだ。君が僕を王配に選んでくれるなら。でも君は選ばなかった」

「チョーサー！　私とお前は血の繋がった兄妹なのだ！」

堪らず、シャーロットは叫ぶ。

決して口にはしてはならない秘密だった。

叫んだ秘密は部屋に響き、一瞬の沈黙を生む。

シャーロットはチョーサーの顔を見た。チョーサーは表情を変えない。うっすらと微笑んだまま、こちらを見下ろしている。

「……知って、いたんだな……？」

男の薄い色の目の中にある凝った狂気の色を見て、シャーロットは自分の予想が正しいことを知った。

そうでないことを祈っていた。チョーサーが真実を知らないのであれば、唯一の希望になるのではと期待していたのだ。

絶望から苦悶の表情を浮かべるシャーロットを見て、チョーサーは軽く首を傾げた。

「君も知っていたんだね、シャーロット。——僕が前王とその実姉との間に生まれた子だということを」

シャーロットは再び瞼を閉じる。

「——ああ。叔父上……前ランズベリー公爵が亡くなられた時に、叔母上が侍女と話しているのを、偶然聞いてしまったのだ」

夫を喪った悲しみに錯乱する叔母は、半狂乱で泣き叫びながら言ったのだ。

『この人を喪って、あの罪深い養い子をどうやって育てていけばいいの！　近親相姦の果てに生まれた忌まわしい悪魔の子よ！　王の子でなければ、どこかへ捨ててしまえるのに！』

父王には、若くして修道院に入り、病で早逝した実の姉がいたのは知っていた。

先々代の王には父とその姉しか子ができず、他国に嫁ぐことを望まれていたのに、神の道を選んで死んだ王女を『役立たず』と罵る声もあった。だがそれを知った父が激怒し、罵った者を処刑したため、以来その王女を悪く言う者はいなくなったのだと。

チョーサーはその王女と父の間にできた子なのだろう。そしてそれを隠すために、王家に近いランズベリー公爵家に養子に出された――。

幼いシャーロットには衝撃的すぎる内容で、ドアをノックする手を止めてその場から逃げ出した。それが誰にも漏らしてはならない秘密だと、幼心に分かっていた。王家の醜悪な秘密が暴露されて起こる騒動よりも、チョーサーが心を痛めることの方が怖かった。

だが同時に、幼い日に王宮の図書館で、ナダル王家の血統図を見ながら話すチョーサーの姿を思い出した。ナダル王家の始祖が双子の兄妹神だったということを、うっとりと話して聞かせてきたチョーサーの顔が頭に浮かび、ゾッとしたのを今でも忘れられない。

(王家の血は、呪われている……!)

チョーサーの言う通り、近親婚を好んで繰り返してきたのだとすれば、この王家の血は呪われているとしか思えない。その血が己にも流れているのかと思うと、身の毛がよだった。

呪われた王家など滅んでしまえばいい――そう思ったこともある。だが王家が滅べば国が荒れる。争いが起これば苦しむのは民だ。何も悪くない民を、己の自暴自棄で苦しめるわけにはいかない。だからシャーロットは女王として立つことを選んだ。自分の王配には、より血の遠い者を選ぶことを決意したのもこの時だ。

これ以上血を濃くしてはいけない。それは人の道に悖ることだからだ。

「チョーサー、お前は自分の出自から、複雑な思いを抱えているのだろう。私には想像もつかないような苦悶だと思う。だが、真実を知っているなら分かるはずだ。私とお前は、父を同じくする兄妹だ。お前を王配にすることは――」

「あははははは！」

なんとか今の状況を打開するために、シャーロットが懸命に話している途中で、チョーサーが高らかに笑い飛ばす。

「苦悶だって？　ばかだなぁ、ロッティ。僕には今生きている人の中で最も濃いナダル王家の血が流れているんだよ。ナダルの始祖――メテルとナユタ、神々に最も近い血だ！喜びこそすれ、苦悶などするはずがないだろう！」

「――な……」

曇り一つない晴れやかな笑顔で言われ、シャーロットは絶句した。

だめだ、と理解する。いや、理解させられた、と言えばいいだろうか。この男には、シャーロットの理屈は通用しない。チョーサーの中には己の理屈しかない。それ以外は必要としていないのだ。

「僕はメテルなんだよ、ロッティ。そして君は、僕のナユタだ」

チョーサーは子どもに言い聞かせるような口調で言った。まるでその与太話が真実なのだと言わんばかりだ。

（――まずい。これは、とんでもなくまずい……！）

シャーロットは今更ながら己の身の危険を実感して臍を噛む。

（これほどまでに正気を失っていたとは……！）

自分のためにその身を犠牲にする可哀そうな兄――これまでそんな申し訳なさと、憐憫を抱いていたのだ。チョーサーの倫理観を信じたいという希望を捨て切れなかった。

「お前は狂っている、チョーサー！」

シャーロットが叫ぶと、チョーサーは困った者を見るような眼差しになって、シャーロットの顎を摑む。

「触るな！」

打とうと翻した手は、チョーサーに摑まれた。そのまま背中に捻り上げられ、シャーロットは痛みに歯を食いしばる。この男の前で泣き言など、決して言いたくはなかった。

そんなシャーロットの耳に口を近づけ、チョーサーが囁く。

「触るな、ね。そういう女王然とした態度は、もう効かないよ、ロッティ。君はもう女王じゃない。君の代わりに、可愛いマチルダが女王になってくれたからね」

「――なんだと？」

仰天するようなことを言われ、シャーロットは目を剝いて聞き返す。

チョーサーがニタリと笑う。嬉しくて堪らないといった、悪戯が成功した時の子どものような顔だ。

「君とマチルダを入れ替えたんだよ。あの子は君とよく似ている。銀の髪、青い目、そして華奢で愛らしい容姿。あまり表に出てこない女王の顔をよく知る者は少ない。マチルダが君と入れ替わっても、気づく者はほとんどいない」

「——ハッ、何をばかな！　そんなこと、気づかれるに決まっているだろう！」

確かに会ったことのない者なら分からないだろう。だが、ローガンは気づく。ユリウスだって、王宮に勤める者であれば誰だって気づくはずだ。

シャーロットの言いたいことが分かっているのか、チョーサーはおかしそうに首を横に振る。

「マチルダと君の入れ替わりに気づく者は、ほんの少し。そしてそれを主張する者はもっと少ないよ。だってこの僕がマチルダを『女王』だと認めるんだからね。さあ、皆はどちらを信じるだろうね？」

シャーロットは反論しようとして口を開き、だが何も言えずに歯軋りをした。

チョーサーの言っていることは現実だ。今このナダル王国の実質上の王はチョーサーだ。お飾りでしかない女王が入れ替わったとしても、誰も文句は言えまい。

「貴様、元々そのつもりで、マチルダに近づいたのか！」

唸るように問うと、チョーサーはクスクスと笑って頷いた。

「当たり前だろう？　君に似ている以外にあの娘に価値なんてないよ。もしかして本当に僕があの娘を好きだと思ったかい？　安心して。僕が好きなのは君だけだ」

世迷い言を、と吐き捨てたくなったが、それよりも、聞いておかねばならないことがあった。

「何故、マチルダの両親を殺した。殺す必要などなかったはずだ」

するとチョーサーは目を見開き、片手でヨシヨシとシャーロットの頭を撫でる。

「そんなことにまで気づいていたんだね。ロッティはやっぱり賢いな。ペンブルック公爵はなかなか結婚の許可をくれなかったから仕方なく死んでもらったんだ。彼女が成人するまでの二年なんて待てなかったんだよ。なにせ、フィニヨンが王子と君との結婚をせっついてきていたからね」

「フィニヨンの王子との結婚だと⁉」

とんでもない所に出て来た名前に仰天する。チョーサーは確かにフィニヨンの第二王子との結婚を伝えてきた。だがそれはシャーロットに対してのものだったはずだ。

「――つまり、お前はマチルダを私の身代わりとして女王に仕立て、フィニヨンの第二王子を王配にしようとしているのか！」

チョーサーがマチルダと結婚し、夫となれば、その身柄を自由にできる権利を持つ。そうしておいて、シャーロットと彼女を入れ替えれば、確かにシャーロットはチョーサーの支配下に落ちる。

「君が僕を王配にすることを拒んだから、こんな面倒なことになったんだよ。女王は王配を持たねばならない。ならば、女王を変えるしかないだろう？」

「お前は……お前は、何を言っているか分かっているのか⁉」

頭を抱えたくなった。無茶苦茶な理屈だ。だが、チョーサーは己の理屈以外を必要としない。その証拠に、シャーロットの嘆きにも真顔で返してきた。

「君が僕以外の夫を持つなんて、許されないだろう」

「それこそが許されない！　私たちは兄妹なんだぞ！」

「神々は近しい者を愛するんだ」

「私は神ではない！　お前もだ！」

「君は気づいていないだけだよ。今に自覚する」

噛み合わない会話に、シャーロットは自分がどんどん追い詰められていくのを感じた。

(何か……何か、この状況を打破する糸口はないの!?)

シャーロットは頭痛を堪え、必死に頭を回転させる。今この状況下で自分にできることは、会話を引き延ばすことだ。そして状況を細かく把握し、分析すること。

「チョーサー、ここはどこだ？　マチルダは今どうしている？　フィニヨンとの結婚は、どこまで進んでいる話なのだ!?」

「……それを君が知る必要はあるかな？」

立て続けに繰り出した質問に、チョーサーは緩く首を曲げて言った。その勿体ぶった態度に、焦りが瞬時に怒りに変わり、シャーロットは凄まじい声で怒鳴った。

「貴様、いい加減にしろよ！　私には知る権利もないというのか！」

金切り声に、チョーサーが耳を押さえて顔を顰めた。

「うわ、分かった分かった。どうせ何もできないから教えてあげよう。――ああ、それに、とても素敵な物語だしね。きっと後世にまで語り継がれる恋物語になるよ」

　また妙なことを言い出したと思ったが、今日は妙なことしか聞いていないと気づいて腹を括る。なんでも来いとチョーサーを睨みつけると、ご機嫌な顔で語り始めた。

「マチルダは今頃、君の代わりに女王としてエヴラール国境警備軍の模範試合を見学している。そしてね、試合に参加している兵士の中に、フィニヨンの王子が混じっているんだ。女王は試合の優勝者に褒美を与えることになっている。フィニヨンの王子は見事優勝し、褒美に女王の王配となる権利を求めるんだよ。どうだい、とてもロマンティックだろう？」

「――な、なんだと……!?　フィニヨンの王子が入り込んでいるのか!?　何故そんな強引な真似を!?」

　出てきた声はひどく掠れていた。バカバカしい恋物語云々よりも、その事実に啞然とする。王家の結婚はそんな子どものお遊びのような真似で決めて良いものではない。そもそもシャーロットはフィニヨンからの結婚の打診には、数年内に結論を出すと婉曲な断りを入れておいたはずだ。その上でこの愚策なのかと啞然としてしまう。

　呆然とするシャーロットに、チョーサーは皮肉っぽく口を曲げた。

「フィニヨン王家は崩壊の危機に瀕しているんだよ。形骸化した王など、革命の空気に扇動された民衆にはもう排除の対象でしかない。搾取を繰り返された民の不満は飽和状態だ。それを緩和するために、飴をちょこちょこ与えているようだが、国力が弱くなりすぎた。終焉を迎えようとしているのに、それに抗おうと必死なのさ。だからナダルの力に縋りたい。それも、少しでも早く、ね」

なるほど、とシャーロットは唇を噛んだ。フィニヨンが北の列強の革命の熱を浴びていることは知っていたが、そこまで切羽詰まった状況だったとは思わなかった。女王として己の無知さを恥じつつも、だが、と思う。

「フィニヨンが我が国に擦り寄りたい理由は分かった。だが、お前がフィニヨンに肩入れする理由はなんだ？　お前はエヴラール前侯爵夫人と組んで、金をかの国に横流ししていただろう。そこまでしてやるからには、見返りがあったはずだ。それはなんだ？」

チョーサーはシャーロットの言葉を黙って聞いていたが、やがて感極まったように両腕を広げて彼女を掻き抱いた。

「はは、本当にすごい！　君は賢い、ロッティ！」

ひとしきりギュウギュウと抱き締めると、チョーサーは気が済んだのか腕を離し、寝台から立ち上がって窓際に立つ。

「僕はね、メテルのように、君と生きる地を作ろうと思うんだ」

シャーロットは半ばうんざりとして窓辺に立つ男を見た。神を騙る狂人を相手にするのは、神経が磨り減る。陽光を浴びたチョーサーは、物語の勇者のように煌めいている。

「でも、その前に、君を大地に埋めなくてはならない」

神妙な顔でそんなことを言われ、シャーロットは「ハ」と嘲るような笑いを漏らした。

「――『神々の歌』か。私を墓穴にでも突っ込むつもりか？」

バカにした声を出したシャーロットに、チョーサーは至極真面目に答える。

「いや、山を抜けたんだよ。メテルとナユタは、エヴル山の向こうから洞穴を掘ってナダルの地にやって来た神だったんだ」

「……なんだって？」

返って来たのがあまりに意外な内容で、シャーロットは思わず訊き返した。

するとチョーサーは「調べたんだよ」と短く言って笑う。

「僕は幼い頃からナダルの建国史が大好きでね。とりわけ建国の祖メテルに惹かれた。彼を調べたくて、古文書と呼ばれる神話や民話を、ありったけ探った。するとこの国には二種類の神が存在することが分かった。一つは、メテルとナユタに代表される人の姿をした神。もう一つは、風や太陽といった自然そのものの形をした神だ。不思議なことに、自然の姿の神は悪い影響を与える悪神として語られることが多い。メテルとナユタの敵なんだ。メテルとナユタの兄妹神は最初からこの地にいたのではなく、よそからやってきた侵略者だったのさ」

なるほど、とシャーロットは感心しながらその説明を聞いていた。

建国ということは、即ちその土地を平定したということであり、その裏には平定された者たちが存在するはずだ。二種類の神というものが侵略した側とされた側を象徴しているというのは、実に納得できる説だ。

（それにしても、本当にメテルという神に執着を持っているのね……）

恐らくここまですらすらと語れるようになるまでに、多くの書物を読み込んでいるはずだ。古文書と呼ばれる書物は、専門家でも読むのに苦労すると言われているのに、幼い子どもが読んだとなれば、相当な努力を要しただろう。執念、という言葉が頭に浮かんだ。

「それも、エヴル山を越えた向こうからやって来た神なんだよ。そう考えると、全てのつじつまが合うんだ。『神々の歌』の中に、メテルとナユタが兄妹喧嘩をして、災害が起こる様子が描写されているだろう？」

言われてシャーロットはその童謡を思い起こす。

『お空は雷、風ごうごう。お山は揺れてまっぷたつ』――確かそんな歌詞だったはずだ。

「……山の描写があるのに、海の描写がないんだ。不思議だろう？　ナダルは南に大きく豊かな海を抱いているのに。山よりも海から得る恩恵の方が格段に大きい。それなのに、何故海の描写がないのか」

言いながら興奮してきたのか、チョーサーは顔を輝かせ、口調も弾んだものになっていた。確かに、とシャーロットも思う。だが、言われなくては気づかない程度のことだ。そこに意味があるとも思わないのだが、チョーサーにとっては違うらしい。

「災害の描写は、ナダルではないからさ！　メテルとナユタはエヴル山の向こうからやって来た神だったんだ！　エヴル山の向こうのフィニヨンには海がなく、嵐が多いことでも有名だ！　彼らはフィニヨンで災害を起こし、山をまっぷたつにして――つまり、エヴル山の中を通ってこの地に降り立ったんだ！」

「……そ、そうか。なるほど」

まるで世紀の大発見でもしたかのように言われ、どう反応していいのか分からなくなる。

ひとまずそう相槌を打ったシャーロットに、チョーサーはにこにこして続けた。

「僕はこのエヴル山の中を通る、というのが、一種の通過儀礼だと考える。メテルが王になる前に、ナユタを大地に埋めたというのも、これを表しているんだ。そうすれば王になれるし、妹を妻にできる」

「待った」

シャーロットは思わず声を上げる。これまで納得できる論理だったのに、最後で唐突に異議を唱えずにはいられない内容になってしまった。

「エヴル山をまっぷたつにして通り抜けることが王になる通過儀礼だということは、何となく理解できる。だが妹を妻にできる、というのは脈絡がない」

シャーロットの反論に、チョーサーは笑みを深める。

「エヴラール侯爵位は以前、エヴラール辺境伯位と言って、王族にしかなれない要職だったのを知っているだろう？」

言われ、シャーロットは頷いた。

エヴラール辺境伯は、王家の子にのみ許された爵位で、結婚を許されない聖職だったのだ。大昔の辺境伯が力をつけすぎて反乱を起こしたため、その力を削ぐためにそういうややこしい聖職が設けられたのだと習った。

それを古びた悪しき慣習だと改正したのが、数代前の王シャルル二世だったはずだ。彼の治世では、改正前にエヴラール辺境伯となっていた彼の妹姫がそのままエヴラール侯爵位をいただいたが、彼女には子がなく、その後爵位は王家とは関わりのない者に受け継がれたという。そして現在、アルバートがその地位に就いているのだ。

「あれはね、近親婚の末にできた王の子のために作ったごみ捨て場なんだ。罪を捨てる――そのための、『聖職』だったというわけさ」

「――なっ……！」

あまりのことに絶句するシャーロットとは裏腹に、チョーサーは穏やかな顔でなおも続ける。

「近親婚を繰り返せば、奇形が生じる。無論、ナダル王家でもそうだったんだろう。長い歴史の中で生まれた奇形の王子や王女を、子を産めない地位に押し込めることで、体裁を取り繕ってきた。ナダル王家は、そういう血でできているんだ」

まるで神父が神の教えを説くような清々しい口調で言われ、シャーロットは混乱した。チョーサーの醸し出す妙な雰囲気に呑まれてしまっている自分に気づき、ハッとして首を横に振る。

「……それは全部、お前の勝手な当て推量に過ぎない！」

するとチョーサーは肩を竦めた。

「違うよ。父上に聞いた話だ」

「父上って……」

「ああ、公爵ではないよ。本物の僕らの父上さ。僕は幼い時から、父上に真実を聞いて育ったからね。父上は母上を心から愛していたけれど、血の繋がった姉だったことでお爺様に引き離された。やがて心の弱かった母上は、弟の子を産んだ罪悪感に耐え切れず、自死してしまったんだって。父上は、本当に愛したのは母上だけだと言っていた。だから、愛する人の子である僕をいっとう可愛がってくれたんだよ」

ガン、と鈍器で頭を殴られたかのような衝撃を受けた。

（――狂っている……！）

実の姉に子を産ませたと知って以来、父を嫌悪してきたけれど、ここまで狂っていたとは。己の罪の証である子に、平然とその醜悪な罪を語る。それが真実の愛であるかのように。

それが自分の父だと思うと、吐き気が込み上げた。

「エヴラール辺境伯の話を聞いた時に、『神々の歌』を思い出して、メテルとナユタがエヴル山の向こう――フィニヨンからやって来たんだって確信を持った。だって、山を通れば兄妹ではなくなる――罪は消えるってことだから。だから僕は、エヴル山を掘り、フィニヨンに降り立った。メテルとナユタの原点に、僕と君で還るためにね！」

そう言って、チョーサーは窓を押し開いた。サアッと風が入り込む。その奥の光景を見遣って、シャーロットは息を呑んだ。見慣れぬ――異国の建物が並ぶ景色だった。

「ここは……フィニヨンか！」

掠れた声で言うと、チョーサーがニコリと笑って頷いた。

「そうだよ。フィニヨンに領地と爵位を用意させた。シャーロット、女王ではなくなった君は、僕の妻としてこの地で生きていくんだ」

火のような怒りが一瞬で湧き上がった。

「貴様、国を売ったな、この売国奴め！」

シャーロットは叫ぶ。

現在ナダルを治めているのは摂政であるチョーサーだ。その摂政が他国の爵位をいただきその領地に住まうということは、国を捨てたということに他ならない。フィニヨンでの爵位と領地のために、女王に見立てたマチルダとフィニヨンの王子を結婚させる。恐らくフィニヨンは、チョーサーに代わりナダル王国を牛耳っていく算段なのだろう。

まさか、チョーサーが国を売るとは思わなかった。自分に対する執着はあると思っていたが、摂政として国を動かすチョーサーには、愛国心もあるのだと信じていたのだ。

だからこそ同志なのだと、戦友なのだと思っていたのに！

怒りに涙を滲ませ睨みつけるシャーロットに、チョーサーは両手を挙げてみせる。

「最初から僕は、国なんて欲しくはなかったんだよ。言っただろう、欲しかったのは、君だと」

「うるさい！　私は許さないぞ！　お前など……お前などッ……！」

怒りに駆られ、力を振り絞って重い四肢を動かす。

寝台を降り、チョーサーに殴りかかったが、あっさりと躱された。足がもつれてそのま
ま床に転げるシャーロットを、チョーサーがクスクス笑いながら見下ろした。
「お前など……どうするのかな？　ロッティ、君はもう女王様じゃないんだ。何もできな
い非力な小娘でしかない。君が頼れるのはもう僕だけなんだよ」
言いながら、シャーロットの上に馬乗りになる。
下半身にチョーサーの身体の重みを感じ、おぞましさに総毛立った。
「そんな顔しないで、ロッティ。今は自覚がないだけさ。そのうち君も分かるよ、本当は、
僕を愛しているんだって──」
「気色の悪いことを言うな！　私が愛しているのはお前じゃない！　アルバー──」
愛しい男の顔が脳裏を過った瞬間、パン、と頬に熱い感触が飛ぶ。頬を張られたのだと
分かり、驚いてチョーサーを見た。殴られるとは思わなかった。
チョーサーは見たことのないほど暗い目をしていた。
「その名をもう一度でも言ったら、今度はこれだけでは済まないよ」
低い声音に、ゾッと恐怖が身体の中を走り抜ける。
熱いだけだった頬に、じんじんとした痛みが加わり始め、悔しいことに身体がガタガタ
と震え始めた。護身術をユリウスから学んだはずなのに、恐怖に支配され始めた頭では、
何一つその知識が蘇ってこない。
「一度は見逃したけど、二度目はない」

抑揚のない口調で言って、チョーサーは指の背でシャーロットの頬の輪郭を辿る。

触られたくなくて顎を振ると、今度は反対側の頬を平手打ちされた。容赦のない一撃に、目から青白い火花が飛ぶ。

殴られた熱さと衝撃をやり過ごし、再びチョーサーを睨みつける。両手を握り締め、必死に震えを抑えた。怯えていることをチョーサーに悟られたくはなかった。

「ふふ、いいね。メテルとナユタみたいだ、ロッティ。兄妹喧嘩だよ」

言いながら、チョーサーはシャーロットの首を片手で摑んだ。

馬乗りになって首を摑まれ、恐怖のあまり頭の中が真っ白になる。自分がこれほどまでに脆弱な生き物だったなんて、知らなかった。女王という肩書があっても、できないことばかりだった。だがそれも剝ぎ取られた今、この狂った男に蹂躙されるしかないのだろうか。

(――悔しい……！　悔しい!!)

自分の情けなさに涙が込み上げる。その表情に、チョーサーが満足そうに笑った。

「いい顔だね、ロッティ。これに懲りたら、おいたはしないことだ。あの男も、役割がなければすぐにでも殺してやったんだけど……エヴル山に無許可で穴を掘った以上、証拠は残ってしまうからね。本当はあの侯爵夫人にするつもりだったけど、君が捕まえてしまったからなあ。仕方ないし、あの男に身代わりになってもらったよ。今頃は、王城で拷問にかけられているんじゃないかな」

（こいつ、自分の罪をアルバートに擦りつけたのか……！）

「アルバートに何をした！」

カッとなって叫んだ瞬間、首を摑む手に力が込められる。

「ガッ……！」

気道を押し潰され、呼吸もろとも叫び声も塞がれて、シャーロットは獣のような音を発した。顔が熱い。血が上っているのか、下がっているのか分からないが、圧迫される苦しさに身悶えして四肢を振り回した。上に乗るチョーサーを蹴り落としてやりたいと思うのに、やみくもな動きはまったく功を奏さない。

「言ったはずだよ。今度はそれだけでは済まさないと」

脅すチョーサーの声も、どこかぼやけた音に聞こえる。ドッドッドッドという鼓動の音が、やけに大きく頭の中で鳴り響いていた。

（——ああ、視界が……）

白く霞みがかっていた視界が狭窄し始める。

だが意識が落ちると思ったその刹那、バン！　という大きな衝撃が加わり、首を圧迫していた手が離された。ゼッ、と音を立てて喉が広がり、肺に空気が一気に入り込む。

噎せ返った身体を抱き締める腕があった。

「お待たせして申し訳ございません、女王陛下」

鼓膜に響くその艶やかな声に、シャーロットの胸が歓喜に膨らんだ。

涙の膜で滲む視界で、自分を抱く者の顔を見る。

「アルバート……」

黒髪に、金の瞳――シャーロットの黒い狼が、そこにいた。

アルバートは甲冑を身に着けていた。国境警備軍の紋章の入った黒いマントを羽織っているところから、彼が国境警備軍の副将軍としてここにいるのだと分かった。

――だけど、何故？

恐怖と安堵と疑問で頭が働かず、呆然とその精悍な美貌に見入っていると、アルバートが痛ましげに眉根を寄せ、着ていたマントを外し、シャーロットに巻き付ける。

「ひとまずこれを」

言われて、自分が肌着同然のあられもない恰好だと気づき、シャーロットはノロノロとマントを手で摑んだ。何故ここに、と訊ねようと口を開いた時、部屋の奥の方でチョーサーの怒鳴り声が響く。視線を向ければ、チョーサーは他の警備軍の軍人に捕らえられ、縄で縛られていた。

「お前たち、武装して国境を越えたな！　フィニヨンへ奇襲を仕掛けたも同然だぞ！　そのことを分かっているのか！」

その指摘に、ハッとなる。チョーサーの言う通り、ここがフィニヨンだとすれば、ナダルの国境警備軍が無申告で国境を越えたことになる。このままでは戦争になってしまう、と蒼褪めた瞬間、シャーロットの手をアルバートが力強く握り締めた。アルバートは何も

るのを感じた。

言わない。だがその手の力に、シャーロットは己の中の縮こまってしまっていた勇気が蘇

(――やってしまったものは仕方ない。戦争になるのだとすれば、勝てばいいだけだ)

頭の中を情報が駆け巡り、萎えていた四肢に力が入る。アルバートのマントをしっかりと巻き付け直し、シャーロットは立ち上がった。女王が座り込んでいては示しがつかない。

シャーロットが自力で身を起こすのを見届けると、アルバートは改めて片膝を立て姿勢を正し、右の拳を胸に当て、女王への忠誠を示す礼を取る。

「女王陛下に申し上げます! エヴラール国境警備軍要塞が、フィニヨン王家第二王子による奇襲を受けました!」

シャーロットは「なるほど」と思わず笑みが漏れた。

チョーサーが企てた『恋物語』は、『奇襲』へと塗り替えられたらしい。第二王子は国境の関所を越えていない。越えていればその報せは王都へ伝わるはずだ。不法入国した他国の王子が、国境警備軍の要塞に紛れ込んでいたのだ。奇襲と捉えて問題はなさそうだ。

「第二王子を尋問した結果、摂政フィリップ・チョーサーによる手引きがあったものと思われます。チョーサーは既に逃亡後であり、その行方を追ってここまで参りました。また第二王子の証言通り、チョーサーの指示によって掘られたと思われる無許可の採掘穴が、エヴル山に見つかり、フィニヨンまで貫通しておりました。チョーサーには、この採掘穴を通って金をフィニヨンへ横流ししていた嫌疑もかけられております」

次々と述べられる事実に、チョーサーが歯軋りをしてアルバートを睨みつけた。

「貴様、この野良犬めが！　殺してやったはずなのに！」

唸り声を上げるチョーサーを、アルバートはチラリと一瞥する。

「野良犬と純潔犬種、どちらがしぶといのかは、これで明白になったな」

そう言うと、またシャーロットに向き直る。

「ご命令を、女王陛下」

シャーロットはそれにしっかりと頷いた。

「フィニヨンは我が国の領土を侵した。侵略者には鉄槌(てっつい)を。——裏切り者には、死を」

女王の決断に、周囲が息を呑むのが分かる。

そうだろう、とシャーロットは顎を引いた。

（——ナダルの時代が変わるのだから）

摂政フィリップ・チョーサーの政治体制が終わり、今この瞬間から、それは女王シャーロット二世へと移ったのだ。

シャーロットはチョーサーへと視線を向ける。彼は俯せに押さえつけられながらも、顔だけを懸命に上げてこちらを見ていた。その顔には、憤りも、諦めもない。ただ、眩しいものを見るような微笑みが浮かんでいた。

シャーロットは目を閉じ、その顔を心の中から締め出す。理由がどうあれ、これまで自分を守ってくれた人だった。純粋に兄としてならば、きっと愛せた人だった。

（この……おぞましき王家の血のせいなのか）

同じ血を欲するあまり、狂人となった父と兄。そしてシャーロットは、結果として多くの肉親を殺してきた。欲するか、殺すか。両極端な結果しか生まない自分たちは、もはや滅ぶべきものとなってしまっているのかもしれない。

そして自分はまた一人、血の繋がった兄を殺すことになるのだ。

（けれど、それが、私の選んだ道なのだわ）

シャーロットは瞼を開いた。もうチョーサーへ視線を向けることは、二度とないだろう。

女王の命を待つ警備軍へと顔を向け、腹の底から声を上げた。

「ナダルの国旗を掲げよ！　——宣戦布告だ！」

——奇しくもこれが、女王シャーロット二世の治世が始まった瞬間となった。

国を隔てるエヴル山から産出した金を巡って始まった、二つの古い王国、ナダルとフィニヨンの戦争は、一月（ひとつき）を待たずに終結した。

国として衰退期に入っていたフィニヨンには、既に他国からの攻撃に耐える力は残っておらず、ナダルの武力にあっさりと陥落したのだ。

北の列強の影響から革命の熱が高まっていたフィニヨンの民は、敗戦当初、ナダルの王による支配を危惧した。ナダルによる支配を逃れ共和国樹立を願う民の勢いは強く、有志による革命軍が組織され、クーデターが勃発しかけたほどだった。

しかしシャーロット二世が、革命組織を代表とするフィニヨンの共和国樹立を認めたことで、その動きは沈静化した。無論、敗戦国としての義務の遂行が条件ではあったが、歴史の長いナダル王国に、一つの国として認められたことは、フィニヨンの民にとっては輝かしい第一歩となったようだ。

こういった経緯から、敵国の王であったにもかかわらず、シャーロット二世はフィニヨンにおいても賢王と称えられたのである。

そして、国賊となった摂政フィリップ・チョーサーは極刑に処された。

これを起点とし、シャーロット二世は粛清を行っていった。

摂政フィリップ・チョーサーに阿るばかりで、私腹を肥やすことにのみ熱心だった貴族たちを一掃していったのである。その中には、女王の異母妹たちを女王に据え、チョーサーに成り代わらんと虎視眈々と狙う貴族たちも含まれていた。その結果、女王はまた数名の異母妹を手にかけることになった。

その見た目の可憐さとは真逆の苛烈さに、他国からは『妖精の女王』から『魔女王』へと二つ名が変更され、揶揄されるようにもなった。

女王の側近は憤慨したが、女王はそれを「妖精よりよほど良いあだ名ではないか」と喜んだという話が流れた。しかし、その真偽は定かではない。

終章

城に戻ると、家令が腰を折って待っていた。

「お帰りなさいませ」

その姿から既に客人が来てしまっていることを察して、苦く笑う。

「すまない。遅くなったか」

「いえ、つい先ほどお見えになったばかりでございます。応接室にお通ししてございます。身支度を整えられますか？」

背後に回って外套を脱ぐのを手伝いながら家令が訊ねてきたので、首を横に振った。

「いや、このままで構わん。特に気を遣う必要もない相手だ。その代わり、酒を」

「畏まりました」

主が酒を飲まないと知っている家令は、その酒が客人へのものだと理解している。

長年仕えてくれているだけあって、戦友のような頼もしさがある筆頭使用人に、労いの言葉をかけた。

「いつも助かるよ」

「もったいないお言葉にございます」

　そつのない返しに眉を上げて、応接室へと向かう。

　長い廊下を歩けば、ブーツの踵が音を立て、高い天井に響いた。暦の上では春が来たと言うのに、古いばかりのこの城の中の景色は、いつもどうにも寒々しい。

　応接室の扉ももちろん古めかしい。重いそれを手で押し開けると、中にはソファに腰かけている人物が見えた。痩せぎすの身体に派手な流行の衣装を身に着けた、金髪の男だ。

「やあ、どうも、遅くなってしまって」

　声をかけると慌てたように立ち上がり、へらりと笑顔を見せる。笑うと余計に貧相な印象になったので、心の中で少し笑った。大抵の人間は笑えば印象が良くなるものだが、逆の例もあるのだなと思ったのだ。

「いえいえ、こちらこそ、早く来すぎてしまったようです。閣下はお忙しいでしょうから……」

「まあ、忙しいのは確かだな」

　肩を竦めながら言って、客人が座っているのとは別の、一人掛けのソファに腰を下ろした。

「そうでしょうとも。閣下は今を時めくお方ですから――」

　揉み手でもしそうな勢いで世辞を述べ出したので、片手を上げてそれを制する。

「すまないが、忙しいのでね。用件から頼もうか」

「あ、申し訳ございません。それでは、お言葉に甘えまして……」

早く用件に取り掛かりたいのは男の方も同じだったようで、これ幸いとばかりに持って来ていた鞄を探り出した。

「こちらがマルレ議員からの信書でございます」

差し出された封書を片手で受け取りながら、「マルレ議員はご健勝か?」と薄く笑んで訊ねる。男はピクリと瞼を震わせ、「それはもう」と首肯した。

マルレ議員とは、共和国となったフィニヨンの上院議員だ。以前より王家に反目していたことから王政崩壊後も生き延びた元貴族の一人である。

現在のフィニヨンは、王政時代に反体制運動を主導していた平民出身のレオ・グレコという男が元首を務めているのだが、そのレオ・グレコ率いる革新派と、マルレの率いる保守派とで勢力が二分している状態だ。一年前の元首選挙でレオ・グレコに敗れたマルレは、虎視眈々と政敵を打倒する機会を窺っているというわけである。

「まったく、革新派だの保守派だの、揉めるのは構わんが、フィニヨン内だけでしてほしいものだな」

苦笑交じりに零すと、男は「まったくです」と笑みを浮かべた。こちらに同調してみせるばかりの男に内心鼻白んだが、もちろん表には出すことなく、懐からダガーを取り出す。こちらが刃物を取り出した瞬間、男がビクリと身を震わせるのが見えて、思わず噴き出してしまった。

「封を切るだけだ。何も君を刺そうというわけじゃない。そう怯えるな」

持っていた封書を切ってみせながら言うと、男は引き攣った笑顔になる。

「……いえ、そんなつもりはなかったのですが……さすがに閣下が刃物を持たれると、迫力がおありで……」

「それは褒め言葉と受け取っておこう」

怯える男の言い訳をサラリと流して、取り出した書類に目を落とした。内容は予想通りのものだ。当初の計画通り、フィニヨンの隣国オーランドの王弟を失脚させることに成功したという報告だ。

「どうやら首尾よく運んだようだ」

「ええ、そのようで！　これでオーランドと結託して保守派を駆逐できると思っていたレオ・グレコの計画は振り出しに戻りましたね」

オーランドは王家を残したまま貴族制度を廃止した珍しい国だ。革命が勃発した際、交渉役となった王弟が、王家からあらゆる権利を放棄させたのだ。結果、血を流さずに革命を成功に導いたとして、王弟は諸外国からも高く評価された。国民からの人気も絶大で、政治に介入する権利を持たないにもかかわらず、その影響力は計り知れない。

そのオーランドの王弟と、この大陸で最も古い王国となったナダル王国の女王との縁談が持ち上がったのは、時代の自然な流れであったのかもしれない。

だがマルレにとっては看過できない流れだった。というのも、オーランドの王弟とナダル王国の女王との縁談を持ちかけたのは、マルレの政敵レオ・グレコだったからだ。

　地理的にオーランドとナダルに挟まれたフィニヨンは、仮に両国間で戦争が勃発した場合、その戦禍を被るのは明白だ。共和国樹立後も未だ国内情勢が不安定なフィニヨンにとって、なんとしても避けなければならない火の粉である。現状ではオーランドとナダル間に不穏はないが、片や王から権力を奪った国、片や百年以上続く王朝国家である。いつぶつかり合ってもおかしくはない。

　自国の災難を事前に防ぐため、レオ・グレコは両国にこの話を持ちかけた。

　この政略結婚はオーランド側にもナダル側にも納得のいく政略結婚と言えた。

　オーランドでは、権力を持たせるわけにはいかない王弟の人気は高まる一方で、王弟に政権をという声まで出始めている。ようやく王政を崩したというのに、元の木阿弥になってしまう――その前に王弟を他国へ婿に出してしまえる上、各国から一目置かれる立憲君主国となったナダルへの婿入りならば、王弟を熱狂的に支持する民も納得するからだ。

　またナダル王国にとっても、王家を残したまま民主化の一歩を踏み出したオーランドとの繋がりは、あって損がないものだ。大陸においてほとんどの国が国王を排した今、王族が残る国とは提携していきたいと考えるのは当然だろう。

　そういった三か国の思惑が一致し、纏まりかけたこの縁談だったが、つい先頃、王弟の女性問題が明るみに出て立ち消えとなった。両国の友好を深めようとフィニヨンが晩餐会を主催したのだが、そこで王弟がナダル王国の大使の妻に淫らな行為を強要するという事

件が起こったのだ。元々女癖があまり良くないことで知られていたが、まさか友好国の大使の妻に手を出すなどあまりにも無節操だと、さすがにオーランドの民の熱も少し冷めてしまったようだ。王弟はオーランドの威信を穢したと蟄居を命じられ、表舞台から姿を消すことになった。

困ったのはレオ・グレコである。己の主導で取り持った縁談がこの体たらくとなり、ナダル王国からも責任を問われる事態となった。ただでさえ国内が不安定な時に、国外の厄介ごとまで増やしたことになり、議会でもその政治手腕を問題視されるようになった。

もちろん、これらを仕組んだのはマルレである。

「これもみな、閣下のおかげと議員は感謝しておりました」

「……特に何もしていないさ」

肩を竦めれば、男は「またまた」と含み笑いを返してきた。

「本当に何もしていないんだがな」

ただ、大使をそれとなく推薦した。それが、行き過ぎた愛国主義を掲げる人物だったというだけだ。その大使はナダル王国を愛するがあまり、王国に他国の影響を入れたくないと考えていた。彼にとっては、自国の女王の王配に、他国の人間を入れるなど言語道断なのである。マルレの口車に乗り、己の愛妾の一人を妻と偽って連れて行き、王弟を誘惑させるくらいはやってのける男だ。

「ともあれ、これでフィニヨンの混乱は当分続きそうですね」

男が肩を下げた。やれやれ、とでも言いたげな様子に、少し藪をつついてやろうかという悪戯心が湧いてくる。

「満足かな？　それが君の目的だったからね」

意味深長な眼差しを向けると、男は目を瞠って見返してきた。その眼差しには、探るような色がチラチラと垣間見えている。

本性を現し始めたなとおかしくなって、ついクツリと喉を鳴らした。

この男はマルレの手下のように近づいてきたが、実はそうでないことは調査済みだ。

「フィニヨン正教会にとっては、国内情勢はまだ混乱していてもらいたいだろうからね」

突きつけると、男はニタリと口の端を上げる。どこか怯えたようなそれまでの態度とは一変した、狡猾な表情だった。

「ご存じでいらっしゃったとは。いやはや、さすがは閣下と申し上げるべきでしょうか」

「俺もばかではないからな。話を持ちかけられれば、調べることぐらいはする」

フィニヨン正教会——亡き王族を神の末裔と崇める国教であった宗教だ。フィニヨン王家が打倒された段階で、正教会も全て解体されているが、百年以上布教されてきたものがそう簡単に消滅するわけもない。今も水面下でその活動を行っていて、神の末裔である王族の復活を待ち望んでいるらしい。直系の王族は全て処刑されているのだが、どうやら傍系の子が見つかったらしく、それを旗印にしているようだ。

この男は、そのフィニヨン正教会の指導者なのだ。

「『復活』にはあとどのくらいかかりそうなのかな？」

やんわりと訊ねると、男は肩を竦めた。

「もうそこまで調査済みとは。――ええ、あともう間もなくです。神を弑した罪人どもには大いなる鉄槌を下す予定ですが……その前に、ナダル王国の女王陛下にお目通り願えればと思っておりまして」

「なるほど」

大陸最古の王国となったナダル王国は、金鉱の発見で莫大な富を得、更には強大な軍事力を兼ね備えた強国だ。そのナダルの女王にフィニヨンの王政復古を認めてもらいたい――という算段なのだろう。

「さて、それはこの俺の一存でどうこうできるものではないな」

困ったように腕組みをすると、男は愉快そうに肩を揺すって笑う。

「またまた、そのようなご謙遜を。『女王の黒狼』と呼ばれるお方が――」

自分につけられたその二つ名に、苦笑が漏れる。

「女王の黒狼、なぁ……」

自嘲と共に吐き出せば、男がキラリと目を光らせた。

「ですが、あなた様は人に使われる獣ではないはずだ。狼は本来孤高の獣。使役されるくらいならその手綱を食いちぎり、手綱を持つ者を食い殺すはず。あなたこそ、ナダルの支配者に相応しい器です――エヴラール侯爵閣下」

恭しい仕草で腰を折る目の前の男を、エヴラール侯爵——アルバートは芝居でも見るかのように眺めた。つまりこの男は、女王の威光を借りて己がフィニヨンで政権を奪回した後には、アルバートの下剋上を手助けすると言っているのだ。

「なるほど、そういうことならばこちらも尽力するとしよう」

鷹揚に頷くと、男がパッと顔を上げる。

「ありがとうございます！」

縋りつかんばかりにアルバートの足元に跪こうとするので、片手で制してソファに戻した。それから呼び鈴を鳴らしながら言う。

「そのようなことはしなくていい。まずは杯をもって誓いを。酒はいけるか？」

微笑むアルバートの言葉に、男が相好を崩した。

「もちろんです」

男の返事と同時にノックの音が響き、家令が酒を運んでくる。女性の家令が物珍しいのか、男はその動きを目で追っていた。水晶を削って作られた二つのグラスに、家令が慣れた手つきで琥珀色の液体を注ぎ入れ、主と客に給仕する。

「我がエヴラールで作られた蒸留酒だ。——我々の信頼と未来に」

グラスを掲げると、男も微笑んでそれに倣った。

一息に煽ってグラスを置く間にも、強い酒精に喉を焼かれる。男も同様にしたようで、喉に手をやって眉間に皺を寄せた。

「これは……なかなか強い――」

そう絞り出すように言った後、目を剝き、前のめりになってソファから転げ落ちる。身体の自由が利かないだろうに、それでも視線だけをこちらに向けてきた。

「……な……ぜ……」

ようやく自分が毒殺されかかっていることに気づいたのか、信じられないとでも言いたげなその眼差しに、アルバートは小首を傾げた。

「君は『女王の黒狼』に向かって、女王を陥れる奸計を持ちかけたのだ。嚙み殺されても仕方あるまい」

当然のように肩を竦めるアルバートに、男は口を開閉してなおも何かを訴えようとする。アルバートはそれに大袈裟な口調で答えてやった。

「ああ、俺が女王陛下への不満を燻らせているはずだと？　そうだな、そういう情報を敢えて国内外へと流しているからな。俺は樹液みたいなものなのだよ。ほら、君のように、女王陛下を陥れようとする虫が寄って来るだろう？　君はまんまと引っかかってくれたというわけだ」

虫と呼ばれて、男が怒りに眼差しを鋭くする。アルバートは男の傍まで近づくと、その顔を覗き込んで嫣然と微笑んだ。

「ああ、神の末裔たるフィニヨン王の落とし胤である君にとっては、虫扱いは気に障るか？」

アルバートの台詞に、男がまた目を見開いた。自分の身上まで把握されているとは思わなかったのだろう。まったく、底が浅い上に相手の度量も正確に推し量れないのだから、アルバートが叩き潰さなくとも、この男が日の目を見ることはなかったに違いない。

「だが俺は、君がオーランドの王弟に代わり、女王の王配となろうとしていたことも知っているからな。まさに目障りな害虫だ」

芝居がかった種明かしに、男が応えることはなかった。

「閣下。もうこと切れているかと」

「……それは残念だな」

家令に指摘され、アルバートは首を左右に振ってボキボキと音を鳴らす。この他にも突きつけてやりたい罪状がまだまだあった。例えば、ナダルへの不法入国やエヴル山の金鉱から盗み出した金の件など、数えればきりがない。そもそもそこからアルバートに目を付けられていたというのに、当の本人は気づくこともなくあの世へ行ってしまった。

「回りくどいことをいろいろやっているわりに、単純でばかな男だったな」

アルバートが言うと、メリッサが小さく息を吐き出す。

「ばかだからこそ、閣下と対峙していられたのですよ。普通の感覚ならば、恐ろしくて近づくことすらできないでしょうに」

「……そんなに俺は怖いか？」

心外だ、と顔を顰めてみせると、メリッサにサラリと「鏡で確かめてごらんになっては」と言われた。

「怖い顔をしているつもりはないのだが」

右手で顎を擦りながら呟くと、男の死体を運び出すために使用人を呼ぼうとしていたメリッサに、もの言いたげな視線を向けられる。さもあらん。今しがた人を殺した人間の言う台詞ではない。

「……閣下はお変わりになりました」

静かに告げるメリッサに、アルバートは眉を上げた。

「それは良い方に、か？」

訊ねると、乳姉弟でもある家令は首を振る。

「私が判断するところではありません。……ですが、お強くなられたと」

その答えにアルバートは微笑んだ。

「そうか」

それならいい、と思った。あの人のために強くなろうと思ったのだ。あの人を守るために。あの人の隣に立つために。メリッサは「はい」と頷いた。

主が女王へ向ける異常までの執着を、メリッサは嫌というほど理解している。先代侯爵の恩に報いるため、その嫡子であるアルバートを裏切ったことを気に病んでいたこの家令は、もう二度とアルバートを裏切らないと決心していた。だがあの時、アルバートを殺すとチョーサーに脅されたメリッサは、苦渋の決断として女王に薬を使った。結果、それを知ったアルバートの苛烈な怒りに晒されたのだ。

主の全ては女王のために。今ではそう理解しているはずだ。

「シャーロットに触れていい男は、この世で俺だけだからな」

誰にも渡さない。そのためならば、神を殺すことになっても構わない。

微笑みながら言ったアルバートに、メリッサは黙ったまま目を伏せた。

＊　＊　＊

司教に導かれてやってきた大聖堂の扉の向こうには、既に多くの人の気配があった。中の側廊には、国賓を始め、国の要となる人物ばかりがひしめいているのだろう。

扉が開かれてから、シャーロットは独りで身廊を歩くことになっている。

両親は既に亡く、彼女が幼い頃から摂政をしていた従兄ももういない。家族と呼べる肉親は誰もいないのだ。

誰か代わりになる人物を、と大司教ユリウスに言われたが、シャーロットは断った。

(私を助け、導いてくれたのは、血の繋がりではなかった)

シャーロットにとって肉親は、全て敵に等しかった。兄弟たちは殺し合い、その魔の手をシャーロットにまで伸ばしてきたし、生き残った姉妹たちも隙を見せれば襲い掛かってきただろう。

王として立ってから、シャーロットを守り、支えてくれたのは、血の繋がらない者たちだった。シャーロットの志に同調し、彼女に王たる資格を認めて、共に歩んでくれた者たち。乳母であるローガンの母、ローガン、マチルダ、そして——。

物思いに耽りかけていたシャーロットは、扉が開かれる軋んだ音でハッと我に返る。

目の前に、大聖堂の景色が広がっていた。

両脇の側廊にぎっしりとひしめく参列者、赤い絨毯の敷かれた身廊の先には、祭壇の手前の内陣に立つ花婿の姿がある。軍職にある彼は、式典用の紺色の軍服を身に着けている。ピッタリと身体のラインに沿うデザインが、長身で鍛え上げられたしなやかな体軀によく映えて、目を瞠るほど美しかった。

ベールに覆われて白くぼやけた視界の中、彼の姿だけはハッキリと捉えられる自分に、シャーロットはおかしくなる。

（私にも、こんな人並みの感性が残っていたのね……）

王として生きると決めたあの時から、自分の中の『我』を排除するように努めてきた。己の身は王国のために。シャーロット・メアリー・アン・ナダルとしての我欲は捨てるべきだと思って生きてきた。最初は意図して行わなければいけなかったものが、いつの間にか当たり前のように身についてしまっていて、今では『女王』として判断するのが当たり前になってしまっている。

（それなのに——）

彼を見て、確かに今、自分の胸は歓喜に膨らんでいる。

駆け寄って、抱き着いて、背伸びをしてその頭を引き寄せて、髪をぐちゃぐちゃに掻き回してやりたい。

だがその衝動をグッと堪えて、シャーロットはしずしずと赤い絨毯の上を歩いた。

これは一国の女王の結婚だ。女一人の想いで叶ったものではなく、国内外の政治的思惑や力の均衡を考慮し、どこからも不平不満の出ない妥当な婚姻なのだ。あからさまな歓喜など、狐狸ばかりが揃うこの場で見せてはいけない。

――というのは恰好の良い理由だが、長身の彼と並んで遜色がないよう、えらく高い踵の靴を履いているので、ゆっくり歩かざるを得ないという情けない事情もある。

ようやく彼の隣に辿り着くと、その顔を見つめる暇もなく、パイプオルガンが鳴り響き、参加者全員により讃美歌が斉唱された。

舌打ちしたい気持ちになったが、それが流れなのだから仕方あるまい。

やがて讃美歌を歌い終えると、大司教が結婚の教えを説き始める。

内容を聞く気のないシャーロットは、厳かな声を聞き流す。ベールで顔が隠れているのを良いことに、むにゅむにゅと口元を動かして欠伸を噛み殺した。さすがに大口を開けるまではしなかったので、「よくやった」と心の中で自分を褒める。

すると隣からフッと息を吐き出す気配がした。チラリと横目で見ると、花婿もまたこちらを横目で見つめている。ぼやけた視界でも、彼の目が細められているのが分かった。欠伸をしたのがバレているのだ。

（……ふん）

彼と目が合ったことが嬉しくて、そんな少女のようなことを思う自分がおかしかった。

だが嬉しい気持ちを押し隠し、シャーロットは鼻白んだ顔をしてみせる。向こうから見えているかは定かではないが、微笑み返してやるほど可愛らしい性格はしていない。

だと言うのに、彼はまたクスリと吐息のような笑いを漏らし、そっとシャーロットの手に自分の指を絡ませてきた。

驚いて目を剝いたが、当人はもう視線を大司教へと向けている。しれっとしたその顔が腹立たしい気もしたが、可笑しさの方が勝った。そもそもシャーロットの方がこういう子ども染みたイタズラが大好きな質である。怒るのはやめて、その指に己の指を絡め返した。

「女神のようだ」

大司教の説教の声に紛れてそんな囁き声が聞こえて、シャーロットは今度こそ小さく噴き出した。

幸い参列席にまでは聞こえない程度だったが、向かい合う大司教には分かったようで、眼鏡の奥の目をジトリと向けられ、シャーロットは素知らぬ顔で顎を引く。

お前のせいで叱られたではないか、という意味を込めて、絡めた指をつねってやったが、いかんせんその程度の攻撃では大した威力は発揮できなかった。

黙ったままなのも癪に障り、シャーロットもまた囁き声で苦情を訴える。

「なあに、その陳腐な台詞は。口説いているつもり？」

するとしばらく沈黙が降り、隣の男は不思議そうに言った。

「……口説いてほしいのですか？　それはずいぶん今更な気がしますね」

今まさに結婚しようとしている二人である。口説くのも口説かれるのも確かに今更だ。

ふむ、と上手い返し文句を考えていると、低く甘い声が続けた。

「ですが……あなたがお望みならいくらでも」

シャーロットは半ば呆れて男の顔を横目で眺める。

「……胆が据わったものね、あなたも」

他国からの賓客も招いている国王の結婚式の最中に、小声とはいえ堂々と女を口説く根性に敬服してしまった。

「年の功、というやつですかね」

返された台詞に、シャーロットは小さく舌打ちをする。

「よく言うわ。そんな偉そうな台詞が言えるほど、年は食っていないでしょうに」

「それはまあ、賢者とは言わないが、若造ではないということです」

「……ふうん」

確かに若造ではないな、とシャーロットは口を噤む。

年寄りと言うほど長く生きていないが、若いかと言えばもう決して若くはない。

この国の真の女王として立つことを志した時には、まだ子どもでしかなかったというの

に。

「——あれから、もう十年以上か……」

時が経つのは恐ろしく速いものだ。そんなに経っていたのかと、改めて振り返ると空恐ろしい気さえする。

ただひたすらに前を向いて走り続けた年月だった。

目的に辿り着くこと、ただそれのみを目指して、抗い、妥協し、戦い、排除してきた。清く正しいだけでは成しえないこともあった。迷いがなかったとは言わない。だが切り捨てた。自分にとっての正しさとは、目的を達成すること——即ち、女王としてこの国に、この国の民に安寧をもたらすことだ。

建国以来百数十年、大きくなりすぎたこのナダル王国は滅びる頃合いで、自分は最後の王となるべきだと、半ば投げやりに思ったこともあった。

だが、それは自分が真に王として生きた後だ。

王となった当初、幼すぎたこと、そして女であったがゆえに、シャーロットは傀儡でしかなかった。自分のあずかり知らぬ場所で政治が動かされていた。

(だがそれでも、私の治世とされるのだから)

自分が動かしていない治政の責任を負うのはばかげている。傀儡であっても王と呼ばれる以上、その責任がついて回るのであれば、自ら指揮を執らなくては割に合わない。

そうでなければ、シャーロットの矜持が許さなかったのだ。

我ながら難儀な性格をしていると思う。

女性でありながら王として自ら権力を握り、政治と軍事を担おうとしたシャーロットに、当然ながら反発は大きかった。

シャーロットが権力を握ろうとするのを防ぐため、貴族たちは彼女を結婚させようと躍起になった。王配を持たせ、彼女の権力を側面から奪おうとしたのである。

この国の利となる結婚ならば受けるつもりでいたから、過去に三度、シャーロットは婚約したことがある。もちろん政略結婚であり、相手は好きでもなんでもない男だ。

胸に秘めた恋心が悲鳴を上げていなかったとは言わない。だがこの国の女王としてそれが正しいと思っていたからだ。今もそう思っている。

だが、シャーロットの婚約は、話を進める前に悉く立ち消えとなった。相手が死んだり、問題が発覚したりしたのである。

国民からは、婚約はしても結婚にまで至らない女王を心配し、嘆く声も多く聞こえてきたが、まあ致し方のないことだ。

そんなシャーロットがようやく自分の納得する王配を定めることができたのは、国内の彼女を排そうとする勢力を駆逐できたからだ。

あっという間だったが、やはり、長い道のりだった。

（……けれど、ここまで来た。ようやく……！）

感慨に耽るシャーロットの耳に、低い呟きが聞こえてきた。

「……ようやくここまで漕ぎ着けた」

まるで自分の心の裡を読まれた気がして、シャーロットはひっそりと笑う。

「長かった？　それとも、短かった？」

自分にとってはどちらとも言えたので、相手はどうだろうと思って訊ねた言葉に、ムスッとした物言いで彼が返した。

「長かったに決まっているでしょう。どれほど待ったと思っているのですか」

シャーロットは噴き出しそうになるのを堪える。

そこで、説教の最中だった大司教が咳払いを挟んだ。さすがに私語が多いのを聞きとがめたのだろう。

じろりと睨みつけられて、新郎新婦は素知らぬ顔で口を噤む。仕方なしにつまらない説教に耳を傾けながら、シャーロットは改めて過去に思いを馳せた。

（……そうね。やはり、長かった――）

自分とて、この日を心待ちにしてきたのだ。

あの日から、ずっと――。

＊　＊　＊

全てを終えたアルバートが、女王の寝室に足を踏み入れたのは、深夜に差し掛かった頃だった。国の女王の華燭（かしょく）の宴だ。王配となる花婿がそう簡単に解放されるはずもなく、国賓を始めとした多くの客の酒の相手をしているうちに、この時間になってしまったのだ。

花嫁である女王と言えば、いつもの気ままな様子で、疲れたからと花婿を置いてずいぶん前に退席してしまっていた。それが許されるのは、彼女が自由奔放な『魔女王』として周囲に受け入れられていることと、このナダル王国が彼女の治世下でかつてない繁栄をしているからである。

シャーロットはその手に政権を握って以来、本当に多くの苦難を乗り越えてきた。

最初に隣国フィニヨンとの戦争。そしてその戦に勝利はしたものの、フィニヨンの抱える列強の革命の余波に、フィニヨン王家に代わって対処するかたちとなってしまった。自国ナダルが王制をしく国家であることから、共和制を求める民衆に対するのは非常に難しい案件であったにもかかわらず、彼女は非常に繊細に舵を取り、王政を守りつつ、共和国と良好な関係を保つという偉業を成し遂げたのである。

国内においては更に苦労が多かった。チョーサーという巨星を失い、ナダルの貴族たちはその均衡を大いに崩した。崩壊の後には混沌がくる。即ち、彼女は一から己の地位の土台を作り直さなければならなかったのだ。シャーロットは後ろ盾を失った女王だ。後ろ盾の役目を果たしていたチョーサーを、自らの手で殺したのだから。その危うい立場のままで女王として立ち続け、ついに先日、最後の反女王派と言われた公爵の勢力を大幅に削ぐことに成功した。公爵が質の悪い新興宗教に嵌まり、非人道的な奴隷の売買などに関わっていたことが摘発されたのだ。

ようやく名実ともにこの国の女王として立つことができたシャーロットは、王配を得ることを宣言したのだ。

シャーロット二世、齢三十一にして、ようやく勝ち取った春であった。

アルバートは、あの礼拝堂での逢瀬を思い出していた。

愛を告げてくれたにもかかわらず、アルバートからの愛を拒んだシャーロットに、どうしようもなく腹を立てた。

『私はあなたに同じものを返せないの』

アルバートを王配にできないことを悲しみ、自分が不甲斐ないと涙を浮かべるシャーロットに、全てが吹き飛んだ。屁理屈をこねくり回した建前など、どうでも良くなった。

ただ、目の前で泣く女の全てを自分のものにしたいと思った。

(そうか、俺は、ただこの女が欲しいんだ)

女王だから、対等ではないから——彼女を得られない理由が明確にあるのなら、それを覆せばいいだけだ。

(だって、シャーロットも俺を欲しがっている)

アルバートに他の女と幸せになれと言う自分がどんな顔をしているか、きっと彼女は分かっていなかったに違いない。あんなに痛そうに、泣きそうに顔を歪めて、「幸せになれ」なんて——「行かないで、この手を離さないで」と懇願されているのと同じだ。

だから、腹を括った。

シャーロットが女王としての自分に誇りを抱いていることは分かっていた。そして同時に彼女は王に相応しい人物だった。彼女がアルバートの地位を奪還してくれた時に、彼女こそ王の器だと、他でもないアルバート自身が実感したのだから。

（ならば、俺が女王と対等の人間になるしかない）

そんなことは不可能だと、誰が聞いても笑うような内容だ。なにしろアルバートにはなんの実績もなかった。ただの地方貴族の若造に、女王と釣り合う何を持てるのだという話である。

それでも、やるしかないと思った。

不思議なもので、そう思った瞬間、それは実現可能なことに思えた。いや、階段の一段があまりにも高ければ登れないが、蛇行しながら登り幅を小さくすれば、確実に目的の場所に近づけると気づいたと言えばいいか。

実績がないなら、積めばいい。積み重ね、やがて誰もが無視できないほど、この国にとって大きな存在となれば、女王の王配となることを認められるはずだ。

ありがたいことに、アルバートは貴族だった。しかも、国境警備軍の副将軍という地位まで持っている。

――手っ取り早いのは、武勲を立てることだ。

軍事力が国の要の一つであることは言うまでもない。過去、功績によって王女を妻にできた武官は多い。ならば女王とて不可能ではないはずだ。

そう決めたアルバートが師と仰いだのは、大司教ユリウスである。ユリウスは教え子である女王とアルバートとの恋を面白がって見守っており、そのせいかアルバートの指南役を喜んで引き受けてくれた。そしてもう一人は、友人ブレイズだった。武術や兵法に詳しいこの二人からの教えを受け、アルバートは懸命に腕を磨き、学んでいった。その中でフィニヨンとの戦争や、侵略の手を伸ばす列強をエヴラールで食い止めるなど、多くの武勲を立てる機会に恵まれたことで、アルバートは『国境の盾』、『女王の黒狼』と呼ばれるまでになった。

無論、ただやみくもに武勲を立てていたわけではない。

この十数年の間に、女王には三度、婚約話が出た。皆、女王に相応しい地位のある男だったから、女王は婚約を承諾した。

シャーロットは女王だ。王位に在る以上、結婚をして子をなさねばならず、その相手はこのナダル王国に益をもたらす者でなければならない。逆を言えば、シャーロットは条件が揃っていれば結婚してしまうだろうとも予想していた。

分かっていたはずなのに、それでも衝撃は大きかった。

アルバートの中で、彼女の隣に立つという願いは既に確定した未来であったからだ。

(それを覆すことなど、あってはならない)

幸運なことに、一度目の婚約が成立した時には、アルバートにはある程度の力があった。

そして、目的のために人を殺めることを躊躇わない精神もだ。

自分が強くなると同時に、黒く濁っていくのを感じていた。最初は戸惑ったこの感覚も、今はもうまったく何も思わない。目的は、シャーロットのみ。彼女を手に入れるためだけに生きてきた。それ以外はもうとっくの昔に捨ててしまったのだ。

（……よく似た男が、昔いたな）

フィリップ・チョーサー。あの男も、自分と同じだったのだろうか。

多分同じだったのだ。彼女以外は要らなくて、そのためだけに生きていた。

あの男が彼女に死を言い渡された時、笑みを浮かべていた理由を、アルバートにはとてもよく理解できた。きっと自分も同じように笑うだろう。

（――彼女に殺されるのであれば、本望だから）

死ぬなら彼女に殺されたい。心の底からそう思う。自分を殺した彼女は、きっと傷つくだろう。悲しんで、永遠に忘れないでいてくれるだろう。

そういう意味では、あの男は実に上手くやった。シャーロットはチョーサーを殺し、故に彼女の心には、チョーサーがつけた傷がついている。永遠に消えない傷だ。

それが愛ではなかったとしても、きっとチョーサーは満足だったはずだ。この手にできないのならば、一生忘れられない傷になりたい。自分ならそう思うから。

シャーロットが他の男と結婚してしまうのならば、その前に殺してもらう。その覚悟があったから、アルバートはなんでもできた。婚約者となった男を陥れ、殺すことなどなんでもない。成功すれば婚約者を殺せて、失敗すればシャーロットに殺してもらえるのだから。どちらに転んでもアルバートの望み通りにしかならないのに、躊躇などするはずがない。

一人目は簡単だった。この国で最も古い公爵家が、後ろ盾のなくなった女王に、自らが王配になれば良いのだと立候補してきたのだ。ただの貴族であればシャーロットも受けなかったかもしれないが、この公爵は反女王派の筆頭とされている人物で、結婚することで穏便に国を纏められるという期待があった。しかしこの公爵は結婚歴がある上、年齢は六十歳を超えていた。公爵には息子もいたが既婚者であり、妻と死別して独り身であった公爵自身が名乗り出たというわけである。結婚歴がある上、祖父のような相手と女王が結婚するなんて、と反対意見もあった。

しかしシャーロット自身が利の方が多いと一蹴したのだ。アルバートは何も言わなかった。彼女が決めたのであれば、自分には何も言う権利はない。だから行動を起こしたまでである。

公爵は巨体で高齢だった。そして女好きでも有名だった。娼館で、酒に少々の薬を入れて飲ませれば、疑いようのない腹上死の出来上がりである。普段の素行から、誰もその死に疑問を抱かなかった。

二人目の婚約者は、ウィルソン侯爵の嫡子――即ちブレイズの長兄だった。ウィルソン侯爵は王立陸軍大将であり、ウィルソン侯爵家は代々軍の要職に就く家であったため、ブレイズの長兄も父の引退後には陸軍大将の座に就くことは確実とされていた。女王の王配には申し分ない。シャーロットはこれを承諾し、ウィルソン侯爵も乗り気であったのだが、当の嫡子が乗り気ではなかった。嫡子には結婚を約束した令嬢がおり、彼女との結婚を望んでいると女王に直訴したのである。振られるかたちになった女王だったが、彼らの純愛にいたく感動し、自らその結婚を手配し祝福したため、ウィルソン侯爵も文句を言えなくなった。そしてこの二人の結婚話は民の間でも人気の物語となり、劇場などで演じられる定番の演目となっている。

ちなみに、この辺りから、女王には寵愛する近衛騎士がいるようだと、その者との仲を噂されるようになった。女王があまりにも快く婚約破棄を受け入れたため、女王にも他に相手がいるのではないかという邪推からだろう。寵愛する近衛騎士とはもちろんローガンのことで、彼とは友人として付き合うようになっていたアルバートは、シャーロットと彼がそういう仲にはなり得ないことを知っていたので、信じはしなかった。

最後は、つい先頃失脚したオーランドの王弟である。これには多くの思惑が絡み合い複雑な様相を呈していたので、慎重に事を進めなくてはならず骨が折れたが、結果として上手くいったのでよしとする。

チョーサーという男を探るために部下になったのは、今思えば非常にいい経験だった。証拠を残さないこと、自分で手を下さないことなど、その方法を学ぶことができたからだ。

——自分とチョーサーの違いはなんだろうか。

ふと、アルバートは考えることがある。

二人とも、シャーロットを得たくて必死だった。彼女以外要らなかった。

だが、チョーサーは死に、自分は今こうしてシャーロットの王配として、彼女の寝所に足を踏み入れている。

自分の幸運を感謝すると同時に、一歩間違えば自分があの場所にいたのだろうとも思った。だからアルバートは、手にした幸運を消して壊さないようにと、心の底から願うのだ。


女王の寝室はとても広い。その大きな部屋の真ん中に置かれた巨大な寝台の中に、人の気配はなかった。

「――陛下？」

アルバートが呼ぶと、テラスに面した窓の方からクスクスとした笑い声が聞こえてくる。

「こっちよ、花婿さま」

どこか酩酊(めいてい)したような、フワフワとした声色だった。

その声すら愛しくて、アルバートは誘われるままにそちらへ足を向けた。

ガラス戸を開くと、バルコニーにもたれかかる妖精の姿がある。

湯を使ったのだろう。既にウエディングドレスは脱いでしまっていて、純白のシルクでできた薄い夜着に、ガウンを羽織るだけという、非常に扇情的な恰好をしていた。

もし誰かにその恰好を見られたら、と思うと眉根が寄って、アルバートは手を伸ばして彼女を招く。

「陛下。そのような薄着ではお風邪を召されます」

するとシャーロットはきょとんとして、それからまたクスクスと笑い出した。

「あの堅物な拳骨面のようなことを言うのね」

拳骨面が誰を指すのか知っているアルバートは、ムッと眉間の皺を深くする。

「ローガンにもその姿を見せたのですか？」

アルバートの台詞に、シャーロットはまた目を丸くした。

「さすがにこんな恰好でローガンの前に出たことはないけれど……もしかしてあなた、やきもちをやいているの？」

直球で問われ、アルバートはムスッとしたまま彼女に近づく。手早く自分の着ていたガウンを脱ぐと、華奢な身体をそれで包み込んだ。

「いけませんか？　十何年も待ち続けた、たった一人の女性にようやく触れることを許された夜です。他の誰にも見せたくないという心理は、男として正常だと思うのですが」

大柄な自分に比べ、子どものように小さなシャーロットは、男物のガウンで顔の半分を隠されてしまっている。

「……いけなくはないけれど……驚いたわ」

目をまんまるにしたままのシャーロットは、珍しいものでも見るかのような表情だ。

アルバートは溜息を吐き、身体を屈めてシャーロットを横抱きにして持ち上げる。

「きゃあっ」

「とりあえず、中に戻りますよ。ここは冷えます」

中に入るのは冷えるからというだけではなく、早くシャーロットを抱きたいからだが、敢えて口にはしなかった。

そのままスタスタと部屋の中に戻りかけると、シャーロットが慌てたように声を上げる。

「待って待って！　ねえ、空を見て！」

「——空？」

シャーロットが天に向かって細い指をさしたので、つられるように空を仰げば、紺碧の夜空に、銀色の月が浮かんでいた。春の夜には珍しく、滲んでもいない、はっきりとした月だった。蝶が鱗粉を撒き散らしているかのような美しさに、アルバートは一瞬目を奪われる。

「下弦の月ですね」

「きれいでしょう？」

「ええ、美しいです」

素直に答えると、シャーロットがはしゃいだ声で笑った。

「良かった。……あなたと、見たかったのよ」

しみじみと言われて、アルバートは目を細める。

「……俺は昔、同じような月の美しい夜に、ここに立つあなたに見惚れたことがある」

チョーサーを調べようと王宮に入り込んだばかりの頃だ。その後、可愛い行動を取った彼女に我慢ができず、抱き締めてキスをしてしまった。だからシャーロットも覚えているのではないかと思って言うと、案の定覚えていたようで、少し照れくさそうにアルバートのガウンを顔に引き寄せて、「……覚えているに決まっているでしょう」と呟く。

それがまた可愛くて、頭が沸騰しそうになったが、アルバートはグッと堪えた。

「美しいもの、楽しいもの、嬉しいもの、そういうものを全て、私はこれからあなたと分け合って生きていきたい」

夢を見るような口調だと思った。

見れば、サファイアの瞳がわずかに潤んでいる。泣きそうになっているのだと分かり、アルバートは慌ててその頬を指の腹で撫でた。

「シャーロット？　どうしたんですか？」

真顔で訊ねるアルバートを、シャーロットは拗ねた顔になって睨みつける。

「……嬉しいのよ。ばかね。あなたを、やっと手に入れられたのだもの……！」

「……それは、こちらの台詞です……」

チョーサーを打倒し、互いに思い合ってきた十数年は、けれどその間、一度も触れ合うことはできなかったのだ。恐らく、しようと思えばいくらでもできた。だが、それをしてしまえば箍(たが)が外れてしまうことを、きっと二人とも予感していたのだろう。

シャーロットが名実ともに『女王』として立ってしまえば、何一つ失敗は許されない状況だった。どこで足元を掬われるか分からない環境下で、不用意なことはできなかったのだ。

シャーロットに触れるのは、彼女が己のものになった時だ。
願掛けに近かったのかもしれない。

その結果、こうして念願が叶ったのだから、欲求不満に耐え続けた十数年も報われたというものだ。

アルバートは今度こそ、とシャーロットを抱えて部屋の中へ戻る。
そのまま寝台に直行すると、腕の中でブハッと噴き出す声がした。

「あなた、全然余裕がないのね！　年を食った余裕はどこへやったのよ！」

がっついているのがバレたらしい。結婚式でのやり取りをからかわれるが、アルバートにしてみれば「それがどうした」といった気持ちだ。

壊れ物のようにそっとシャーロットの身体を寝台に横たわらせた後、その上に圧し掛かって愛らしい顔をジトリと睨み下ろす。

「シャーロット。俺は今、好きな女を抱きたいと思いつつ、十数年もお預けされた犬なんです。正直に言えば、今すぐひん剝いて貪り尽くしてやりたいんですが、抑えようと必死なんですよ。軽口に付き合う余裕はないので、気の利いた返事は期待しないでください」

アルバートの苛立ちが伝わったのか、或いは切羽詰まった欲望を感じ取ったのか、シャーロットは顔を真っ赤にして、コクリと頷いた。

「……今日は、俺の思う通りに、あなたを愛させてください。十数年間見続けた夢が叶った。それを、現実だと実感したい」

アルバートが愛を乞うと、シャーロットがまた目に涙を溜めて、細い手を伸ばして抱き着いてくる。首に絡みつく婀やかな皮膚の感触に、奥歯を噛む。たったこれだけの触れ合いで、衝動が堰を切って、野獣のように襲い掛かってしまいそうだった。

必死で理性の紐を摑むアルバートの苦労など知らないシャーロットは、彼の首に頰を摺り寄せて呟く。

「私もよ。私も、あなたをずっと夢見てきた。夢が現実になるなんて……幸せで、死んでしまいそう……！」

同じ想いを返されて、ボロリと目から涙が転がり落ちた。アルバートは自分が泣いたことに仰天し、それを彼女に見られないように抱き締め返す。大の男がこんな場面で泣くなど、どうかしている。

そう思う一方で、納得している自分もいた。

同じ想いを返された——今ようやく、自分が彼女に追いついたのだと、実感したのだ。

——ここまで来た。ようやく、この手に触れることを許されたのだ。

大声で叫び出したくなって、アルバートはシャーロットの顎を摑んで唇を奪った。唇を塞いでいないと、獣のように咆哮してしまうかもしれない。

舌を差し入れると、すぐさま歯列が開いて彼を受け入れてくれる。久し振りの愛しい女の舌は、柔らかく、甘かった。それを堪能しながら、手探りで互いの服を脱がせ合う。二人とも湯浴みを終えていて、着ていたものは簡単に脱げる夜着だったので、あっという間に生まれたままの姿になった。

アルバートは、寝台の上にちょこんと座るシャーロットの姿を凝視する。

染み一つない真っ白なシャーロットの身体は、以前見た時よりもまろやかになっていた。あの頃まだ少女そのものだったシャーロットの身体は、しなやかで美しかったがどこか幼気だった。今の彼女は成熟した大人の色香が備わっていて、以前よりもずっと美しく、官能的だとアルバートは思う。

シャーロットもまた、アルバートの裸をじっと見つめていた。

だがその視線は痛ましいものを見るようで、アルバートは彼女が何を見ているか気づく。脇腹に残る傷跡だろう。アルバートは軍人だ。国境警備軍の副将軍として幾度も戦場に立ち戦ってきた。怪我をして当然で、この腹の傷は馬に乗って敵将に向かって行ったところを、横から飛び出した歩兵に斬りかかられた時のものだ。

戦っている時には気づかなかったが、戦いが終結し気が緩んだ瞬間に昏倒し、二、三日意識不明になったという、わりと思い出深い傷跡である。

シャーロットはおそるおそる手を伸ばし、それにそっと触れた。あまりに優しい触れ方で、くすぐったくて身を捩りたくなったが、アルバートは我慢する。シャーロットに触れてもらえるのは、それだけで嬉しい。

「これは……痛くないの？」

「もう痛くないですよ。何年も前の怪我です」

「……あなたは、逞しくなったのね……」

呟く声に涙が絡む。シャーロットは堪らないといったように、片手で顔を覆って涙を流し始める。アルバートは驚いて、そっと彼女を抱き寄せた。

「シャーロット、泣かないで。もう本当に痛くないんだ」

「……違う。そうじゃない。あなたが、どれほど努力してここに来てくれたのか、それが分かって……」

言いながら、シャーロットはまたボロボロと涙を流す。

グッと目の奥が熱くなった。熱い衝動をなんとか呑み下し、アルバートはシャーロットの額に口づける。

「愛している……ずっと、こうしてあなたに触れたかった」

小さな顔中にキスを落としていき、アルバートはシャーロットをそっと寝台に押し倒す。

覆い被さってキスを続けながら、片手で柔らかな身体を弄っていく。

鎖骨を辿り、柔らかな双丘に触れると、以前よりも豊かになった膨らみを感じる。

その上に咲く赤い蕾を指で転がすと、シャーロットの吐息に甘さが混じった。

「んっ……ぁあ、あ……」

自分の指の動きに合わせて可愛らしい声が漏れるのが嬉しくて、アルバートは頭を下げて片方の胸の先を口に含む。

「ああっ！」

敏感な場所を熱い粘膜に覆われ、シャーロットの身体がピクンと魚のように跳ねた。

アルバートは赤い突起を交互に舐めしゃぶりながら、その手を柔らかな内腿の中心へと持っていく。銀色の繁みの中はもうトロリと愛蜜で湿っていた。

自分の愛撫に蕩け出した蜜なのだと思うと、カッと頭の中が熱くなり、アルバートはガバリと身を起こすと、シャーロットの両足首を掴んで、カモシカのような脚をパカリと開かせた。

「きゃあっ」

シャーロットの女陰は、以前見たままの初々しさだった。ピンク色の花弁はつやつやと美味しそうで、アルバートは迷わずそこに顔を突っ込んだ。

「ひあっ」

花弁に舌を這わせると、甘酸っぱい匂いが強くなる。ほんのりとした塩辛さを堪能しつつ、愛しい女の肉を味わっていく。

女陰の上に、生まれたての雛のように震える肉粒を見つけると、それを舌先で転がして甚振る。彼女が最も快感を拾う場所を執拗に舐めしゃぶると、シャーロットの嬌声が甲高くなる。

「アアアッ」

四肢を引き攣らせて叫んだシャーロットが、中に入っているアルバートの指を食い締める。ゴポリ、と膣内から蜜が溢れ出し、彼女が達したのだと分かった。

アルバートは荒くなった呼吸を整え、くたりとした彼女の身体を抱えると、胡坐をかいた自分の上に座らせる。

「え……？」

「以前から時間がずいぶんと経っているので。この体勢の方が自分で調整できるそうです」

シャーロットは自分の尻の下にあるアルバートの昂りに狼狽を見せたが、コクリと頷いて挿入を試みる。

アルバートの肩に手を添えて、シャーロットが柳腰を揺らめかせながら、切っ先を自分の入り口に宛がった。

ぐぷり、と硬いものが中に入り込む。熱い泥濘の感触に、頭の中が煮えそうな快感に襲われた。このまま突き入れてしまいたいのを堪えて、彼女の腰を抱いて、ゆっくりとリズムをつけていく。

「……ああ、入って来る……」

その動きに合わせ、少しずつ深くなっていく快楽は、もどかしく、けれど堪らなく甘く、まるで二人の恋の軌跡そのものだと思った。

やがてアルバートの全てを咥え込んだシャーロットが、また涙を流しながら首に縋りついてきた。

「愛しているわ、アルバート。あなたとこうしていられる幸せを、私は絶対に、もう手放さない」

ぶわ、と衝動が堰を切った。

アルバートは溢れ出る涙をそのままに、彼女の身体を掻き抱いて、その唇にかぶりつく。

「愛している……！　愛している、シャーロット！　どれほど夢見たか……どれほど、あなたを想って泣いたか！」

泣き喚きながら、がむしゃらにキスをして、腰を突き上げる。

逞しい身体の上でもみくちゃに揺さぶられながら、それでもシャーロットはアルバートを放さなかった。

同じように泣きながら、彼の全てをその身に受け止めた。

「ゥあっ……！」

やがて到達した圧倒的な愉悦に、アルバートが呻いて動きを止める。汗だくの身体にしがみ付きながら、シャーロットもまた華奢な身体を痙攣させる。

愉悦の光が消えた後も、二人は抱き合ったままでいた。

触れ合えることの幸福に、微笑みを浮かべながら。

あとがき

この本を手にとってくださってありがとうございます。

今回のお話は、タイトル通り、女王様がヒロインのお話です。実はこの女王様、『ソーニャ文庫アンソロジー　騎士の恋』にて、私が書かせていただいた短編の中に登場する人物だったりします。外見妖精・中身猛獣、というあまりヒロインらしからぬ特徴の女王様だったのですが、担当編集様のおかげでなんとかヒロインにしてあげることができました！　Y様、本当に、本当にありがとうございました……!!

そしてヒーローの黒い狼は、最初は忠犬、のちに猛犬を目指しました。上手く表現できていたらいいのですが！

この難しい二人を、的確、それ以上に美麗で表情豊かに描いてくださった篁ふみ先生には、もうもう、感謝しかありません！　こんなに恰好良いアルバートと、可愛すぎるシャーロットを見られるなんて！　篁先生、素敵なイラストをありがとうございました！

この本を世に出すまでにご尽力くださった皆様に、感謝申し上げます。

そして、ここまで読んでくださった読者の皆様に、心からの愛と感謝を込めて。

春日部こみと

この本を読んでのご意見・ご感想をお待ちしております。

◆ あて先 ◆
〒101-0051
東京都千代田区神田神保町2-4-7 久月神田ビル
㈱イースト・プレス　ソーニャ文庫編集部
春日部こみと先生／篁ふみ先生

孤独な女王と黒い狼

2020年3月4日　第1刷発行

著　者　春日部こみと
イラスト　篁ふみ
装　丁　imagejack.inc
DTP　松井和彌
編集・発行人　安本千恵子
発行所　株式会社イースト・プレス
〒101－0051
東京都千代田区神田神保町2－4－7 久月神田ビル
TEL 03－5213－4700　FAX 03－5213－4701
印刷所　中央精版印刷株式会社

ISBN 978-4-7816-9668-3
定価はカバーに表示してあります。